一万口新鲜 fresh air

野象小姐（著）

北京联合出版公司
Beijing United Publishing Co.,Ltd.

图书在版编目（CIP）数据

一万口新鲜 / 野象小姐著. —北京：北京联合出版公司, 2018.5

ISBN 978-7-5596-1792-7

Ⅰ. ①一… Ⅱ. ①野… Ⅲ. ①随笔—作品集—中国—当代 Ⅳ. ①I267.1

中国版本图书馆CIP数据核字(2018)第045336号

一万口新鲜

作　　者：野象小姐

责任编辑：史　媛

北京联合出版公司出版

（北京市西城区德外大街83号楼9层　100088）

三河市文通印刷包装有限公司　新华书店经销

字数302千字　880毫米×1230毫米　1/32　10印张

2018年5月第1版　2018年5月第1次印刷

ISBN 978-7-5596-1792-7

定价：45.00元

你是心中有钻石，
能随时和我飞行，
赐我一万口新鲜的人。

：敬那些美好时光，傻伙计们。

CONTENTS

有了闺密，
恋爱我也懒得谈！

野象小姐

一直有个梦想，像孙燕姿唱的：“我要一所大房子，有很大的落地窗户，阳光洒在地板上，也温暖了我的被子……一个房间有最快的网络，一个房间有很多的吉他，一个房间有我漂亮的衣服，一个房间住着朋友和他的爱人……”

住明亮通透的大房子，把好朋友全塞里头。早晨被阳光晒醒，养条大的拉布拉多犬跑来跑去，挨个儿串门儿。大家靠着门框互相say hi，伸着懒腰出来吃早餐，边吃边拌嘴。

现在，这本书先帮我把梦想实现一下下。

想象这是我和好朋友合租的一个大房子，仿佛《老友记》里 Monica 和 Rachel 那样，阿飞每天负责帅和臭美，闲下来还要拉着我聊严肃文学；周小跳烤蛋糕；大美研究奇怪料理；张大大带着奶盖茶来串门；阿甜和猪翅负责在大家集体“葛优躺”时叫外卖比萨跟放电影。我们看电影、抱怨工作、八卦谁又跟谁好上了。常常开些“姐妹们的聚会”，邀朋友来喝酒闲聊。

大家在沙发上窝过，地毯上躺过，拥抱过、尽兴过，香槟喷出去的泡沫洒在头发上，甜丝丝地冒泡。

我们聊的天儿，就是这个时代所有年轻人的生活真相。八卦吐槽少不了，对彼此的糟糕爱情和坏老板毒舌地骂一骂，去哪个国家旅行带回什么好礼物啦，新开的餐厅很好吃且最近正在打折，时局社论评论几句，社会不公诚心诚意地哀叹，热门明星做了什么不得了的事，电影和书已经不是装格调利器了，但可以吸引到相似的灵魂靠近，新上了一门拳击燃脂课并减了几斤，新入的漂亮衣服和时尚单品分享出来大家一起剁一剁手……

聊得太开心，打翻啤酒，弄脏了地毯，我们都顾不上。

谁在思考，谁在恋爱，谁在成长，谁在身边，一目了然。

这个客厅就是这本书了。

每个读者都是我的朋友，每个朋友都是来轰趴玩过的客人。

我们口无遮拦说出口的句子，差点掐架反目的观点，拍拍肩膀鼓励过的时光，不想它们就这样消散在风中。

老了以后这些还能历历在目，我们最生机勃勃的时候，以这种方式活过。

路过一个新建的公园，晚上七点非常热闹，有跳舞的大妈、跑步的情侣、抱孩子散步的爸爸妈妈、遛狗的大爷、打篮球的少年，还有一个默默抽烟的小青年。

这块地，在几年前，还是一块绿油油的草坡，我曾经在某个下午四点因工作不顺，溜出乌烟瘴气的办公室，在唯一的一棵大树下仰躺，吹着风，看阳光在叶子缝隙间闪闪烁烁。

心想，什么时候我才能变成厉害的人呢？什么时候我才能在这个城市找到存在感呢？什么时候我不再因为工作不顺利而哭鼻子呢？

绿草地被车流、高档小区、高架桥围绕，是奇怪的安静一隅。仿佛焦虑与不堪被驱赶，竟然忽然有了容身之地，可以稍微停一停。

现在，草地变成热闹的公园了。

当时跟我一样迷茫得骂娘的高雪，成了现在公司的小股东。

阿飞从最初横冲直撞的男孩，变成现在仍然横冲直撞，哈哈，但游刃有余、独当一面的人。

大美变美了可还是没找到男朋友，我妹变厉害了可还是没开成烘焙店。

好的坏的都没关系，局面不会一直维持，一切都在往前流动。

城市不为任何人的情绪埋单。

变迁迅猛，不容叹息。

在无处遁形的压力中，我们竟然不再哭鼻子，反而学会了加速障碍赛跑。

头天夜里喝完酒，次日清晨还是要穿衬衣汇入人群的。

一段爱情搞砸，不论是文个身感怀，还是用新的人代替，每个人都能找到自己的办法，捂住伤口笑出来。

旅行逃避结束，航班一落地你告诉自己，从明天开始要振作。

时间在帮助我们完成一切抵达。

不管以后会怎样，你的我的，大家每个人的友谊都值得郑重纪念啊。举起玻璃杯，“敬那些美好时光，傻伙计们”。

FEBRUARY
贰月

2月 情人节，

宜开黄腔，忌告白

○喜欢一个人千万不要主动追 ○我今天很喜欢你，可我不保证明天 ○如果可以，我也想当胆小的笨蛋

○原来喜欢人的第一感觉是自卑啊 ○长大后不敢喝醉，因为没人背我回家 ○那一瞬间我突然决定放弃喜欢了很久的你

○分手后，你会在炸鸡店等一个人多久？ ○我可能不会等你太久 ○恋爱有什么可谈的！被爱的都是祖宗

喜欢一个人
千万不要主动追

野象小姐

"喜欢一个人千万不要主动追，除非你没那么喜欢他。"

为什么不能主动追？因为你越急越追不到。

喜欢一个人，想站在山顶大声告诉全世界我喜欢他。这种放肆告白，很勇敢，很痛快。但如果不先弄懂对方的心意，爽了自己换来的却是长久的窝囊。真的不是吓唬你。

陈晓与陈妍希刚完婚，有记者采访陈晓，你是怎么告白的啊？他也不怕肉麻，大大方方地说："你怎么那么好看呢？眼睛那么好看，鼻子那么好看，嘴巴那么好看，头发那么好看，额头那么好看，下巴也那么好看。"

好直男的告白，透着可爱。想起婚礼上著名的头纱吻，陈晓迫不及待地掀飞头纱，钻进去吻陈妍希，头纱轻轻落下来罩在两个人的头上。可是，假如陈妍希不喜欢陈晓，这段告白就是结实的骚扰。

为什么不能主动追？因为主动出击成功率低。

有个女性朋友被人一见钟情了。男生喜滋滋地捧着一大束玫瑰在街上大摇大摆，见了路人就吹口哨。在姑娘办公室窗外升起热气球，热情地朝围观的大妈大姐招手。知道姑娘喜欢吃蛋卷儿，秒了十箱寄去她家。

我去她家玩儿，正好见她蹲在物业中心发愁。她说："我一个女的，这些箱子怎么弄回去啊？想扔掉！"我说那小伙子傻是有点傻，多好玩儿啊，不至于讨厌吧？明明一个月前她还用胳膊肘顶我说，快看，隔壁桌帅哥像不像黄宗泽？现在人家对她发动猛攻，她竟然给我摆出小鹿受惊的模样。

黄宗泽款你也敢皱眉头挑挑拣拣，死女人我们来谈谈人生好不？她说，一开始觉得他挺帅，现在觉得他是智障。他可能偶像剧看多了。

为什么喜欢一个人不要追呢？

一旦用"追"，就充满目标感，想猴急地拥有某个人。"追"，要么苦情戏码、长年纠缠，要么暗戳戳地写日记、心酸酿成汤，要么陪伴左右时刻备胎，要么自我激励越挫越勇——全部都不是带主角光环的故事啊！

假如对方还没进入状态，分分钟就能被吓跑。心机一点的会仗爱行凶，接下来你就乖乖等着被长久地虐。

假如对方也对你有好感，你不分青红皂白地先说喜欢，就变成低位，不论对方条件如何，你都在"高攀"。

假如人家不喜欢你呢，那更惨了，一追入地狱。

条条皆下策啊。

不要追，先享受与对方相处的每一刻。打扮得漂漂亮亮，有事没事在对方跟前晃悠，不动声色地刷存在感，蜻蜓点水地表达关心。等对方有了感觉，再退后一步留一手。反反复复，总会有奇妙的事情发生。

其实最高境界，是与他自然而然地发生任何美好事情。不急着表达，不急着结束。喜欢电影《午夜邂逅》，“美国队长”自导自演的小成本电影。一对各怀心事的男女在午夜的纽约火车站相遇。女人丢了钱包，男人在车站吹小号，两个人就闲闲地轧马路。他没有好好跟前女友说过再见，几年来的心结导致他一直单身。女主鼓励他不妨去见一见。

等电梯时，她随口问道：“分手不顺利吗？”

他笑着说：“还有顺利的分手吗？”

大街上，车水马龙，男生叫停女主，指了指街边的电话亭说，你打个电话给十年前的自己。她说别这么幼稚啦。后来她还是打了。转头对他说，喏，该你了。他说，hey，你会遇见一个女孩，你需要她远远超过她需要你，原来你还有能力爱上其他人。

两个人用奇怪的方式了解着彼此心意。

凌晨经过一个塔罗牌算命店。老板很老，出来扔垃圾。老头说：“第一次在毕业舞会上遇见我老婆，我就知道我完蛋了。我们一生有很多曲折，但每次回忆起她穿过舞池向我走来，我还是选择爱她。”

他还说：“感情总会有曲折，你要做的就是——选择那个你想要一起经历曲折的人。”

电影尾声处两个人坐在清晨洒满阳光的车里，相视一笑。谁也没开口说喜欢，像是害怕破坏什么。女主在回家的大巴上正沮丧，从口袋摸出一张废弃的问卷纸，男主的笔迹，写着“翻过来”。最后的一幕是女主捂着嘴笑了。没有揭晓写着什么。电影结束。

也许是电话号码，也许是 see you later.

其实呢，风轻云淡最容易滋生爱。

只要某个瞬间你我感到自在舒展。

得到一个人太简单，享受一个人才愉快。

我今天很喜欢你，可我不保证明天

野象小姐

“我今天很喜欢你，可我不保证明天。”“我也是。”

好人就该跟好人在一起，世界和平，互相珍惜。

浑蛋就该跟浑蛋在一起，能量守恒，祸国殃民。

那么问题来了。情难自控，七情六欲，谁一定是好人，谁又一定是坏人呢？

有个朋友，一喝酒就会给她喜欢的男孩发信息、打电话。多则十几条，通话两小时。“你来不来看我”“什么时候来”“为什么呢”之类，不依不饶。我说，祖宗你该把人逼疯了吧。

对方要么第二天早上回，要么接到电话后耐心听着。我跟朋友说，你酒醒后是不是特懊恼？怪自己手欠，怕打扰他，被他厌烦；又有些生气，他当下为什么不哄自己？

反反复复，好无望啊。朋友说，还好他不松口，不说喜欢我，不说不喜欢我，不然我可能会做更蠢的事。

我说，还不够蠢啊。

人的潇洒也分真假。

假洒脱的人爱撂狠话，是爱情中的弱者。他们挂在嘴边的话看起来非常唬人。比如，不稀罕遇见真爱；比如，人潮人海，遇人不淑就换一个。

别嘴硬了，不论是火山迸发、星球毁灭、恐龙袭击还是外星人劫持，你渴望出场一万次的人脸永远是他啊。

还有些人，渴望被救赎。

“救赎”是一个我不喜欢的词，认命、悲观，使用泛滥。低谷期的人渴望出现一个人，坐在五彩云上，对着自己微笑。中年玛丽苏渴望出现一个人激活自己，寻找纯粹。

人生在世，你连自身都难保，谁又有能耐救赎你？你渴望的救赎，会不会是一种不劳而获的懒汉心态呢？

除非你相信爱情是靠谱的信仰。可它不是。一个人可以救赎你，也可以随时走掉啊。

有一部老电影叫《雌雄大盗》，另一个名字也利落，叫《我俩没有明天》。前天半夜，打开阳台门，风吹进客厅，蹲在地毯上又痴痴地看了一遍。电视机屏幕一闪一闪的光，很孤独，很应景。

电影讲了美国20世纪30年代经济大萧条，邦妮与克莱德，结伙抢劫银行。一个是性感漂亮的餐厅女服务员，一个是打算偷邦妮母亲汽车的“江湖大盗”。经历了持左轮手枪抢劫、一家接一家的汽车旅馆、一辆又一辆的老爷车、汉堡与风沙、欲望与危险……最后死于警察的枪下。

电影有原型。根据美国历史上著名的雌雄大盗邦妮·派克和克莱德·巴罗的真实经历改编拍摄的。两人全身被射入一百五十多颗子弹。看过新闻照片，邦妮原型是个一米五几的小个子女孩，金发甜心。

当时报纸对他们的评价是："They're young.They're in love.They rob banks."（**他们年轻，爱得无法无天，他们一起抢银行。**）

死前一切风平浪静。阳光洒在邦妮金色的头发上，她举着一个一丁点大的陶瓷娃娃，歪着头说："克莱德你看，好可爱，还有亮晶晶的指甲。"

风和日丽，阳光下相视一笑，被枪打成筛子，浑身弹孔地下地狱。

在时代大背景下，他们用这种方式反抗不公。劫富济贫，反而成了大英雄。逃亡时穷人认出他们，给他们水喝。

两个人一拍即合，不必说我爱你。天翻地覆或者难逃一劫，潇洒或是狂妄，只要此刻两个人在车里笑着吃一个汉堡。这份爱值得一趟不要命的冒险。不需要承诺，不需要明天。也许两个人死前还在想，谢天谢地，你刚好是和我一样的浑蛋呢！

爱，有时候温柔。是《诺丁山》里，安娜站在扎克面前说"I am just a girl,standing in front of a boy,asking him to love her"的时候。

有时候难懂。是邦妮与克莱德，深爱却不屑厮守，最好的献礼是共赴地狱。

我以前纳闷，外国人那么密集地说爱，真的好吗？出门前"I love you"，睡前再一遍，日复一日。会不会跟"吃饭了没""几点下班"一样失效？后来发现这是普遍的亚洲式顾虑。往往最甜最黏都是头发花白的外国夫妇，老头摸着歪头老太太说"I love you"。

喜欢一只小狗，就揉它鼓鼓茸茸的肚皮。喜欢一个杯子，会不停摩挲，吃饭、走路、看电视都握着它喝水。喜欢一个人，会不由自主地想挨着他坐。

所以，喜欢的话，越肉麻越好，不怕群嘲、不怕被误解。故事结局不会因为肉不肉麻而改变。它也许取决于今天天气好不好，早餐吃饱没，你的帽子和他的夹克撞颜色，以及绝不辜负爱的能力。

“爱情是一出抢劫过后的惊心动魄，而不是躲在黑暗角落里的坐地分赃。”人要活得有血有肉，爱得痛快酣畅。不代表谁要臣服谁，谁要捆绑谁。千万不要仗爱欺人。

“话说回来，爱得坦荡敞亮，不是人人都有天赋。” つづく

如果可以，我也想当胆小的笨蛋

野象小姐

“我没有接受宠爱的能力，连想一想都觉得羞耻。”

特别羡慕零智商的胆小鬼女生，因为能收获这样的男朋友——

迷路的时候，男朋友会说：“站那儿别动，我来找你。”

看惊悚片，还没来得及尖叫他就急忙捂住了你的眼睛。

无聊翻他手机，看到备忘录，好多车牌号，原来每次打车他都把车牌号记下来怕你被拐卖。

命要多好才能当一个不谙世事、理直气壮的笨女生啊！有个朋友，外表冷冰，独立懂事，最怕给别人添麻烦。我们叫她“冰激凌小姐”。她叹气地说，当我吐槽那种女生“做作”“绿茶”，可能是出于嫉妒吧。因为我没有接受宠爱的能力，连想一想都觉得羞耻。

最近我们都刷了日剧《有喜欢的人》。女主是甜点师，在湘南海岸的日料餐厅打工。主厨黑脸君认为她动机不纯是来泡自己大哥的，因为大哥是富裕的餐厅主理人。于是他对女主各种嫌弃厌恶。

女主很努力，怀有做出一鸣惊人的甜点的梦想。第一次两人合作，一起筹备一个婚礼的餐点，两人通宵做仪式蛋糕和料理。高傲的黑脸君这才稍微瞧得上她一点儿。

女主在婚礼现场被抽中，必须在观众面前扮丑角、跳挖泥鳅舞。女主那时候是喜欢黑脸君的哥哥的，哥哥和哥哥前任都在，试想在这种情况下谁不想美美地扮仙女……吃瓜群众黑脸君见她卖力扮丑，莫名不爽。

女主觉得丢脸，演完躲去了天台的角落。黑脸君找到她，嘲笑："我看你挖泥鳅比做甜点更有天赋啊，以后简历中可以写上这项技能。"

后来，带她坐船出海，去自己的秘密岛屿。落日余晖，礁石的轮廓都镀上了金边。黑脸君穿着白背心、人字拖，女主吹着海风满脸轻松。也许是因为她令人刮目相看的努力，也许是扮丑令人心疼，黑脸君破天荒地鼓励她，"今天的你，很帅气"。

冰激凌小姐说，好羡慕这样的女生，自己的努力能被人珍惜，陷入窘境能被解救。

不过，冰激凌小姐最近疑似脱单。喜欢她的男孩，人高马大，长手长脚，笨笨的。万圣节，他约她去鬼屋。他本人就像个木讷大南瓜。排队时拍拍胸膛，"别怕，有我在。"进去之后黑漆漆的，南瓜先生开路，回头嘱咐她小心一点。她说："你别紧张啊，你走快一点啦。"

突如其来的长舌怪，满脸冒血"哇"的一声怪叫直抵南瓜先生的脸。他连滚带爬地反身抱住冰激凌小姐，脑袋钻进她的怀里。剧情反转，哭笑不得。

第二天他照样去她公司楼下的冰店等她，不觉丢脸。1 米 83 的个子，叼着一勺冰激凌。他说，我有夜盲症，黑的地方看不见。

她说，那你干吗约我去鬼屋？

他说，我以为所有女生都害怕那种地方。你平时太能干了，我想被你需要。

我们都被她漫不经心的讲述甜哭了。

千篇一律的爱让人生腻。每个人都有自己的软肋。爱的意义取决于——你我对味。如果可以，我也想当胆小的笨女生，被喜欢的人摸头杀、捏脸杀，但生活擅长把胆小鬼逼成女金刚。我渴望一个杀妖降魔的勇士。话说回来，如果你身为男生实在很胆小、很白痴，那我也可以主动抱你的。

只要你也爱我。つづく

原来喜欢人的第一感觉是自卑啊

野象小姐

“暗恋的滋味，尝过的人都说不好，说不好的又说值得。”

当你喜欢上一个人，就变得小心翼翼，对视一眼，妈呀，要我老命了！从此开启规模庞大的自我嫌弃之旅。刘海怎么刚好在他走来时变中分？！我太瘦啦，撑不起衣服！我眼睫毛太长看起来是不是很狐媚？……

爱让人家变诗人，让我变神经病。

《温暖的尸体》里，爱吐槽的萌僵尸觉得作为行尸走肉很烦人，不会讲话只能演内心戏，走路难看，但主要是“我已经死了”。爱上人类女孩后，莫名自卑。救了她，带她回自己家避风头。萌僵尸的家是一个废弃的机舱。怕她受惊过度，给她盖毯子，还知趣地去外边待着，“女孩这时候最需要静一静”（很会哦）。

这个僵尸注定与别人的命运不同。别的僵尸灰不溜秋，他居然穿红色帽衫，很俊美，犯规！习惯动作居然是耸肩，身为僵尸戏太多了吧？！

给人类女孩听私藏的英伦后摇唱片，提醒自己不要一直盯着她，那样很怪。她饿了，他去找新鲜罐头，还从私藏柜里拿出一瓶啤酒给她。

女孩惊吓过度总是逃跑添乱，被僵尸围困攻击，他一次一次地出手相救。嘴里呢喃最多的单词是“safe”“safe”，潜台词是别再搞事儿啦，一心要保护她。

教她学僵尸走路以骗过其他僵尸的法眼，看她扭曲的肢体，还不忘吐槽“你这样太过了啦”。哈哈，好耿直的汉子。

僵尸不需要睡觉。吃东西，听音乐，做梦，也不会有任何触觉。却因为遇见了她，喜欢她，想努力去感受爱和温暖。下雨的时候，因她的不告而别，他甚至感到了冷。

可是，爱需要很多很多的勇敢。

她走后，因为他太想她，冒着“被一枪爆头的危险”去了人类世界。笨拙地沿着墙根走路，跌跌撞撞地站在阳台下的花坛里，用低沉嗓音喊“Julia”。无助得让人心疼。

说回生活中的暗恋故事，结局却总不那么漂亮。

“他去年早些时候结婚了。”吹吹是个挺活泼的妹子，聊到暗恋，出奇地风轻云淡。当初她喜欢的男生喜欢麦迪、艾弗森，英文好，可以背下美国每个州的名字。两个人升学去了不同学校。有次市高中校际篮球决赛，自己班和喜欢的男生班对决。她假装问班里男生，“对方 8 号打得不错呀”。班里人说那是队长啊，技巧很多。

毕业之后两人工作搭边。好几次江湖告急，饭局上他打电话求救画图，她通宵熬夜给他做出来。

后来，他结婚，她去了。主持人问他，你最爱的人是谁？所有人在鼓掌，都很幸福。隔着人声鼎沸，她故意不听清他具体答了什么。也跟风更新了朋友圈祝福婚礼，“我们最后都会被爱打动”。

死也不说喜欢你，以为就可以永远不失去。

可是，假如我们一直是自卑的小蠢蛋，又哪里会有好事发生呢？つづく

长大后不敢喝醉，因为没人背我回家

野象小姐

“世界太坏，而你不在。”

昨天下了一场大暴雨。没带伞，和 R 在雨里狂奔，她忽然回头说咋办，我好想我初恋。跑到便利店，买了两瓶酸奶等雨停。她说她高中那个初恋最爱在雨中打篮球。那时审美还停留在《流星花园》美男刘海上，觉得他的圆寸超土。

她对他说，冒雨打篮球，想要帅真是无所不用其极啊。

他说，冒雨打得爽，没人抢球场。

她说，拼命想感冒不就是为了让女生心疼你吗？

他说，那你心疼吗？

他是那种花言巧语，又莫名傻气，攻击力强劲的类型。后来，他跟她告白，她说你那么爱调戏女同学，我不稀罕。他说我以后专攻你。她就扑哧笑了。

他体能好，爆发力强，运动会短跑冠军。课间十分钟，她说想喝汽水，他就光速从五楼飞奔去小卖部。老师喊了起立，他站在门口满头大汗地喊“报告！”然后，在老师和全班同学的目光中，走到R桌前，把冒冷气儿的汽水放在她的桌上，再折回自己的座位。

怦然心动，大概就是蠢到想揍他又被他逗笑。羞耻又美妙。

高考考砸了，R人生第一次喝酒，两瓶啤酒就倒了。同学们起哄让他抱她起来，他没理，一屁股坐马路牙子上陪她。她大哭说我完蛋了，我只能跟你一起上烂大学了。他说太好了，我继续罩着你。

结果分数出来，她上了重点。两人还是分道扬镳。

R对我说，她最郁闷的就是他太优秀。还有，我其实装醉想让他抱我，结果他陪我坐了三个钟头。没法装醉我就装睡，心想总该乘人之危亲我一下吧，结果他背我回家，怕我妈误会还特地撇清说，几个同学一起送回来的，其他人在楼下。

“我记得那天晚上在出租车里，他犹豫很久，手背轻轻碰了一下我的脸，帮我把头发挂到耳后。那种温柔的触感，到现在都记得。我眼睛眯着，车从漆黑隧道出来，街上流光溢彩一直一直涌过来。

“我想这世界上再也没人像他那么宝贝我了。我这辈子竟然被人那样子珍惜过啊！”

R说，他一定也没想过，曾经挨一下怕摔、碰一下怕碎的心爱的女同学，如今能一人扛几十斤的摄影器材，开五十公里的车去海边取景拍摄。

那个傻瓜啊，走着走着就在一起，走着走着又不见了。

R说，现在我心越来越硬，听到人家讲情怀就想笑，相亲时脑子里啪啪开启“车什么牌子？房买在哪儿？”扫描仪。我变了吗？是大家都变了吧。多的是借着买醉去打发空虚寂寞的人，还有顶着千杯不醉的傲人头衔代表全公司去敬一桌客户，间隙跑到马桶抠喉吐，完了继续喝的姑娘。

我也是啊。在 KTV 马桶上坐着休息，失恋了找朋友撸串儿，跟心怀不轨的客户拼酒量。

长大后喝了数不清的酒。世界太坏，而你不在。我不敢喝醉，因为没人背我回家。

人不脑残枉少年。有的人那个时候简简单单遇上了，没当回事，许多年后再回头看，才发现我这种笨蛋此生只有这一次是被珍惜的。

一起骑过的自行车，生锈歪在楼道里。你能跑能跳，偶尔欺负我的笑脸在梦里晃啊晃啊。买早餐的面包店被铲平，与斗嘴的所有早晨一起消失。

我想放声恸哭，却不能改变什么。青春总和暴雨、篮球、感冒药、考试、拥抱有关。而初恋是一种最遥远又干净的存在，提醒你世界上除了苦情、套路、挣扎之外，你仍然拥有过最柔软的你。

雨停了。R 把酸奶瓶扔进垃圾桶，回头对我说：“快走啊。”我没有问他俩当初为什么分手，为什么不能重聚。

在我们步履不停的生命中，初恋最好的结局永远是没有结局。

那一瞬间我突然决定放弃喜欢了很久的你

野象小姐

“他见到我皱了眉头。”

最近常常下雨，想到些难过的时刻。

之前很喜欢一个人，他也喜欢我，但我们没有在一起。

见的最后一面，是夜里 11 点多，我们喝了一点酒去路边打车。之前说了些很不愉快的话。站在路边，我想示好，说你亲我一下吧。他亲了我额头。我说你抱我一下。他犹豫三秒，抱了，分开，“抱了，现在又能怎样？”

我超级委屈，折身暴走。头顶霓虹灯，身边车流都好像开始扭曲起来在嘲笑我。他在后面大喊我的名字。

我头也不回地沿着深南大道走了十几分钟。当我缓和，第一万零一次妥协，想告诉他我原谅你了。

转头是空空的马路。

人家早打车离开了。

我一厢情愿地以为他会担心我，跟在后面。

突然不知道自己图什么。

那一瞬间，不是你伤害了我，不是我顿悟到什么正确的爱情观，而是我单方面决定我的爱只到这里。

我不想再对你好了。

喜欢一个人，别说什么“止损点”，简直就是自废武功、自废手足。

没尊严的时候，我们也不惧伤害。总是告诉自己，我可以再退让一点，再退让一点，只要他肯爱我。

不被珍惜的时候，期望落空的时候，寄希望于他总有一天能发现我的可爱与勤奋。

可是，“爱”需要勤奋吗？

其实不对的人，是有预兆的。

之前某个雨后傍晚，和他在山顶公园散步，我接电话落在他后面。在我前面10米的距离，他晃着我的长柄伞，在湿漉漉的树影下走。被墨绿笼罩，望着背影，这个人好像梦里来的。

最终会回到梦里去。

多想拥抱你，云水隔千里。

糟糕的预感也可能是因为自己太喜欢了。

但太喜欢原本就是危险。

哪一个瞬间，你突然决定放弃喜欢了很久的人？

他见到我，皱了眉头。
@ 宏宴

他说反正我哄过你了，回头别说我没哄。
@ 一只猫啊喵

《金刚狼》散场，他皱着眉说，你哭什么啊。
@ ∞

零点给他发生日快乐。他说别有下次了，我不习惯别人惦记我。
@ 天生机智难自弃

把自己遇到的一件件有趣的事情告诉她。换来的只是一个个“哦”。
@ 成睿博

穿高跟鞋跑着追他，他头都不回。
@YshemeY

我说请他吃饭。他说别浪费钱、浪费时间了，你留着自己吃饭吧。
@ 草莓味的小 Cony

他家人知道我是听障，反应是晴天霹雳。
@ 哆啦尊比

微博私信里变成只读不回。
@ 小奶姑娘

当然了，不是每一种放弃都得那么刻骨铭心，

也有非常肤浅的理由。

因为爱与不爱，都是我的事。

他打完球衣服的汗臭味很难闻。我就不喜欢了。
@Max

有一次接吻很投入，他打了个嗝……味儿呛到我，然后分手。
@的

一个局上，他第一次见我初中同学。
女生自己点了一支烟吸一口递到他嘴边……
他没半点犹豫地张嘴把烟叼过来。
@J-helianthus

有天吵架，他突然来句哪次吃饭我没出钱。
我当时就愣了，很多时候都是AA。
他一个大男人把自己那份看那么重。
@grape

多年未见，他说“现在的女生怎么都是向钱看”。
那一刻不仅是放弃喜欢，
还意识到他需要知识改变眼界。
@陆嘉森

和他去吃饭。
那天没打扮，他说跟你说了和我出去化个妆、穿漂亮点儿。
结果吃饭时，房间暖气足，他脱掉上衣，我看见白色衬衣上好大几滴油。
后来他再约我出去，我就拒绝。
我没好好化妆，没穿得特别漂亮，
可是我至少能保证我白色衬衣上一点脏东西都没有。
而你呢？（**白眼**）
@十万嬉皮

当我对另一个人心动的瞬间。
@gigi

爱上一个人就是赋予他特权。

占有我时间的特权。

随便使唤我的特权。

迟到了我不生气的特权。

我喜欢一个歌手、爱吃花椰菜、想去超冷的南极，可是他说不喜欢，我就立刻附和……这种轻易令我失去自我的特权。

可是，他知道自己手握百万被爱的额度吗?

有因为领取了 VIP 卡而感到骄傲与珍惜吗?

好的爱情是不会让人受苦的。是两个人都愉快，彼此互相看见，互相欣赏，吵架后也该抱一抱，不论谁喜欢谁多一点都能感到珍惜。

干吗作践自己?

宣布一下，我决定收回喜欢，放过自己，去爱一个比你可爱的人。

因为我值得。つづく

分手后，你会在炸鸡店等一个人多久？

野象小姐

"说得好像等了就能回来似的。"

前阵子看了则新闻，在成都火车站的肯德基餐厅，一个 26 岁的女孩，在那里待了一个星期。店员说，餐厅是 24 小时营业，3 天后才注意到她。店员关心地问她怎么回事。她说，我还好，只是需要时间思考，然后又要了一份大薯条和鸡翅。

和男友分手后，女孩吃了一个星期的炸鸡。

"我一个人感到难过，就走到这里了。没有打算长期住这里，只是想要一些鸡翅。"被问到为什么不回家，她说："当我坐下来吃东西，我发现我需要时间思考。不想回公寓，那里充满他的气息。"

一开始，店员以为她精神不正常，可她既没打扰别人，也没闹事，就随她去了。一周后，她厌倦了炸鸡的味道，决定离开这个伤心的城市，买了回青岛的车票，回到父母身边。有个叫“sunny”的网友留言：我们不知道我们有多孤独。很高兴她回到了父母身边。

吃炸鸡半桶以上，就会犯恶心。换作是你，会等一个人多久？

一份全家桶炸鸡的时间，

还是忠孝东路走九遍，

约死党喝十顿大酒哭完就死心，

还是信用卡刷透支买买买，

或者是无数个不能寐的夜。

……

就好像等了就一定会回来似的。

等一个不回头的人，无望、孤独又乐此不疲。因为，“等待”与“他会不会回头”之间毫无关联。你只是给自己一个不肯面对的回旋余地。故事结局一定是自言自语一句，“我白痴哦”。

你机械地、反复地、身不由己地做同一件事，对方不会知道。但你停不下来，因为一旦停下你就会崩溃。如果能挽回，早挽回了，此刻势必已经到了死胡同境地。

这段感情没机会了。你心里比谁都清楚。

你愿意花多久时间在“爱而不得”这件事上？

又或者你高估了自己，其实等着等着就忘了。

电影《重庆森林》里，金城武有段独白：“我们分手的那天是愚人节，所以我一直当她是开玩笑，我愿意让她这个玩笑维持一个月。从分手的那一天开始，我每天买一罐 5 月 1 号到期的凤梨罐头，因为凤梨是阿 May 最爱吃的东西。而 5 月 1 号是我的生日。我告诉我自己，当我买满 30 罐的时候，她如果还不回来，这段感情就会过期。”

爱情有保鲜期，等待也一样。

“你会回来吗？”

“你最好别回来。”

爱不是等来的。行就是行，不行就是不行。但我们无法因为结果而跳过过程。每一个声嘶力竭的片段，与那个起一阵风就心痛到哭的傻子，都是我们为爱付出的努力。

韩松落老师说：“是爱，让人必须在某时某刻，走上一座断裂的桥。人们不可能预知桥会断，也不可能因为有断裂的可能就不走上去。”

不因为傻过，就否定爱的魔力。我不在乎那个人会不会回来，但如果不等，我就没有机会想清楚：我是不惧等待的人，我值得更好的人。

我可能不会等你太久

野象小姐

“不管千山万水有多美，也比不上在他身边徘徊。”

上个星期有事去苏州。苏州没机场，不想转上海折腾，坐了 13 个小时直达高铁。大中午，窗外一片渐变绿的旷野，飞驰而过的电线杆和小麻雀。看腻了，昏昏欲睡，迷糊中听见广播：下一站，乐清。“砰”，胸腔很轻柔地升起一朵云。

乐清，浙江小城，大学男神 L 的老家。毕业以后我们再没见过。想不到有生之年这样误打误撞踏足这片土地。

玩心大起，打电话给 L 说我来看他啦。他接起电话有些诧异，他说他不信。我发了定位给他，还拍站台照片。他信了，问道，你跟团来旅游的?

我说你们这儿有什么可游的，老年团都不来。

他说，等我，我请你吃饭。

实际上，乐清是个小站，列车只停留 3 分钟，继续飞驰而去。而他真的请了假，取了车，冒着高温正往这边来。我一阵心虚，赶紧阻拦，说别来别来，这么热的天，等你来我妆都晒融了，我打到出租车，等会儿直接去酒店。

他说，我车开出来了，哪个酒店？去那边等你。

再编下去也没意思，就抖了实情。

他是很怕麻烦的人，以我对他的了解，他绝不会真的请假顶着大太阳来接我。或者，我以为像从前那样，以他的智商早就看穿我，假装陪我演着玩儿。我打趣聊别的，他直接不回我了。

好吧，怪我作，可这也不算什么过分玩笑吧！见他还是没回，有些心怯，马上圆场找台阶说，这么想见我啊，哪天有空我特地来乐清看你，请你吃饭。

他说，哦，等你。就结束了对话。

他的意思其实是——随便你。

对于已经无关的人，吃顿饭可以，但开这种没分寸的玩笑就挺没意思的。

那年毕业，他是提前离校的。更早以前的大四冬天，圣诞夜，逛到宿舍楼下的便利店。他问我要吃苹果吗，平平安安。我说我不吃那东西，平安只能自己保。我说想吃雪糕。他指了指冰柜说："每种你都拿一支，我买给你。"

之所以记得，是因为他给予我的慷慨少得可怜。

大多数时候这个人笑而不语。

我想找他，他却总关着灯。

"我没有温柔，唯独有这点英勇。"杨千嬅的歌是这么唱的。喜欢他四年，每年开学都挥着崭新小旗子给自己加油。他心里有喜欢的人，我告诉自己，我可以等他，就整天拽着他做些无聊事，强行占用人家时间。吃饭、打游戏、泡图书馆，还要他教我打篮球减肥。用现在的热词条来形容就是，"真是一个磨人的小妖精”（**宠溺感是给自己加的戏**）。

我可以等你。

这种大话我竟然也说过。等什么呢？等他在心里把别人剔名，等他懂得欣赏我的可爱，等有一天我拉他浮游太空他终于高兴起来吗？好像花时间等，就能柳暗花明似的。

现在想想，爱情大概是这个世界上唯一一锤定音的事。“可以 or 不可以”雷达，第一时间就能发出哔哔声。你遇见一个心动的人。在暴雨天或是晴天。起风了或者花开了。戴皮手套还是拿左轮枪。

“总有一天能感动你”的宣言，是自我洗脑。日久生情也是骗人的。偶尔成功，是因为对方也自欺欺人以为行得通。结果都一样。

千山万水有多美，比不上在他身边徘徊。其实道理很简单：你看他他不看你，你就越发觉得他好看，如此陷入一个快乐的死循环。你以为爱情是琥珀，拿千年慢火细细地烤，融化树脂，得到真心。仔细一看，真心竟然是毫无生机的昆虫尸体啊。

6 月，毕业季伴随潮湿炙热，人闷闷的总想喝酒。

那一年我俩没吃上散伙饭，没有正式告别。不过有什么不同呢？爱而不得，哭笑淋漓，吃过的每一顿饭都像告别。

不过，白白等过，才明白什么叫值得。

《老友记》第二季，瑞秋和罗斯终于在一起了。第一次约会，本打算去一家很特别的餐厅吃一顿烛光晚餐。可罗斯在博物馆那边的工作出了状况，瑞秋只好等他。忙完，餐厅已经关门了。罗斯说：“Oh sorry，我们的约会……”瑞秋说没关系，我们回去吧。

罗斯突然拉她去了多媒体教室。瑞秋说干吗呀。他给她放映星空的影片，一瞬间仿佛坠入浪漫星河。因为爱瑞秋，一向迟钝的罗斯也好像开窍了，懂得制造甜蜜的事哄她开心。瑞秋开心得惊呼。

罗斯说，对不起，让你等太久。

瑞秋扭头说，你值得我等候啊。つづく

恋爱有什么可谈的！被爱的都是祖宗

野象小姐

“我们一生，会遇到不少还不错的人，不是每个人，都非得用恋爱来收尾。”

你相信水逆那一套吗？我不信。张口闭口怪水逆本身就散发着浓浓 loser 气息了。但人倒霉起来的确可以传染。半个月前的一天半夜，我肚子疼，生气地在微博上写道：“听说水逆来了，我们一起主动放弃自己吧！主动暴肥，主动感冒，主动丢钱，主动将硬盘清空。叫到的车我偏不上，该签的合同撕个粉碎。不去公司，坚持旷工。陌生人给饼干马上塞嘴里。恋爱该吹的吹，想伤害谁千万别客气。然后屏息以待，看看水逆还能耍出什么花招儿。”

然后，果然中招。朋友和她处了三年的对象分手了。我真是乌鸦嘴。她说，这三年她明白了一个道理，下次找对象，“如果你没有钱，能哄人开心也可以啊”！

恋爱除了浪费时间、浪费钱、搅乱奋斗进度、放大空虚、比赛孤独，究竟有什么好的？！

我们一生，会遇到不少还不错的人，不是每个人都非得用恋爱来收尾。

特地搜集了许多网友对于*“恋爱教会了你什么”*的回复，一针见血。

“女生千万不要以为自己是浪子终结者。”

@By 装作有女粉丝的样子

“与前任复合，结局就是重蹈覆辙。”

@By 谢倩

“男生不擅长说分手，但他擅长逼你说分手。”

@恩好的

“被爱的都是祖宗。”

@况小头

“劈腿不要原谅，有第一次就会有第二次。狗改不了吃屎。”

@港岛男友

“出轨只有零次和万次。”

@南鸢晓

“比起谈恋爱，还是酒好喝，手机好玩。”

@单辰浩

“恋爱给我唯一的教训是别恋爱了。”

@飞机飞远了

“电话打了几遍没人接，别再打了。短信发了几次没回，就别发了。

对方没死，只是不想理你。”
@只爱兰博基尼

“不要经常在朋友圈秀恩爱，分手了打脸挺疼的。”
@陈贝予

“如果总是纠结于爱不爱一个人，傻瓜，那就是不爱。”
@灵魂伴侣

“不想公开关系，就是瞧不起你。想一边和你处对象一边被别人追。”
@刘剑锋

“还是追星踏实！”
@松果牌老干妈拌饭

“不要和同班同学谈恋爱，分手了连作业都不好抄。”
@陈周一呢

忘不掉的人就当他挂了吧，没事儿别瞎找对象玩儿，这是我们为了生存达成的共识。恋爱美好的部分让你心驰神往，稀烂的部分却令你窒息身亡，不要贪图体验感把自己搞得千疮百孔。好了，都清楚了吗？

综上所述，还是好想谈恋爱哦。つづく

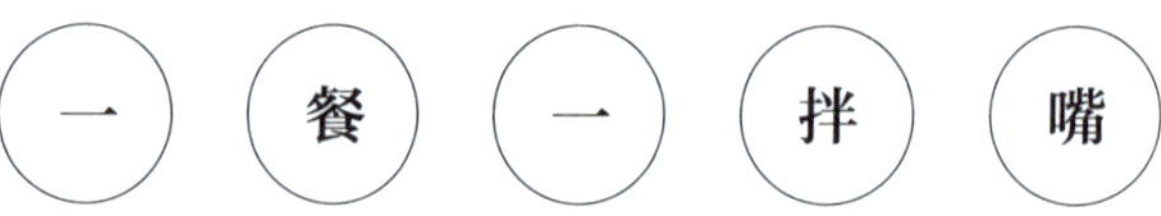

为什么我们这么美还单身？

野象小姐:

我有很多可爱、貌美又会赚钱的女性朋友单身。大家平时很忙，遛狗的时间都没有，更别说遛男友。但是谁不想摆脱单身呢？可惜现在优秀的男孩子都有女朋友了，该死的不婚主义也很流行，直女实在是弱势群体。约会 APP 被妖魔化得严重，用它来找正经对象的人很少，工作和生活中朋友圈有限，所以，这是一个不怎么乐观的概率问题。

至于我自己为什么单身，都怪阿飞！作为工作伙伴，作为不可失去的钱褡子，他长得过于“拈花惹草”。倒不是真的拈花惹草，而是他这种 playboy 的长相，所有人都觉得我俩应该发生点故事才合理。但我俩完全不来电！可是苦于他环绕在我周围，追我的男子还没靠近就退散了。所以第一条，奉劝大家，千万不要找帅哥当男闺密。

我想了想，第二个重要原因是，大家花太多时间沉迷于“虚幻老公”。比如我的朋友，大美，她出了名的爱南柱赫。以为只是私下舔舔屏，但有一次她坐在沙发上说到南柱赫，突然就脸红了，我觉得超级诡异。大龄少女们醒醒吧，你们单身怪谁呢？陈伟霆、胡歌、鹿晗、南柱赫、易烊千玺……天天看他们在屏幕上晃，现实中的男生根本入不了法眼啊！毕竟与陈伟霆、胡歌、南柱赫对戏的都是迪丽热巴、王凯（没错，毕竟霍建华结婚了）、金福珠哦。哪怕嘴上说“追星归追星，找对象归找对象，我分得可清楚了”，但潜意识的审美已经被拔高到外太空了。

第三个终极理由，“为什么我这么美还单身？”这个问题是针对美人的，因为我们美人要维持美可是要花很多时间的！研究口红啦，减肥塑形啦，多看书丰富内涵啦，多旅行长见识啦……做美人很忙的！！总之，也许等我们变丑，变得普通，大概是爱情来临的那一天。微笑。

“单身久了便成狗”“踢翻这碗狗粮”“汪汪汪”……这些笑话也很烦，单身意味着在最美好的年纪不去谈恋爱，大多数姑娘还没缓过劲来就被舆论绑架着随便嫁了一个安全牌的人。这样一想，单身很严重，一点都不好笑。我们总在逃避细想“单身”的实质，用开玩笑的口气柔化这种可怕感。但我已经早早想通了，要趁肉体还没松弛、肌肉还很紧致、能跑能跳能笑的年纪，加速遇见一个互相珍惜的人。我必须、立刻、马上恋爱！江湖告急，谁家有适龄优质小哥哥请来微博找我：@ 野象小姐来看花。つづく

阿飞：

野象问我，这么多年，徒拥美貌，是为了女友粉们而保持单身状态吗？我想说，我有这么多女友粉还不够吗？人生也不能太贪心（实际上我恋爱也不会告诉你啊）。认识野象这么久，她恋爱没少谈，追求者络绎不绝，最后陪在她身边最多的还不是我这个钱褡子吗？钱褡子还要身兼为她击退牛鬼蛇神的角色。心累。

现在放眼望去 80 分的女生搭配的都是 60 分的男生。现在的社会把大家逼得太紧了，美貌都贡献给客户、上司、金主了，忙完以后直接想回家瘫着，谁还想穿着西裤梳着头发啊？你们女孩子还要洗头、化妆、戴美瞳！难道不是更可怕吗？

我知道大家都是怎么想的，“见客户要化得美美的，因为努力就能有结果。找对象这个事，努力了也没办法……”这又暴露出了单身的另外一个原因，不愿意付出，觉得

恋爱就应该是天上掉下来的。天真！我们要是能把对于工作和生活的紧迫感用在爱情上，也不至于成为“母胎单身”啊，完了还要用“爱情全靠运气”当借口安慰自己。这是不是该打？

野象说因为忙着变美，所以没空恋爱，就是胡扯。变美和恋爱根本不冲突，口红可以找男友试色，减肥能拉上男友练肌肉，看书还能互相鼓励，旅行就更不用说了，一起出去玩儿还有人给拍照呢。美人很忙，是因为没恋爱，所以只能很忙！要是等到变丑那一天啊，估计不是爱情降临，而是随便找个人凑合过日子吧。你想想，哪个更可怕？

警告野象，别借着新书打征婚广告，这里都是单身的少女，要是有适龄的小哥哥哪里还轮得到你啊！唉，少女对恋爱的期许太高了，哪有那么多好心人给你碰上啊，除了你永远的真心人：@ 阿飞大老板。

MARCH
叁月

3月，樱花月，

想起那些甜话，樱花落满了南山

几首小情诗

野象小姐

桃子刨冰

第一口总要深呼吸的
那种温度像心上人给你个冷脸
一触即发的哆嗦

夏夜突降大暴雨
我在冰店遇见你
别慌，追涌上来的桃子味
一下子释放一泳池的清甜

勺子舀下，切开粉红果肉
必须沁入每一片刨冰碴碴

草莓太惹眼，杧果太普遍
车厘子洋气是洋气，但贵
桃子与刨冰的夏日 CP
不惭愧地说就是我配你

莫吉托酒

莫吉托是船长的酒
你想载谁驶向哪里

又或者更愿意在加勒比
将这杯黄瓜薄荷汽水酒
你我，痛饮

西瓜

吃西瓜的时候，不只是在吃瓜
而是，看剧、乘凉、想你

一个一个夏天
甜腻腻的秘密

想看星星，萤火虫窜不停
想偶遇你，你只给我背影

冰汽水儿

握手里，“滋滋”

撬开盖，“扑哧”

灌一口，“咕噜咕噜，咕噜咕噜”

透过玻璃瓶看你

球服上“7”鼓鼓的

流川枫是 11 号，但我比较喜欢 7 号的你

有人抛给你脉动，你只喝我送的冰汽水

落日余晖落在你肩膀

它们和夏日一起发亮 つづく

梦见的人，醒来就去见他

野象小姐

“那个人都入了梦，你还在等什么通关口令呢？”

我很少做梦。如果半夜打雷闪电，一概不知。睡得别提多实了。大学时，汶川余震波及我们学校，饮水机晃倒了，室友惊慌地往外蹿，拍不醒我，我嘟囔了一句“小点声呀”，翻身继续睡。长辈说这是福气，“牛鬼蛇神休想入梦惊扰我”。

于是，我也无缘见故人。

做梦技能为零，唯一记得的一个，几乎耗尽我毕生美貌与才华。梦里我和喜欢的人去露营。下雪的山顶，头顶是漫无边际的星海。他升篝火，我们穿着厚冲锋衣，盘腿坐下喝温热的酒。他是科幻迷，我说我早年小说写过“梦中梦中梦”结构，后来好几部科幻电影导演学我。他哈哈大笑说那你很红哦。

我问，明天你几点飞机？他说，先别提明天呗。

醒来太郁闷了。那种话他绝对不会说，他最在乎“明天”了。

都说见面不能改变什么，相见不如怀念。但话说回来，现在已经形同陌路，情况不会比这更糟。大不了见完再拉黑。重要的是，此时此刻你想见的人是他吧。

由于种种误会，我们断了联系。我很屌，醒来没敢去找他。告诉自己要优雅、要高贵、要宠辱不惊，后来就更没勇气了。

我们被孤独吞噬，努力沉浮，羞于成为太感性的人。好像谁先表达想念，谁先缴械投降，谁就输。拜托，梦醒更添烦恼。被这不退不进的爱煎熬，赢了体面又有多了不起呢？

我对自己的胆小感到无力。天越来越冷，人人渴望冬天来临捂一杯热茶。醒来不去见，我们活着的诗意就消失殆尽。麦克斯·埃尔曼在他的一首诗《我们需要的》中写道：“对待自己温柔一点。你只不过是宇宙的孩子，与植物、星辰没什么两样。”

梦见故人，也是“生活暂停键”的提醒。去见他，或许只是吃顿饭。最坏的打算是无话可说，又甚至连邀约也被拒绝。如果你们开撕，恭喜你还有戏，互撕需要热情啊。如果反目成仇，拉黑拉黑拉黑。拉得腻了这个人也无关紧要了。

记得《星际迷航》导演艾布拉姆斯曾说，年轻时曾迷恋《超级玛丽》，把看到通关界面风景当成毕生重要的事。有一天他的超级玛丽有 20 条命，却卡在了一片云里，他跳啊跳，只剩下 5 条命！他气急败坏，冒死再试，终于只剩最后一条命的超级玛丽通了关。可是，他好沮丧，因为只顾通关，忘记了欣赏那来之不易的通关界面。

原来只有耐心，才配得上最美的人生游戏通关风景。

生活很艰辛。想梦见谁还不一定如愿。那个人都入了梦，你还在等什么通关口令呢？

谈恋爱真的好好哦。

5 月去上海了一趟。5 月不恋爱，对不起 5 月天。男生长久地看着喜欢的人，慢慢笑起来的样子好酥哦。

安东尼说晚上 9 点没什么事就一起吃饭，还有两个朋友。见面给我一个大拥抱。他穿了件软糯的黑色高领毛衣，我说这么厚热不热。他说我是突然飞来上海的，没来得及好好收拾行李，没带什么衣服。

我打趣，为爱走天涯？

他说是啊。哈哈哈。

我夸他皮肤好，人也精神，恋爱中的人果然很滋润。我们喝了点酒。聊天时他一直盯着他喜欢的人看，那眼神太粉红了。

回去时，他打车顺便载我。我说看你恋爱，我也想恋爱了。他莫名其妙拍了下我胳膊肘子：“传输恋爱能量给你。”

好幼稚哦，又不是动感冲击波。哈哈。蹭着他的毛衣觉得上海的夏天快到了。他掏出手机放了首 *Heartbeats*。我说看你手机歌单就知道这个人在恋爱。他说是吗，又乐了，转头看了一眼心上人。

这狗粮吃得心服口服。由衷感叹喜欢一个人一定要飞奔去跟他说有多喜欢啊。那种坦坦荡荡、光明正大、金光闪闪的恋爱感觉，太美好了。不要把时间浪费在互相猜疑上，浪费在午夜憔悴上，浪费在号啕买醉上。

晚上预订的民宿在宋园路上。下车独自走了一段。这一带马路极安静，空旷没车，树影绰绰。去便利店买了冰激凌，借着微醺，心要飞起来了。

许多人爱得不明不白。

知道吗？暧昧很棒，但恋爱更棒啊。梦见一个人，可想而知有多喜欢，只是你自己不肯承认罢了，请一定要飞奔到他面前去说喜欢。

想跟你手牵手走在大马路上，不遮遮掩掩，迎面走来一个人你也不松开我的手。

我们可以去旅行，去吃好吃的美食，去吹一吹不同城市的夜风。

不论是在梦里还是梦外，都去愉快地浪费时间。つづく

不懂欣赏一个人的好，你就休想拥抱爱

野象小姐

“你刚好能欣赏我的利落，我刚好能欣赏你的和和气气。”

魏老师讲，某部美国老电影里，两个刚毕业的穷记者互相喜欢。忙完采访去餐厅吃饭。女孩吃不饱，她从兜里掏出一颗螺丝钉丢进汤里，如愿地让服务员换了一碗新的，继续津津有味地吃。

救命，太尴尬了！在喜欢的人面前好歹装一下嘛！男生也许会想，咦……好失态。

可是，男记者做了一个超有风度的可爱举动。他对女孩耳语：“Hey，你还有螺丝钉吗？”

我们项目中负责财务的阿珍姐，除了严谨认真的职业气质，私下聊天，举手投足间都是藏不住的亲切、天真和善意。有一回周末，我们在花卉世界的仓库开会。她先生来看她。空间内有许多植物盆栽围绕着我们，文竹、铜钱草、多肉、薄荷，高高低低、茂茂密密，地上全是泥土……进进出出人都踮着脚，杂乱无章。

会议结束，我们看到她先生安安静静地背着手在欣赏长势喜人的植物。他悄悄把地扫了，把地板上黏着的一块巨难看的大胶纸铲干净了，桌子、椅子、箱子归顺整齐。

阿珍姐说，我先生很爱养这些。我们每年春节去花市，他负责挑、买、养，还害羞地说："我很笨的，养植物我不会，养什么死什么。"

后来，他俩离开。阿珍姐又一路小跑回来捏着一包抽纸，说"哎呀，我先生说咱们这里没有纸，我从车里拿一包放这里了"，小跑着挥手再见了。

养植物需要耐心，我不会所以你很会。

我周末加班，你不抱怨，有空就来陪我，没空也没事。

我忙我的，你就自得其乐，把一切料理好，安安静静刷存在感。

这样的先生也经常被诟病"小男人""太居家""格局小"。不过，过日子是你和我两个人，你刚好能欣赏我的利落，我刚好能欣赏你的和和气气，这不是最温暖、有序、恒久的情感吗？

要知道，一切人格都是有好有坏的。

一个人很强势，颇具攻击性，那他做事大概利落漂亮。

你担心他花言巧语，也许他当初吸引你的就是聪明睿智。

如果他刚好很磨叽，很慢动作，我猜他有耐心、好脾气。

我们常常在恋爱、朋友、亲子甚至宠物这些亲密关系中失去耐心。处着处着，觉得对方没有刚开始有意思了。那么，你为什么记不得当初是如何被深深吸引的呢？

千万不要成为挑剔又无用的人。理想主义者最危险，不知不觉就变得挑剔招人烦了。我以前写过，你遇见 A 就是 A，遇见 B 就是 B 了。错过就重来，失去就拜拜，但是你不可能一直有选择权。没有逾期不候，也没有此生真爱。

缘分就是这么简单、随机、粗暴的事。

周迅有一首歌唱道：

这世界唯一的你，

温暖着我不安的心，

你拥有最善良的眼睛。

不喜欢“Mr.Right”“100% 女孩”言论，仿佛上帝为每个人配对好了另一半，当 Wi-Fi 信号强劲，电力满格，总会在一个罗曼蒂克的时间连接上。

最魔幻、最酷的，是分享这世界所有喜悦与不堪。

我们都努力去不断发掘身边的人新的闪光点吧。

而他一定总有新的闪光点。つづく

你敢不敢，与我相互亏欠

野象小姐

“相爱必有遗憾。”

过年回家见高中闺密，她与小 5 岁的男生在交往。当时心中弹屏是“天哪天哪天哪”。打趣她，看，年纪大了知道新鲜肉体的价值了吧。她说现在还没跨过心中障碍。常常在男朋友搂她时冷不丁冒一句：“你小学一年级时我六年级哎，你的红领巾搞不好是我系的。”

男朋友平时爱看车，她说，你要更努力才能得到你想要的生活。人家买了块奢侈品牌男表，过了三天，她提问，那么现在它带给你的快乐，还像当初你渴望它一样吗？

我耳边仿佛飘来面试考官的声音，你的职业规划是什么？对未来有哪些期许？我们会考虑，三天后再来吧……

我震惊地问："姑奶奶你谈恋爱好好的，为什么要教他做人？遇到一个俊朗乖巧舒心的男子不知是转发了多少锦鲤才修来的运气。"她说，如果因为自己影响了他的未来，会很歉疚。

好想揪住她的衣领告诉她，他选择与你在一起，没有被威逼利诱，没有刀架脖子，是因为非常喜欢你吧。他是成年人，不是任何人的乖宝宝，有自己的判断与认知。对自己的选择负责也是他需要学习的功课。

他的未来你别操心，你就安心负责让现在美妙吧。

电影《爱情与灵药》中，麦琪得了帕金森病，害怕牵连 J 的人生，因此主动拒绝与他继续相爱，因为这种病会偷走他爱她的一切——她的身体、微笑与记忆。她迟早不能自己穿衣，他还要清理她的粪便。

摊上这事儿，换谁谁糟心。J 经过挣扎，从大巴上把她拦下来。她哭着说："我需要你胜过你需要我，这样不公平。"

不知道最终 J 是不是能永远爱下去，不离不弃，也不知道麦琪那一刻扑进他怀中，是敞开患病的自卑心相信男人会真的兑现承诺，还是仅被那一刻的幻象打动，甘愿沉沦。这像一针爱情麻醉剂。

爱啊，人生啊，原本就很虚无寂寥啊。你会因为老了无法下床、屎尿不禁，而在青春时拒绝璀璨际遇吗？拥有过，好像才比较好。

相爱必有遗憾。

你敢不敢，理直气壮地与我相互亏欠呢？

爱情的模样：狼吞虎咽，百看不厌

野象小姐

“如果他嫌你吃相难看，就不要浪费时间了。”

大美妈妈曾经给她张罗相亲，对方是大美不喜欢的自命不凡的那类。但妈妈逼得紧，只好硬着头皮赴约。我给她出馊主意，你约他吃鸭骨架啊，啃得一脸酱油，对方肯定吓跑。

他俩真的去啃鸭骨架了。对方委婉地问，是不是很饿，是不是很喜欢吃鸭骨架？大美不说话，挑眉示意，你不吃啊？吃尽兴了往椅子上一靠，双手插兜：“我吃得多，我请客。”

故事结局没有逆转，对方没有因此就觉得她很独特，从而喜欢上她。这在现实生活中是几乎不可能的。初次见面，这样给人感觉是缺乏修养，相亲态度不认真。从坐下点鸭骨架那一刻开始，就摆明了吃完这顿我们老死不相往来。

不喜欢一个人，才会吃相难看把对方吓跑，喜欢一个人，怎么敢冒啃鸭骨架的风险呢？

怎么就不能呢？

喜欢一个人，更应该一起去吃手撕鸡，啃鸭骨架，喝胡辣汤，张大嘴吃巨无霸汉堡。如果他也喜欢你，一定觉得你可爱。这姑娘很能吃嘛，够快乐，百无禁忌。彼此喜欢的两个人怎么看对方怎么顺眼，狼吞虎咽，百看不厌。

如果他嫌你吃相难看，就不要浪费时间了。

有一部美剧，名字我忘记了。丈夫对身边昏昏欲睡的妻子问道，你知道我是在哪一刻爱上你的吗？妻子迷迷糊糊地答，是第一次我们认识，我走 T 台？

丈夫摇了摇头。

妻子问，那是什么时候？

丈夫说，有一次我们约在一家烤羊肉的餐厅，你穿着一件吊带裙子，手里抓着一个很大的羊骨头，汤汁流到手肘了，笑得很大声。服务员走过来问，需要纸巾吗？你摆摆手说不用不用。那一刻我心想，我一定要娶她，这个女孩让整个餐厅都快乐起来了。

妻子笑着问道，你知道我是什么时候确定想跟你过一辈子吗？

丈夫说，我求婚的时候？

妻子摇摇头：“就在刚刚。”说完吻了他。

喜欢一个人是一种什么感觉？怎么看都看不够，无论他在干什么都想掏手机给他偷拍两张。我们往往喜欢一个人就变得小心翼翼，生怕出错。那种不松弛，很寻常，是因为我们没有把握对方 100% 喜欢自己，不知道那一星点喜欢可不可以酿成甜酒。可是，这样下去哪怕成功了，你收获的也会是小心翼翼的爱情啊。

人在爱情中折射的全是自己。你喜欢什么样的人，就代表了你的品位；你喜欢什么样的相处，就意味着那样的生活节奏能让你舒服。

我们都渴望有一个人，在你崩溃的时候，能用厚外套裹住你，隔绝路人看热闹的眼神。在你陷入困境时，哪怕不能第一时间赶到，也能脱口而出“有我呢”，让你感到安心。

人只有在热恋做作期有耐心保持精致甜美。我们不可能一辈子戴美瞳、卷头发、喷香水去见心上人，除非两个人永远小心翼翼，永远满足于精致的表象。可是假如永远光鲜、永远甜蜜、永远不出错，爱情的维度未免太乏味了。

爱一个人，理应爱她灿烂如花，也爱她一塌糊涂。

阿丽莎·纳汀在《脏工作》里的一段描述，我觉得非常可爱：“我和另外五个人被放在壶里，五花大绑，肠子和嘴里塞满了香料和大蒜，但依然可以说话。虽然很煎熬，但我们闻起来香极了。”

当我们被喂得饱饱的，爱恨情仇就会被虚化，隔着汉堡、鸡汤、烤肉、芝士、比萨，那种爱简直妙不可言。

张智霖被问到，生命中还剩24小时会对袁咏仪说什么？他说：“我死了你钱够不够花啊？你说够，我就安心了。”这种爱呢，是永远在问你钱够不够花，穿得够不够暖，肚子吃不吃得饱，等你死了我才敢放心死。这种爱是秋衣扎进秋裤里，秋裤扎进袜子里的踏实。

希望我们都能找到暖烘烘的人，一起在冬日共进晚餐。

没辙！手把手教你怎么找对象

野象小姐

“别再寄希望于‘猿粪’了，努力找对象不一定有，但不努力就一定没有。”

我有一天在想，找对象这件事，虽然天注定的因素很大，但一定有什么方法是可以加大概率的吧。按照某种定律去努力，一定会比整天宅着的人容易一点吧。

比如，随便培养个爱好。

一切不以找对象为目的的爱好，都是自己跟自己玩儿。我的朋友大美爱看韩剧，但韩剧只能收获一大拨抢你老公的女性朋友。于是，她去学跳舞了。

她的舞种多样，爵士、Hiphop、日韩。前阵子在舞池与某男子斗舞，全场围观喝彩。结束后，大美以自由女神的姿势举杯，甩裙而去，可以想象她欠揍的神气脸。跟她斗舞的男子追着要了好久电话号码，大美说，萍水相逢您还是回去吧。

哎哟！大美出息了。

虽说酒吧出现良人的概率甚小，但至少增强了自信。就算注册婚恋网站，贴几个跳舞视频也能增加好几个直男阅读量啊。培养个爱好，增加个人魅力值。先不说弹钢琴、跳热舞、画油画这些厉害的，即使玩游戏练级到一定水平也能碰上微微一笑很倾城的肖奈大神，学巴西柔术能遇见黄景瑜，学围棋可以碰见星星眼阿泽啊！

如果有条件，房子腾出一个房间，做 Airbnb。我有个朋友，家在蛇口，隔海望过去就是香港。自从做了 Airbnb，成了地陪，朋友圈整天都发带外国帅哥房客去深圳之窗、东部华侨城、铜锣湾等。

世界之大，最重要的就是创造彼此遇见的机会啊。Airbnb、小猪短租、朋友家这些 APP 用起来。要我说，世界分享经济的真正社会意义，就是世界范围交朋友。

还比如，参加直男扎堆的户外运动。

我早就想明白了，身为女人，我们爱待的场合是不会出现帅哥的。

直男不会宅在家看韩剧，逛商场在专柜买衣服的不是陪女朋友的就肯定是男闺密，在咖啡厅坐一下午的大多是装小资的而且还是初级的，而在甜品店吃吃吃的除了胖子还能是什么啊！优质直男只出现在办公室、会议厅，业余时间肯定在爬山、极限运动、玩滑翔伞啊。这一切阳光优质直男扎堆的场合，你不去，只能给比你体力好的女生留机会了。

有个朋友，28 岁找了还在念大学的小鲜肉，1 米 83，约吃饭，他们迎面走来挽着手感觉是流动的偶像剧。她恋爱之后整个人都少女起来。人家说，你命真好啊！她说，我下楼买个水果都喷祖・马龙、拎古驰，我找到优质男友不是应该的吗？

原来，最重要的不是去哪里找对象，而是变成自己都忍不住爱上自己的对象。

前几天跟高雪聊天，我们一致认为恋爱最重要的价值是令自己成长。如果你在上一段恋爱中是个变态黏人精，那么在下一段恋爱之前请先学会自己把自己伺候高兴。如果在之前你是不懂表达爱的闷葫芦，那么在新恋爱之前请克服不敢说“我想你”的心理障碍。

如果把“找对象”当作一个任务课题来攻克，不妨尝试用各种方式去接近目标值。在这个过程中不断修炼自己，检索失败原因，也不要掺杂太多个人情绪，不要动不动就丧，说不定会有好事发生哦。

得了，先不乱教大家了，第一步要做的是自己先找个对象。つづく

不好意思，我的人生必须恋爱

阿飞

“没有恋爱的人生，一切奇妙都不能打动你，所有的游乐园都是大门紧闭。”

野象介绍：

阿飞，我最要好的男闺密，青春路上的灵魂挚友。
一个非常臭美，热爱穿搭，痴迷发财，同时拥有老灵魂与逗趣人格的大帅哥。
许多无聊又紧张的日子，我们一起陪伴度过。见证了彼此的心碎与心动、
神经与神奇、落魄与落泪、不堪与不可一世、优秀与优柔寡断、无奈与无所畏惧，
我们之间最大的默契是永远不会爱上彼此。
希望我们做一辈子的好朋友。

我们去首尔玩儿的时候，阿天说想去南山塔许愿。我们笑她，爱又不是求来的，而且韩国的神不知道管不管得了中国少女的事哦。

后来我们还是陪她去了。太冷了，那晚南山塔人不多，阿天一个人神神秘秘地抛下我们去买锁挂锁。等所有仪式完成，她满脸幸福感地回来，说如果许愿成功就让男朋友请我们来韩国再玩一趟，还愿。

原来她不是许愿，她是心有所属。在我看来阿天整个人都是粉色的、发光的。

人啊，只有和自己喜欢的人在一起才叫恋爱。

最怕别人说，感情是可以培养的，你试一试。

感情的确可以培养，你去山区支教两个月，走的时候哭得稀里哗啦。寄养在你家的宠物找到了新的主人，你还会一而再，再而三地确认它是不是过得很好。但爱情完全不是那么一回事。

前两天看《奇葩来了》，里面有个 22 岁的大女孩——赵大晴，她说在她 21 岁的时候，和一个只见过 6 次面的人结婚了，那个男孩比她还小 1 岁。他们一见钟情，还在迪士尼对着米奇、米妮下跪结拜成兄弟。因为他们不仅要成为爱人，还要成为彼此最好的朋友、最棒的兄弟。

最动人的是，她也不知道他们会走多远，但她知道如果当时不和他结婚，她一定会痛苦，会后悔，会蒙头痛哭，也许还会成为她一辈子的心结。她带着从淘宝上买的 20 元的头纱，就直接去美国结婚了，当时的她觉得自己是全天下最幸福的女孩。

但是两个月以前，他俩离婚了。

这并不意味着之前做的事就是蠢事。因为所有的热恋最终总有现实要面对，但这并不代表这一切不值得。和放肆爱同样重要的是勇敢面对。

康永哥问她：“你还会害怕婚姻吗？”

她说不会。

尝过最好的滋味，承担最坏的结果，不损坏对爱的希望。好的恋爱教人成长。

恋爱到底是什么啊？也许是幸福按钮再乘以一万倍的触感，也许是有一刻脑子坏掉相信了这个世界上有永恒，也许是暂时不管这个世界而只要你。

前段时间因为一段还没开始就结束的恋情烦心，和 Magic 喝酒。她一直热心关注我的婚事，哦不，我的恋爱。毕竟朋友里单身的也没几个了。

喝多了，她说以前和老赵谈恋爱的时候，第一次喝大，吐到不能自理，但整个人非常兴奋，大吼大叫还会赏老赵耳光，当然不是真的打……我问她，你又吐又吵，老赵不烦吗？

她一脸无解。为什么会嫌我烦？他喜欢我还来不及呢。最让她感动的是，她醒来的时候，她问老赵自己昨晚的情况，老赵就会说：你昨晚超可爱，还硬要和别人比美，骂别人脏话。我可是都录下来了，要是你下次不乖的时候，我就把这些公布于众！脸上的得意啊，是我翻十个白眼都抑制不住的嫌弃。

后来 Amiee 来了，刚喝一杯就大手一挥告诉我，不恋爱怎么行？喝醉就被讨厌那一定不要在一起啊。她说她很少大醉，但有一次，醉到不行，回家之后完全不能自理，妆没法卸，澡也不能洗，连头发都吐脏了。半夜总觉得有人在旁边吵，稍微清醒一点发现是自己笨手笨脚的男友帮她洗完头在给她吹干。她用仅存的意志在心头给男友打了个红钩，然后就睡死过去了。虽然第二天她花了平时洗头的三倍时间才把打结的头发打开。

她俩面对不知所措的我，义正词严地说，千千万万要恋爱，只有恋爱的时候才能感受到一个人是不是真的喜欢你。

恋爱不是一开始就过日子的，一开始一定是你足够喜欢他，他足够喜欢你，你们才能够把对方看进眼里，才能把对方的缺点都当作可爱。

毕竟热恋以后的很长一段时间你们是要慢慢磨日子的。

没有恋爱的人生就是一潭死水，这个世界的一切奇妙都不能打动你，所有的游乐园对你来说都是大门紧闭。如果没有一个能让你心动又心碎的人，让你变诗人又变醉鬼，让你感受极致又跌落谷底，那为什么不一个人生活呢？

请女孩们握紧手里的少女心，遇到心上人再释放它，毕竟遇到对的人什么时候都不晚。

吃过的每顿饭，都提醒我爱过你

无聊女王

“那些食物，提醒我们曾抵达过何方，发生了什么。”

野象介绍：

无聊女王是我最百无禁忌的朋友。
她比我大 5 岁，家庭优渥，某闲报的闲主编，深夜跟我吐槽闲扯。
我特别爱看她骂人，没有脏字却格外过瘾。拥有很灵气的人格，自大与自卑并存，骨子里的骄傲跋扈很欠揍，被生活琐碎虐累之后，会流露出脆弱又温柔的怜悯心，某些时刻又自卑得莫名其妙。这也是我喜欢她的很大原因。
我们下一步的计划是一起直播推荐好看的耳环。为此我们积极筹备了两个月，我们真是一对无聊的好朋友。

“我小时候很喜欢吃便利店的肉酱意粉。很多人都问我，你为什么那么喜欢吃？它有点咸，肉也不多。喜欢，就是喜欢，我喜欢它是因为我觉得它好，它什么都好。”电影《春娇与志明》里，余春娇去北京给张志明捧出一盒从香港带去的快速肉酱意粉，杨千嬅用她特有的声线说：“又要用干冰冰住，又要 hand carry，你木鸡有几麻烦！”抱怨完，杨千嬅转而娇嗔地问余文乐，“Sweet 母 sweet 啊（是不是很 sweet 吧）？”

正在埋头吃意粉的张志明无话，情节交由余春娇说出了全剧金句：“我以为我很努力地摆脱张志明，最后我发现我变成了另一个张志明。”我想，无论他们是否继续相爱下去，便利店的肉酱意粉都会列入余春娇的挚爱食物清单，即使她今天还想不通它有什么好吃的。

有过那么多的前任，无论是爱到死去活来，还是撕到天昏地暗，分手后，电话删除、微信拉黑、照片烧毁，以为过往痕迹烟消云散，但其实有没有想过另一个很可怕的存在？

“和他一起有过的味觉记忆，其实已经根植在你的体内，永远无法消除。”

某一前任是宁波人，靠海的乡民，食物的日常是各种泥螺、呛蟹、血蚶、醉虾。靠山的我初次到达，着实吃不惯。不能理解带血的贝类怎么可以入口，更搞不懂生蟹怎么能用白酒、食盐腌一下就上桌。

交往中并没有审视过自己对这些食物的接受程度，也没少诟病宁波人的饮食习惯。反而是分开后很多年的一个早晨，醒来无比想念泥螺配稀饭的味道，醉鲜醉鲜的生螺肉拌着一口白稀饭落肚，哪怕菌落总数超标也是说不出的满足。

现任老公是一个湖南长大的东北人，爱吃面食，不喜辣椒，是我对他食物习性的全面认知，自诩共同生活了那么多年已没有什么不了解的。直到有一天我吃到一碗超级赞的海南鸡饭，他开口说：“你喜欢吃，我在家做给你便是。”在惊讶“你竟然还留有这一手”之余，突然悲哀地想到“他的前任是海南人”的事实。

竟然没由来地赌气不理他长达半晌，此应该是“无名业火”的最佳注解。

人，就像一个记忆的拼图，过往的经历拼就了现如今的你。而味觉比情欲来得长情些。感情的痕迹淡去了，那人长什么样或许都已完全忘记，可是和味觉有关的记忆却深刻地留在身体里，在某一个电光石火的刹那间，乍然出现，提醒你那段爱过走过跨越过的时光。

曾经看到一个观点，食物如同《圣经》中的果子，不只是为了果腹，更为了获得生活的力量。我们的味觉总是持久过我们的记忆，不时提醒着我们，那些熟知食物的背后，我们曾抵达过何方，发生了什么。

去必胜客必点大西洋珍鲑比萨，并不见得是你有多爱速食店里的日式味道。因为连你自己也分不清，你爱的到底是这款比萨还是和他一起坐在比萨店里被鲑鱼上的芥末呛到狂喝可乐的那段岁月。

不喜肥肉但最爱和兴烧味的黑叉烧，点餐时还特别强调要三分肥七分瘦。并不是黑叉烧的肥肉不腻，而是他曾经和你说过黑叉烧里的肥肉是最好的饭搭子，拌着一起吃完全不觉得像在吃肥肉。

完全没办法接受榴梿的味道,但偏偏可以独自吃完一整个乐凯撒的榴梿比萨,或许就是因为那是唯一你曾经许可的可共存于你俩空间的有关榴梿的食物。

说到底，“吃”是一件很私密的乐事，很难用语言劝服另一个人心甘情愿地进入你的味觉体系。而那些夹带着爱的私货前来的食物，却能轻而易举地攻破城门。

像《盗梦空间》里的植梦师一样，在你的内心植入了天南地北的味觉记忆，再也挥之不去。吃到心里的那一句话，感觉便可以继续爱了。

“即使爱走了,用他的眼睛和味觉去体验过的世界,这种感觉,无法删除。”つづく

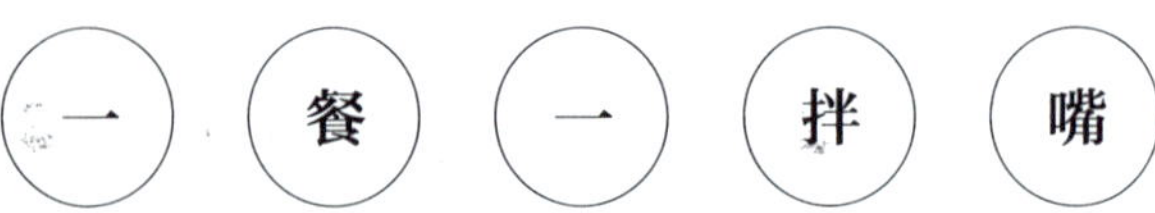

为什么我们这么努力还没发财？

阿飞：

我微博用户名是“会发财的 iPhone 7 Plus”，让身边的朋友们不准喊我“阿飞”，要喊我“阿飞大老板”，大家听我左一句“发财”右一句“发财”都听腻了，但我还是每年都虔诚地许愿——人生唯一目标就是要发财。野象偶尔怼我，醒醒吧你，一个身兼二份工作，还要养任性爸爸的落魄公子哥就不要说大话了！我们看起来光鲜，天天凌晨 3 点还在开电话会议，第二天跟上班族一起汇入工作高峰的我们，别人又看不见。

首先，我们要承认自己的平凡人人设。

努力和成功之间有必然联系吗？没有。

一定不要把“努力就有收获”奉为真理，世界有很多不公平，发财是需要运气的。比如你老板是个富二代，含着金汤匙出生，开了家公司，每天只来几个小时，手握爸爸给的人脉和资金，你每天工作时长是他的三倍，但发财的却是他。不要和好命的人比！人比人，气死人。

但是，即使承认这一点也不能太悲观，这个世界上也有大把大把平凡人靠自己的努力发财致富。看看身边那些已经发财的，或者接近发财的朋友，他们真的比我们更努力。努力不一定会发财，但努力以后发财的概率更大啊！

值得小心的是，有时候你的努力只是感动自己，切记不要自嗨啊！不要一个人埋头苦干，抬头看看外面的世界吧。

野象小姐:

我过年回家，我妈幽幽地说，回来三天没说上一句话，每天醒来第一件事是对着电脑，睡前最后一件事是关电脑，你比总统还忙啊。我一时语塞。记得有一天，阿飞买了一个麻将图案“發”的手机壳，喜笑颜开，有点走火入魔的样子……午夜梦回，我也会惊醒，我这么拼，牺牲许多与家人相处或者休息的时间，我真的能发财吗?

毕竟，这个世界上有许多没那么努力，但躺着赚钱的人啊……并不是鼓吹大家向好运的人看齐，而是应该把努力花在刀刃上，不要窝在自己的视野与天地中傻傻地努力。许多人天天熬夜加班，最后一个离开公司，赶最后一班地铁回家，觉得自己这样超级努力。靠这种“拼搏的精神优越感”感动自己……

另外，要时不时地检视自己方向有没有错。许多人在做决定之前，会花许多时间分析局面、思考策略、整合资源，在真正执行的过程中就很轻松。所以，如何高效且省力地努力，也是一门艺术。

天哪，写着写着变鸡汤了。大家才二十几岁，既有胶原蛋白又有美好生活，发财就别妄想了！还是等到 50 岁再说吧（50 岁的老叔们摸了摸膝盖）！

APRIL
肆月

YOU ARE THE MOST BEAUTIFUL ELEPHANT GIRL IN MY HEART

4月

愚人节，撂狠话，

吐吐槽

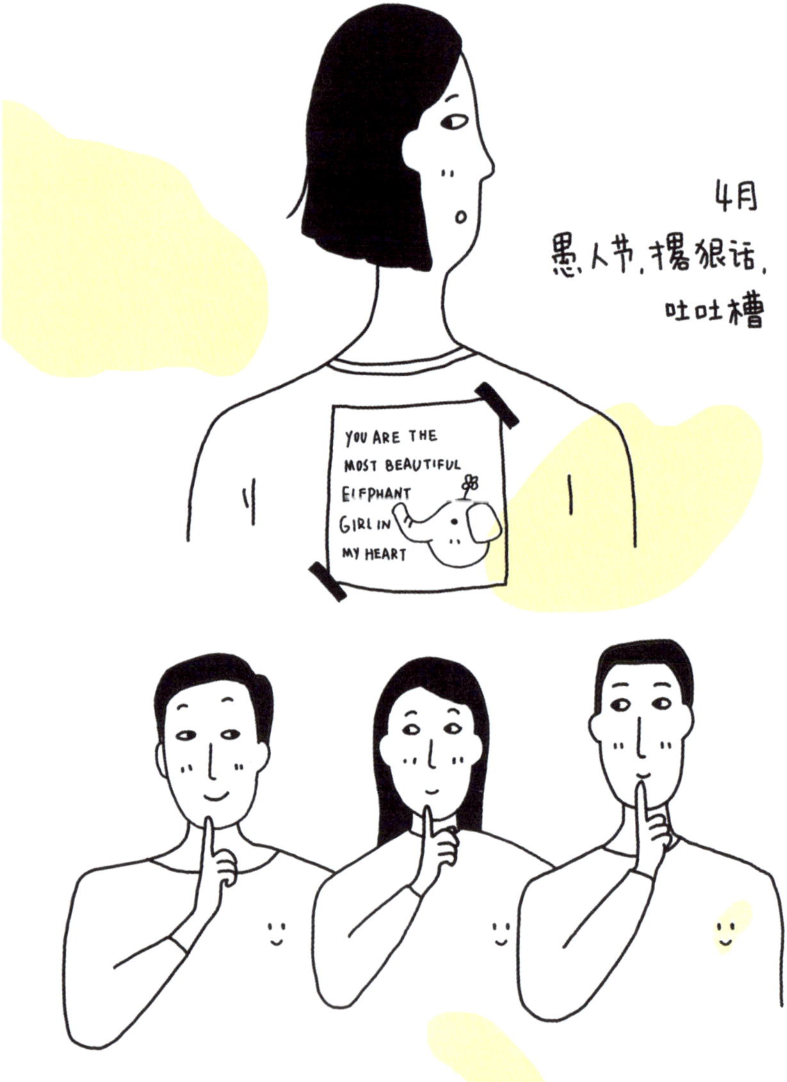

○很荣幸，被你分组可见　○不为我花钱，我怎么知道你爱我呢？　○世界辽阔你随便看，但请花自己的钱

○看见老板就像吃了苍蝇，是他太讨厌还是我无能？　○骂老板傻的小宝贝，才是真的傻呢　○本公主瘦了好看，胖了性感

○女孩子干吗那么拼？　○虽然你的人生跟我没关系，但我还是慷慨分享干货　○不发朋友圈了，不代表我过得不好　○世上没有醉人的酒，只有想醉的人

○钱是欲望，也是盔甲　○世界会变好的，我呸！　○想达到目标，就用对方喜欢的方式

很荣幸，被你分组可见

野象小姐

“分组可见功能，多贴心啊！”

有人说“分组可见是世界上最可怕的功能”，感觉被套了好几层面具，人与人之间失去了真诚。

人在江湖，不要太“抓马”哦。

我也体会过被分组不可见。跟一个长得像刘雯的洋气姑娘因工作认识，人好条儿又顺，聊得开心。跟另一个直男朋友提起，我惋惜她那么美，为啥不多晒晒自拍啊，尤其是那惊人的大长腿。朋友脱口而出：“她天天发啊。”

我怎么看不见？该不会把我当色狼了吧？我真心待你，你却把我甩在心房五环外！转念又忍不住替她找台阶，或许想勾引直男朋友，或许因为跟我不熟，顾及我的感受免我受打扰……

算了，其实我觉得她很有礼貌。

当发现自己被分组不可见，世界坍塌，是否感觉自己被忽略，被排在人家心房外?

你是不是傻，你进那么多心房干吗呢?

讲真，当不小心撞见不熟的朋友，深夜发出“为什么没人爱我”的感慨，想想他平时西装革履的精英脸，我会因看见这些脆弱的心里话而感到一丝丝尴尬。

每个人都应熟练掌握分组功能，好好地将隐私珍藏，不要让它不值钱。交朋友都有选择权，远近亲疏总相宜啊。有什么不妥吗?

情况一：对方是前任、情场“老司机”

“谢天谢地，别再撩我了。”

突然有一天，你在朋友圈再也看不到他深夜桌上的万宝路烟和威士忌，只能看见他一个星期更新一次，漫不经心地转发一条理财、新闻、微博段子。别傻了。不是他最近日子过得寡淡，而是十有八九你被他分组不可见了。他懒得再撩你了。

你可能会问：“为什么不直接屏蔽？”那是多大的罪名啊，太明显了。“留条后路”是“老司机”手册划的重点内容啊。

遇到这种情况，你自尊心多少有点受不了的。但是必须承认，谢天谢地他终于下决心让你走出他的生活。他是你努力想摆脱的人，现在你不需要亲自动手了。你个扑街，从今以后别浪费本姑娘时间。

情况二：讨厌的人

“正好我也不想跟你做朋友。”

被喜欢的人欣赏，是一种快乐。

被讨厌的人翻白眼，是另一种快乐。

……

我就专门喜欢气那些我讨厌的人，希望他们也能用相应的实力恶心回来。我不想跟你做朋友，拉黑反而显得我很在意你。

正好，你的分组不可见让我世界清静了。

谢谢你让我少一些“点赞”或“不点赞”的犹豫。

情况三：爸爸妈妈老亲戚

“是一种善意的隐瞒。”

我曾经发了组年会照片，和同事们大头凑着拍合影。穿那种吊带礼服，同事男男女女都有。5 分钟后，我爸小窗我“快删掉”。当时反骨，说，爸你不是很时尚吗？我又没做不正经事儿。

果然我妈一个电话炸来，问，小妖精你衣服怎么那么暴露？我说开年会呢，要隆重点！我妈说，和男同事靠那么近，他们都暗恋你吗？我说没有！暗恋我也没资格靠这么近！她说挑一个当男朋友！我说神经啊，我绝对不会谈办公室恋爱的。她说都什么年代了，况且你不用告诉全公司……我说他们都是男闺密！

总之，对爸爸妈妈亲戚分组可见，是一种善意的隐瞒。观念不一样，真的很难突破这种鸿沟。你认为不值一提的小事他们会上纲上线。

更何况，你怎么忍心让他们知道你加班到凌晨 2 点呢？不能让他们担心。

但加班到凌晨 2 点必须让领导知道啊！

情况四：工作关系，老板、客户、同事

“我很专业，我是女金刚。”

加班到凌晨 2 点，必须拍张桌上的咖啡和报表，风轻云淡地配些心情。每一句或温柔或元气的句子，都藏着暗戳戳的潜台词。

2:03 a.m.

“每辆夜车，载着一个归家的人”=“打车钱记得给我报！”

“充实的自己迎来可爱的明天”=“我累爆了！”

“熟悉这样温柔夜色”=“为什么加班的总是我！”

“关掉办公室最后一盏灯，仿佛回到高中值日时代”=“我是劳模，快给我涨钱！”

然而这些内容，被爸妈看到心疼，被闺密看到矫情，被酒肉朋友看到丢人，所以我选择让它仅出现在领导眼里。

另外，当你发些白痴内容，比如去超市买了一瓶名叫“白开水”的饮料，比如打车遇到讨厌司机骂了一通，比如和闺密轰趴瘫倒在沙发上，这些东西怎么能出现在领导、客户、同事面前呢？

他们大概不会认为你真性情，只会觉得你有问题，影响工作进度。所以，工作上，还是扮演女金刚比较不惹麻烦！

情况五：暧昧的人

“我的心只让你看看。”

有时想释放些小情小爱给爱慕的人，或者让最亲密的朋友知道我最近在想些什么，又不想被全世界乱解读我的暗语。

之前看咸贵人一篇小说，男生以为女生要被人娶走了，发了句：“早安，午安，晚安，都祝你好。”女生几年来一直在朋友圈晒早餐、午餐、晚餐。男生以为她过得很好，就任由她嫁别人了。多年后，老同学聚会才知道，女生的朋友圈在别人看来都是一年一更。她设置了“仅限他一人”的分组，用早餐、午餐、晚餐跟他 say hi。

你看，如果我让全世界看到我写的肉麻情话，别人肯定以为我又在浪。所以，当你刷到了“我想你”，请务必主动对号入座。我指的就是你好吗？

分组可见功能有什么不妥吗?

无法看见真实的我?

那就约我出来，请我吃饭，花钱看活蹦乱跳的我最真实啦！つづく

不为我花钱，我怎么知道你爱我呢?

野象小姐

“不管你为我花几块钱，我们都会回归到爱里。”

爱情是一场互撩的学问。

与棋逢对手的人较量，乐趣无穷。我们互相吸引，高手过招，荷尔蒙相互攀升。这个过程能了解一个人的人品、魅力、兴致、价值观、对未来的期许。可浮在空中的爱情不长久啊。

面对一个若即若离的人，很想质问他，哥们儿你能表个态吗？！

我们需要脚踩在松软草坪上的安心与温暖。

听过一个故事，情人节女生因为男生给她发了5.2元的红包，心中不快，提出分手。大家站成两派，有的说女生太作太爱钱；有的说分得好，男生太抠。呵呵。

你给我买个樱桃发夹，我好歹能了解到我在你心里像樱桃一样俏皮；给我买双绒线袜子，至少能表达你怕我冷啊。现在不是烽火连天的年代，不需要抛头颅洒热血，拖家带口逃荒，也没办法递手绢，相约榕树下。爱人之间表达爱的方式不就是礼物的传递吗？！

一个个礼物，是呵护，是宠爱，是彼此心意的一点点确认。

抠门儿不可怕，怕的是不表态。女生本来就是 365 天没有安全感的神经，我希望你放出些信号让我知道你在乎我。你如果给我买很贵的礼物，考虑你没什么钱，说不定我会制止你呢！可是你的心意我领了，我心里甜。

生病了不送药来，发一句“多希望我在你身边”；想旅行不订机票，拍着胸脯说“宝贝我也超想和你去那里的”；逛街看中一件裙子，他杵在那儿说“这个颜色挺搭你”……所以？

为什么结婚需要一个超闪的大钻戒？为什么妈妈要把传家宝镯子从箱底翻出来给女儿当嫁妆？因为我们需要在重要时刻的一个仪式感。这种关系需要一个超破费的物质来下决心，来明确关系，来让彼此家长放心。

这是物质给予人的安全感。当然了，再闪的钻戒也维系不了婚姻的稳固，但至少在那一刻你是需要这颗定心丸的。分手时，至少会犹豫下，当初下过血本呢！

许多男生说，我穷我还不配谈恋爱了？

是啊，你穷你还有时间拍拖？！你快去赚钱啊。从某种意义上讲，有实力给对方更好的生活，就是风度与自信的前提。我又不是吸血鬼，在你力所能及的范围内为我花钱，我就很满足。

更何况，我是女生我也在赚钱啊。你送我礼物，我也会送你的，傻瓜。

不得不承认，男生刷卡的瞬间的确能给女生安全感。不是面额问题，是刷卡的姿势与风度！

用“愿不愿意给我花钱”来判断自己在对方心里的地位，是一条捷径，但千万不要当唯一法宝。毕竟，愿不愿意为你付出、有没有责任感、价值观是不是相符，是找靠谱男朋友的深层多维度判断。

有个闺密，迷恋工科男生。试问哪个少女没粉过学霸型的理科生呢？她的现任是机械科学霸，也是情商负分的糙汉子。不懂浪漫，生日时送她折后 25 元的保温杯。

当初带他回家见家长。他发现她家厨房的灯很暗，说："送你个礼物。"闺密去午睡了。他搜索附近的五金店，买回电线、灯具、螺丝刀，钻进厨房倒腾。等她醒了，她妈妈下班了，进厨房打开灯，哇！亮亮堂堂直戳心底！她妈妈十几年了都是在暗灯下烧饭。男生一生的情商在那一刻爆炸了。当下妈妈催促女儿选日子快嫁了吧！

礼物的价值，只有你心里最有数。

贾平凹说："睡在哪里都是睡在夜里。"

不管你为我花几块钱，我们都会回归到爱里。

世界辽阔你随便看，但请花自己的钱

野象小姐

“穷，就乖乖宅着吧。”

我以前写过，旅行没有艳遇，没有治愈，还浪费钱。不过这根本拦不住想撒野的心。我一出门就爱在朋友圈分享，九宫格 + 文字描述 + 刷屏碾轧。肯定有人不喜欢。对不起，对于平常忙到没有生活的人来说，旅行跟放风似的。这炙热的兴奋已拼命克制，谁顾得了你喜欢不喜欢。

有个朋友说，怎么了吗，不晒会死？我说，会啊。她说别人出去旅行怎么没你这么用力过猛？我心里毛毛的，说你出去玩玩吧，感觉憋坏了。

她说，我没你命好，爸妈不给钱，男朋友不给钱，穷着呢。

我……

永远酸溜溜唱衰，你一定也有这样的朋友。想说关你什么事，但真正惹毛我的是：你凭什么认为旅行就该花别人的钱？

旅行究竟有什么好玩儿的？

爱旅行的人千万别有优越感。旅行对有些人重要，对有些人不重要。不要认定不爱旅行就意味着人生无趣，他们可能真的怕晒黑。

像阿飞，他就不爱动，出去旅行就爱当酒店蹲子。这丝毫不影响他是十分有趣的人。反过来，不爱旅行的人，也不要强行认为爱旅行就是虚荣狗、文艺病、做作帝，虽然他们刷屏真的蛮烦的，但这世界上有一个功能叫屏蔽朋友圈。

我就是旅行狗，可是旅行真的让我痴迷。在法国，咖啡馆像沙县小吃那么寻常与密集，这么一形容真接地气！法国人的优雅是随心流动的，不是被定格、被歌颂的。常常看到他们闲闲地等一个人，吃着甜品歪着脑袋，真好看。

长腿长脚的，走在路上抽出巨大的法棍来啃，那气势像抽出一把大宝剑。玛莱区的小酒馆好多，一杯上好的波尔多红酒只卖 2 法郎，走在路上空气都是醉醺醺的。这让我知道，人只有想办法变自在，才能活得松弛与尽兴啊。

在威尼斯，连捡垃圾的老头都是俊美雕塑脸，更别说走在路上的男人。

在米兰，下大雨，去拜访有名的 Eataly——用老歌剧院改造的大超市。我们看见每条鱼都有出身卡，上面标注着打捞的时间、海域，甚至捕到它的农夫的姓名。

在巴厘岛，没坐成香蕉船，却吃到超好吃的比萨，晒黑 3 个色度。便利店门口帅老外跟我搭讪，问我，冰激凌好不好吃？

……

那些被打开的新世界感官，被噼里啪啦拓宽的视野，一遍遍地告诉我用更新鲜的方式热爱生活。

不要老觉得生活欠你的。如何热爱旅行都是你自己的事。搞不懂有人为什么有那样的逻辑：“你以为我不想出去旅行吗？爸妈不给钱，男朋友不给钱，穷着呢。”说出这种话是美若天仙，还是四肢已瘫痪？

穷，就乖乖宅着吧。

我半年必须往外跑一次，不然丧到头顶冒青烟持续一整年。有人说你有钱嘛。

我有钱？刚进入社会时赚很少，几乎 80% 的积蓄花在旅费上。有人会花 80% 买衣服、护肤品，当小吃货，存起来以备不时之需，或者在好地段租房子。像我这种，注定租着烂烂的小破屋，挤公交、地铁，吃饭很省很抠，谈恋爱装傻不 AA，并且更加努力赚钱。你不能什么都占，什么都享用，为了热爱的东西牺牲掉别的，不是很公平吗？

不管热爱什么，都要努力赚钱。生活不欠你的，请将伸手向爸爸妈妈和男朋友要钱改成加油赚更多钱。姑娘你是个独立女孩，为渴望的人生体验去努力，无可厚非，天经地义。

有人靠买买买充实自己，有人爱宅在家看书，有人喜欢不停地谈恋爱，有人喜欢跳伞啊蹦极啊登雪山啊等极限运动，如果能置换任何你对世界多一些的好奇与体验感，那每一样都很好，没有高低级之分。

更辽阔的世界不一定要劳民伤财，也可以通过省力的方式。比如城市周边游啦，去自然博物馆啦，用一些好用的旅游 APP 博览天下啦。

总而言之，不许埋怨哦。つづく

看见老板就像吃了苍蝇，是他太讨厌还是我无能？

野象小姐

“没有被臭骂过，不足以谈职场。”

朋友跟我倾诉，老板是他最讨厌的那种女人，强势到不行，听不进别人意见，必须掌控全局，动不动把同龄男同事骂得狗血淋头，不尊重人，快 40 岁了还嫁不出去等。被骂过多次后，大家看到她就恶心，更不要谈工作积极性了。

“伴君如伴虎，难道让我去献殷勤吗？休！想！”

太天真了。

你以为献殷勤有用吗？这种暴脾气女魔头根本不吃这一套……类似人设在《穿普拉达的女魔头》《傲骨贤妻》《纸牌屋》中常常见到，献殷勤只会让她觉得你既无能又不识趣。

老板，是除了恋人之外，最需要小心的人。一是不得不朝夕相处，二是关系处理不好直接影响饭碗。可上班不仅仅是为了挣钱，还要图进步，图高兴啊，不能天天看到他就反感，每一秒如坐针毡，生不如死。

所以，假如老板是我讨厌的那种人，我该怎么办？

（一）老板发火，天经地义啊

老板？顾名思义，老是跟你叫板的人。如果你老板脾气温和，那是你八百年修来的福气。如果你老板他是个暴脾气，告诉自己，这再正常不过了。

你可能又不服了：我来上班，我就没有尊严了吗？！就活该忍受他莫名其妙发脾气吗？！

唉，玻璃心们，怎么不想想他为什么老发火？

论老板发火的理由：第一，他爱发火。第二，他给我们发钱，他有资格发火。第三，他的老板冲他发火了，他回来冲你们发火。第四，公司是他的，他想发火就发火。第五，手下人做事不给力，忍无可忍发火。第六，如果老板是女的，大姨妈来了，老公有外遇了，小孩离家出走了；如果老板是男的，外遇被妻子发现了，赌球输了，堵车堵了 3 个小时……

综上所述，是不是觉得每一条都很合理，甚至可以套用分析“恋爱中另一半凭什么爱发火”课题，许多问题也就得到答案了。

（二）对事不对人，就当老板是练级打怪的野兽吧

老板就是发钱的金主。纯粹，简单，极致。

你管他性格如何呢，又不用跟他拜把子，把事做好就行了。

女魔头难相处，自以为是，杀伐决断。在她底下做事，呼吸都得小心翼翼。我朋友被添堵了几次，懒得跟她争吵，内心独白是：“你想怎样就怎样喽……”可是办公室永远有人能获得她的认可，让她点头。他们怎么做到的？！然后你会臆想，肯定去献殷勤了。不要这么阴谋论啦。每个老板都有自己的风格，一定是你没用对方法。

比如我，最讨厌不尊重人、浪费别人时间的人。某任老板就属于永远把“很好很好，你可以试试看”挂嘴边的类型，然而当我兴奋地熬了好几个夜，把方案交到他手里，他继续点头“不错不错”，头也不抬就把方案书摞在一堆文件上，“我看完给你回复”。然后，就没有然后了。催他，他说我看过了，那个创意还不成熟。

为什么一开始不告诉我？我就不必熬夜去赶那些狗头方案啦！玩弄我吗？

后来就寻思，他能当上老板一定有他的过人之处，到底要怎样才能攻克他？他不注意听我的创意，也许因为我太年轻，还没有拿得出手的厉害项目让他重视我；也许我说服力不够，他没有被打动。

通宵赶完的方案，虽然感动了自己，说不定真的很垃圾。有一次，我赶完某个方案交给他，他又敷衍我。我这回学会了调整情绪，没生闷气，脸皮也更厚了，追问他，幼稚在哪儿，如何深入挖掘呢？结果那次，他真的放下手里的工作，给我好好上了一课。许多更宏观的战略问题我没考虑进去，当然这些也是我还未触及的。

他好像也没有那么可恶。总之，对待老板就不要感情用事了。做好手里的事，让他认可你，从他身上疯狂学习本领，确保创造了价值，每个月有钱领。

和同事一起吐槽他也好，背后对他戳小人也好，工作上还是靠专业与实力说话，这些都是必经之路，是修炼的过程，也是你的财富。

（三）不要对老板心存浪漫的想法

最近，老板对我忒好，下班还问要不要去吃羊肉串。原本超讨厌他，整天摆着一张扑克脸，见人就骂，额头青筋暴起。现在什么情况啊？莫非觉得我挺可爱，对我有意思？还是觉得我最近工作表现不错，想给我加薪？

好吧，你已经在危险边缘了。如果你以为吃了串儿，聊了童年破事，你们就是交心好哥们儿了，那你在接下来的工作中会受到十万点暴击。

他吃串在一般情况下是为了探口风，他了解办公室每个人的风格特征，也许瞄准了你是最容易突破的口。如果你一秃噜嘴什么都说了，同事们知道是你抖的料，你铁定遭排挤。这还不算，在老板心中，他也会认为你是一个嘴超松、不值得信赖的人。

搞清楚状况与角色！职场没有友谊！就算老板垂下橄榄枝，诚恳地欣赏你，认真跟你交朋友，甚至认真到想跟你交往。这时候更加考验你的功力。你看得清局势动荡吗？你明白每个立场背后的关系网吗？你知道你无意说的一句话会被人如何错误地理解与传播吗？你以为一片真心就能换得一片光明吗？

别天真了！

职场利益与真实感情纠缠在一起，功力再高深也不一定能处理得好。还没有学会自我保护的职场新人们，还是先划清工作与私下生活的界限，别蹚这浑水。

综上所述，再令人恶心的老板，也要给足面子。

尊重他。认真听取他的意见，但不需要违心地做反胃的事，但你若能正中老板下怀，那也很厉害。

理解他。不要动不动跟同事吐槽，说老板坏话。这是大忌。你可以听别人说，爽一爽，但自己千万别说……

忽视他。情绪不要被老板牵着鼻子走，他一句话你要反复掂量好几天，活受罪，工作以外的时间请尽情忽略他的存在。

爱护他。老板也需要被激励，尤其是招人烦的领导，他不是瞎子，肯定知道许多人讨厌他。但是当感知到你作为下属不断支持他的工作，而不是仅仅完成任务，他于公于私都会对你善意一点。

家家都有本难念的经，以前有个领导见同事们在聊跳槽的事，轻轻地说了一个理论，“每家公司都是问题程度不同的烂摊子，换个老板，也只是款式不同的坏蛋而已”。

“没有被臭骂过，不足以谈职场。”

现在我们可以一起陷入沉思……つづく

骂老板傻的小宝贝，才是真的傻呢

野象小姐

“没有无缘无故的刁难，没有混吃等死的老板。”

我第一份工作，内容有一项是媒体管理。新来的方姐，她就是死磕领导的代表。她把我叫进办公室，问我大学学什么的。我说新闻。她说，你稿子哪有一点专业度。我语塞，替自己辩解：原本稿子就不该我们写啊，我又不是记者，把活动时间、地点、人物讲清楚，稿子发给记者，他们会改……心想你新来的，你懂不懂啊。

她让我当着她的面，逐字逐字改。

她教训我——

“大概”“可能”这些字能出现在新闻稿里吗？新闻讲求准确性。

500 人叫人山人海，还是 1000 人？究竟多少人？

最后又绕回来，抒情是什么意思？你有没有逻辑感？

……

我心想，犯得着吗？稿子本不该我写，我帮忙写了就很不错了，我还有好多事要忙呢……跟同事吐槽，方姐是厦大新闻系毕业的，纽约进修回来的了不起啊，厉害死她，秀技能也不能这么虐我啊。

死磕带来的成果是公司曝光率大增，报道篇幅是从前的两倍。方姐说，记者们懒，你稿子不行，最终会被删成小苍蝇文。你稿子写得好，他就全文直接用上。

所以，老板对你苛刻，翻完白眼记得要弄清楚为什么。也许因为你当下真的很无能。

有人说，才不！我老板是真傻！眼看江山要被那些贱人给整垮了，我都替他着急。你处于个人岗位去衡量一件事，不免片面与浅薄。对老板而言，横向看他要顾全大局，纵向看他要判断这个事对下一步、下十步有没有影响。

不拎出坏蛋，也许是因为还不到火候，也担心轻举妄动坏了大盘格局。

不对熬夜加班的你提出表扬，因为你的付出尚处一厢情愿的地步，还没出战果。

不站在正义的一方，是因为公司最重要的是局势平衡。因为，在职场上根本没有正义与邪恶，只有局势平衡。

几乎每个公司，都有聚众吐槽领导的小分队。

“他脑子有病吧？居然派 Emma 去上海开财务会。”

——因为 Emma 业务素质不行，但长得漂亮，上海会议需要公关能力强的人。

“居然选了方案 C！最烂的一个！”

——你是从美学角度考虑，老板必须从受众审美、市场趋势、产品结合度等综合评价。也许他心里和你一样，也觉得方案 C 最烂。

“改了九次都是他的主意，那个奇葩，现在让我改回第一稿……”

——他大概同样没考虑清楚究竟哪篇稿最棒，只好要求你实现了十次，他才能对比做判断。撇开老板不谈，身边朋友也有犹豫不决的时刻吧，像对待朋友一样陪他渡过眼下的难关。

再退一步，老板给你发钱，不强求你与他做死党、掏心窝子，稍微容忍下他，不算欺负人吧！

关于为什么不拎出坏蛋，你以为只有你看得见坏蛋吗？

举个简单的例子。念书的时候，我们在课桌上排书墙，觉得把自己圈在小安全窝里看漫画、听歌、睡觉很安全，后来站到讲台上才发现，这尽收眼底啊！谁偷偷拐谁胳膊、谁跟谁眉来眼去、谁睡觉口水淌到课本第175页，看得一清二楚。

老师不管，是因为懒得管。只要你安静地、乖乖地做你的闲事，不影响其他同学，学习成绩没掉太远，老师哪有那么多闲心天天注意你啊？你以为你是谁啊？

视而不见，是老板的智慧。职场上的风吹草动，老板心里清清楚楚，坐看风云变幻罢了。

遇到真正的缺德老板该怎么办？你反问自己：他那么奇葩，我怎么还不离开他的公司呢？你会说，因为穷。目前工资只有3000元，只能屈居于此。

你看，你是一个只值3000元的家伙，他却开了公司，在市场规则下，他好死不死一定有什么过人之处吧？

你说，我随便跳槽到另一家公司都能找到工作。是的，但你的处境不会发生实质性的改变。告诉你一个残酷的世界物语——公司不分大小，各有缺陷，跳槽只是从一个烂摊子跳到另一个烂摊子。公司与人一样，既然存在，一定永远在自我完善中。

你躲过了旧公司的办公室政治，新公司一派相亲相爱，却发现这是一个晋升机制瘫痪的混吃等死型公司；你从上一个加班成魔的氛围中解脱，却发现新公司每个人毫无斗志，下班找不见人。

辩证地看：

钩心斗角的公司，一定竞争力强，可以训练战斗欲；

加班成瘾的公司，一定生意兴隆，可以训练抗压能力。

有时工作很累，想撂挑子，大可以尽情吐槽老板极品、奇葩，但千万不要深陷其中。长期抱怨，是阻碍进步的最大屏障。人如果只看到暗面，不满的情绪蓄满生活池子，越看一个人越不顺眼，却改变不了任何东西，每天依然要朝夕相处，心塞的不是你自己吗？！

还是努力干活吧，快快摆脱月薪 3000 元的魔咒。

等你能体谅老板的苦衷，你也就可以当老板了！つづく

本公主瘦了好看，胖了性感

野象小姐

“努力追寻快乐，一定不会快乐的。因为快乐不需要努力。”

许多女生体质跟我一样，喝水都胖。深受家族基因所累（不然谁背这黑锅？）不停陷入“减肥—复胖—减肥—复胖”的恶性循环。

我最瘦 96 斤，被赞纸片人，穿什么都觉得自己是仙女，也算拥有过“瘦过，活过”体验感。但当时人不自信，脾气也坏，喜欢的人没有因为我变瘦而中意我。

心想当瘦子也没什么意思，就放心胖回来了。

我最胖 120 多斤，少了侵略感，整个人散发温暾的气场。无聊女王说我最大的弱点就是眼里写满机灵但实际很蠢，所以吃亏。胖了再也不担心被误会了，因为外表与灵魂高度一致地蠢……大了一些，我胖归胖，但人活得有点明白了，算可爱，比瘦时招人喜欢。虽然也许瘦了会更招人喜欢。

许多人坚定地认为瘦了肯定比胖了好看、轻盈、有气质。这还用你说吗？可是斗争这么多年，想到一个哲思问题："胖瘦"与"成为快乐的人"之间，有直接关联吗？

还是"了解自己"更重要吧！

如果变瘦是为了符合大众审美，去做完全不喜欢、不擅长、毫无成就感的事，那太折磨自己了。先不说这些有的没的，假如不是挑战型人格，对自己缺乏认知，强行减肥：一是你不快乐，二是你不享受，三是你会复胖。

变成更好的自己，指的是自己喜欢的自己呀。

瘦子看起来更像成功人士？世界上那么多瘦子，也不尽然个个成功啊。Instagram 上超火的意大利富叔——Gianluca Vacchi，50 岁"高龄"，练得一身的腱子肉，还跟比基尼少女抖胸热舞。50 岁，拥有 17 岁林志颖的写真灵魂。叔的日常就是：游艇、飞机、摩托车、美女。

他不是那种不正经的玩咖，老婆、孩子都有。

不穿衣服是秀肉狂魔，穿上衣服是时尚精英。

这样的人热爱挑战。他没想通过外表去活成供人艳羡的范本，去获取资源，更不以健身为终点。保持身材是对自己最基本的要求，人家要挑战更多边界。

健康、极致、潇洒，享受每一个待攻克的碉堡，脸上写满了爽。和我们苦兮兮、咬紧牙关、不情不愿地扛铁有本质差别呀。

渡边直美的故事告诉我们，胖女生也可以性感可爱。她是一个日本胖妞，绝对游离在日本瘦审美之外，模仿碧昂斯出道，谐星、网红、潮人，创立自己的时装品牌 PUNYUS。

她现在很红。穿你不敢穿的比基尼，抱你抱不到的帅哥肉体，吃你不敢吃的高热量美食，拍你一辈子够不着的时尚杂志，拥有你渴望的没心没肺的笑容。

她做过的最著名的事情是，把瘦模特找来，穿同款衣服，同框拍摄、同框叫板。自信真的好可爱。

随便翻一翻她大笑的照片就知道，根本没输，不觉得她超漂亮吗？

如果能像许多励志博主一样拥有惊人意志力，美食面前做聋哑人，健身时变赛亚人，我早就变成仙女了。

但是，关键是我们热爱美食，热爱瘫着，热爱生活，我只是凡人啊，别逼我了！

努力追寻快乐，一定不会快乐的。因为快乐不需要努力。别再笑我胖，吃你家饭了吗？况且，身边无数例子告诉我们，故事最后帅哥都和肥妹在一起了。

不如今天我们一起去食堂领我的帅哥套餐吧……つづく

女孩子干吗那么拼?

野象小姐

“我所拥有的自由与独立，是我能多大程度决定我的生活。”

许多人都给我洗脑：“女孩子家家，太拼命，老得快。”坐拥祖传胶原蛋白，我仍然被吓唬到，想尽早拥有“早点嫁人就是成功”的顺畅人生。

可是，为什么依然单身又拼命？是因为梦想吗？想享受突破自我的极致人生，还是因为作，或者穷？都对，又都不对。

《家族的形式》中，上野树里 32 岁早早买下了高级公寓，与同样独身主义的邻居在晚上的大街上边走边说：“品尝了单身的自由滋味，很容易上瘾啊。”

不强加于人，不被人胁迫。

不伤害别人，不伤害自己。

足够有底气。

所以，“女孩子干吗那么拼？”

（一）能早早嫁掉最好，可我没那么好命

能早早嫁掉的女孩，要么漂亮，要么性格好，知足常乐（也可能被优越感强的人理解成目光短浅），早早遇见 Mr.Right。“早早嫁到好人家”，真是上辈子转发几百条锦鲤修来的福气。不是只要想就能轻易实现的。

回想班里那些毕业了就嫁掉的女同学，她们发照片被你诟病缺乏美感，发一段文字被你暗讽没有营养，但人家已经过上了“既有爱情又有娃，既有面包还有包”的生活。

我们这些没嫁的，不排除当初确有自恃清高、挑剔任性的毛病。现在多少认清了自我，可是错过了时间，能怎么办呢？心气儿比天高你能瞧得上谁呀？“相亲”这种反人类的行为我也不是没积极配合过，可是一坐下就大概知道自己在媒人心中是什么货色了。我觉得自己是全球限量版的甜心，人家却认为我是牛夫人！

事实证明，自己创造更优渥的条件，是对自己最极致的呵护。前天去京老师家轰趴。她家的阳台视野绝佳，海平线对岸能看得见香港，全自动超智能家具，马桶是 TOTO 顶配版，一靠近就自动温柔开盖。Lily 女王晃着酒杯说：“我们不要那种成功人生。成功是给别人看的，舒服是给自己的。”

不拼命你怎么知道自己能优秀到什么程度？

不拼命你怎么知道能遇见多么优质的对象？

不拼命你怎么知道精神富足来自自我创造？

（二）拼不拼跟性别没有关系，干吗强调是女的？

男人打江山，女人顾家业，是社会传统思维的论调。实际上，在这项性别歧视中女人是幸运的。社会给女人创造后路可以退，有一个得以偷懒的借口。男人压力大，到一定年龄，事业没起色，就是普世意义上的失败。

“实在不行就嫁掉嘛。”我有些女性朋友就是这样给自己加油的。在相对放松的心态下，工作真的越来越出色。

其实，拼命的目的很简单。生而为人，我拥有为理想生活努力的权利。作为女生，我不想让我的兴趣嫁接在任何人头上。我所拥有的自由与独立，是我能多大程度决定我的生活。

作为女生，不管是买买买，还是玩玩玩，抑或做慈善，我不用看人脸色。想给妈妈买高级定制的连衣裙，给老爸订有私人海滩的酒店，家里要装修马上手机转一笔钱。希望自己的成长速度能快过他们老去的速度。

作为女生，为了理想身材天天甩汗，为了绽放自我天天拉筋痛得嗷嗷叫，像我妹那种娇气大小姐也能为了投身烘焙事业一天跑南山、福田、罗湖、龙华四个区。这种时刻，别告诉我你觉得自己不美。

女孩子，干吗那么拼？可是女孩子，干吗不拼呢？享受为理想生活的付出，愉快又骄傲。能为该爱的人，该负的责任随时埋单。

男人看了这篇文章会很开心。这么懂事的女人好好珍惜吧，替我分担压力好兴奋。

哈哈，对不起，我的钱是我的，你的钱也是我的。つづく

虽然你的人生跟我没关系，但我还是慷慨分享干货

野象小姐

“自律很重要。”

下午参加了萧秋水老师的沙龙，关于时间管理、知识管理与个人规划。我今天在课堂上，说老师是一个简单粗暴的人。这可不是贬义。因为她会直接、幽默、犀利地戳中你的缺点，让你很爽，她不会赏给你那些没用的鼓励与宽容，而是先戳痛你，再用强大的专业知识体系去帮你发现问题、解决问题。

今天慷慨地分享给你们，干货太多，零碎分享，时间紧急，我要睡觉。老师说，严格作息也是一种有出息的自律！

第一，不会做饭的人，永远只能叫外卖，或者在相亲时加一个择偶条件“会烧菜”。人训练自己面对问题的能力，是为了不找借口，不嘴软；训练自己独立

的能力，是为了不受制于人。

第二，所有人都有个误区，自由职业好浪漫。的确浪漫，但也艰苦。上班是工作 8 个小时，自由职业意味着工作 24 小时。假如在一个公司做不好，那么辞职做自己的事更做不好。在公司出售的是自己的时间，而自由职业是出售能力。

第三，保持自己的独立判断力。经常听到有人说：“我已经不用 ×× 了，我周围的朋友都不用了，×× 没有生命力的！”如果你经常用你和周围的小圈子去衡量业界，那么你将无法准确判断，且慢慢形成断章取义的坏习惯。

第四，不喜欢不等于干不好。请不要再用“这个我不喜欢”作为“做不好”的借口。因为许多事情如果单靠喜不喜欢，是无法长效维持的。假如你连不喜欢的事也能通过学习提升与掌握规律去做好，那么，遇到喜欢的事更不在话下了。

第五，将自己商业化起来。什么是商业化？换句话说，就是个人品牌的差异化与知识体系如何架构，再通俗点就是：你有啥特点 + 如何有人会买账？

第六，请大胆屏蔽朋友圈里做代购的朋友。你也千万不要在朋友圈做营销。最后你会失去营销，也失去朋友。这让我想起左小祖咒《钱歌》中的一句歌词：“借钱给朋友 / 就会失去钱 / 失去朋友……”

有的人问，我们应该选择安全生活，还是选择更冒险、更精彩的生活？也有人问，我现在的职业其实挺好的，如果我做自由职业，我可能会失去目前的格局与眼界，但不做我又不甘心。答案：人生并不是“非此即彼”，而是“既可以此也可以彼”。学会平衡，学会自律去达到这种平衡，你就拥有了更自由的选择力。

如何提高自律能力呢？答案：一是找个计划狂人做朋友，对方会用行动力与意志力的小皮鞭去监督你、影响你；二是做月总结与年总结，这个适用于上学、上班、自由职业各路人。

课上，有人说有些道理说起来容易，可是做起来却很难，如果我懈怠了该怎么办？老师说：“你的人生跟我有什么关系呢？”

喜欢秋水老师。つづく

注：她还推荐了一些书目，如大前研一的《专业主义》、左拉的《妇女乐园》。

不发朋友圈了，不代表我过得不好

野象小姐

“我们花大量时间在朋友圈上，却没有真的圈紧朋友。”

最近谢怡来问我，是不是过得不好，有什么不开心的事吗?

我说没有哇，怎么这么问?

她说好久没见你在朋友圈蹦跶了。

好感动哦，也只有真的关心你的挚友，才会发现你朋友圈很久没动静！想告诉好朋友们，我没有失恋被甩，没有遭受事业重创，没有闭关灵修，没有将你分组不可见，没有得抑郁症。

我只是，不发朋友圈了。

朋友圈越来越没意思，刷不到想看的朋友动态。

不知道是不是我戾气重，烦的内容说起来还挺多。

* 发微商广告的，集赞，“麻烦给我投个票”。

* 转发《创投时代，论投资洞见的发展与蝴蝶效应》，每天挥斥方遒、指点江山，仿佛全世界经济动态都与他有关。

* 无休止抱怨生活，什么都看不顺眼，洋洋洒洒写长文的。

* 同一个角度、同一个背景、同一个妆发的九宫格自拍。

* 密集秀恩爱，晒男朋友转账记录的。

* 复制微博搞笑段子，老套鸡汤拿来当原创的。

* 说我现在马上飞了，有事老规矩 8 点以后，想说真的有那么多人联系你吗？

千篇一律的自拍、加班、自嘲、下午茶、撸猫、转发、卖课程、商业内参、热点评论、小广告……很奇怪，大家天南地北怎么活得都一样？

想看的朋友动态，常常被潮水般的繁杂信息淹没。翻很久如果蹦出一条想看的动态，像捡到宝一样兴奋。

比如健身打卡，努力健康的生活有感染力。

旅游打卡，好的酒店餐厅设计店美术馆我也能标记。

刷到好看的小姐姐自拍，哪怕是修了图滤了镜我也会点赞。

喜欢看有观点的朋友，针对电影、热点、时事发表独特的观点，而不是跟风、复制、批判，显得自己很优越。

喜欢写生活趣事，特别有梗，或抖机灵的。

喜欢乐于分享表情图的……可以更新我的表情库。

这样的概率太小，久而久之不想刷了。

以前一坐马桶上就开始刷朋友圈，还有餐厅等位、银行排队、超市埋单的时间也会不知不觉掏出手机……一天下来，累累的。

后来，朋友面对面也低头玩手机。有一次去吃饭刚坐下，打完招呼不约而同拿起手机，群里有人打字：“可以点菜了吗？饿死了。”有个朋友就怒了：“回家啦回家啦，不知道吃这顿饭的意义是什么！”

发朋友圈后被点赞，评论数一直往上涨，你来我往地贫嘴对话，我们为什么迷恋这种感觉？无非是想跟朋友们在不见面时保持亲切感与熟悉感。

可是大家越来越淡漠，颈椎也越来越差。

我们花大量时间在朋友圈上，却没有真的圈紧朋友。

另外，不知道从什么时候开始，朋友圈变成了一个人的履历。即使我们都知道朋友圈经营的形象是“想让别人看到的自己”。

一个女性朋友 J，相亲遇到一个还不错的人。大家要求朋友圈看一下，发现全部是转发，内容都与金融科技有关。大家七嘴八舌地议论起来，“这个人太闷了，好无趣”“除了工作就是工作哦”……

J 觉得有道理，意兴阑珊起来。后来，她一个电话打来，说还好当初没有听我们的，人家篮球打得好，会自己动手做红酒炖牛肉，业余时间还邀朋友租游艇出海，不发朋友圈只是因为工作性质不方便发！

我们不知不觉就会给人贴标签。

朋友圈足够活跃，说明热爱分享生活，但过度活跃，说明每天很闲也很宅。

偶尔秀恩爱，无所谓，太频繁就会让人不适。

坐标定位常更改，伦敦、加州、地中海，文字举重若轻，是生活优渥的旅游达人，但突然猛发，是恨不得让全世界知道“我在出国呢！”

隔三岔五晒不同城市机场照片，出差狗无疑，很累很可怜，但拥有为梦想拼搏的优越感。

餐厅打卡、健身打卡、旅游打卡，这个人生活很优质嘛，久而久之，感觉不对劲，直觉告诉自己对方不是直男，不然不会这么讲究。

我也会常常以判断朋友圈属性给人贴标签。几次打脸后，反省了自己浅薄的判断。想一想，人家可能也是这样判断我的，发朋友圈怎么可能只是随手一发？

节省出的时间，能做什么？

你花在朋友圈上的时间，远远超过你以为的。

地铁车厢内，人人都低头，专注地拿手机滑啊滑啊。有一次好奇，想瞅瞅大家都在看什么内容，结果前前后后、左左右右、上上下下都在刷朋友圈。有时信号差，刷不出来动态，大家也机械地、专注地、锲而不舍地滑动拇指。

回想起来有点可怕。毫无意义又停不下来的样子，像智能机器人死机，更像被外星人控制了心智。

不看朋友圈，可以清空收藏夹里的东西，清理知识储备，不然可能一辈子都不会点开。

可以试着用本子和钢笔写字，做规划，替自己迅速厘清思路。用本子写字的感觉太久违了，有种莫名的幸福感。

可以去相亲、刷剧、跑步、爬山、学做饭、约朋友喝酒等。

当你真的忙起来，非常充实，有了新的兴趣注意点，也许就真的忘记发朋友圈这件事了。

还有，讲真，没有几个人记得你有多久没发朋友圈啦！

很多人发朋友圈，可不是随便发一发。首先，要算准时间，晚上好过白天，饭点好过平时，因为那些时间节点大家正好都在无聊地刷手机，流量最高。其次，滤镜试了 20 个，哪个最好看？哪个最高级？推脸推得自然吗？后面的桌子、椅子线有没有歪掉？美白功能还可以吗？五官有没有糊掉？然后，九宫格会不会太满？可是换六宫格我要舍弃哪三张呢？五张、七张万万不可以，缺一张显得自己多没秩序美感。

好累啊！

不发朋友圈的人，大概跟我一样，放弃了对自己审美的极致追求，破罐子破摔，索性不发，还能保持一些些神秘感。

微信上的朋友越来越纷杂。有时候想发点小情绪的真心话，一想到被不熟的工作伙伴刷到，叽叽歪歪的，可能会被质疑专业性，编好内容又删掉。去旅游想分享些风景和人物，滤镜都调好了，又觉得太像炫耀，遂放弃之。

……

又有几个人在乎呢?

把朋友圈当毕生事业来悉心经营的朋友，除了多收获几个点赞之交，唯一的收获只能是浪费时间。

发不发朋友圈，who cares!

过得好不好，who cares!

让我们把时间省下来，多讹朋友，让他们见面请客吃饭吧!

世上没有醉人的酒，只有想醉的人

阿飞

“一想到你啊，就觉得渴。”

必须承认，酒不好喝，也不能解决很多问题。我第一次喝醉应该是 11 岁，没错，11 岁，还在上小学。趴在我姑的腿上我觉得自己可能快死了。自那之后，在家喝酒就得到了默许，喝酒在我们家本来就是一个不成文的规矩。

逢年过节我们在奶奶家聚餐，人太多，有一部分人是没法上桌的，而上桌的标准就是酒。喝酒的可上桌，不喝酒的就夹菜去旁边吃。大概是觉得喝酒的人需要地方放酒杯，需要碰杯，需要不断夹菜，最重要的是需要交流感情继而吹牛。

扯远了。我觉得酒瘾和烟瘾是差不多的东西，很多每天一包烟的朋友跟我说，其实他们也不觉得烟有多好抽，甚至有时候抽完马上就要嚼口香糖，冲掉手上的味道。一开始我不理解，但一想到我也从来没觉得酒多好喝，可上瘾这种事情还真是情难自控啊。

在面对感情的时候，酒绝对是大家的救命稻草。告白、道歉、质问、说情话，喝完酒才敢吐露心声。平时云淡风轻，也真的是云淡风轻。但一旦碰上酒，倔强的理智就遭到前所未有的摧毁。

酒让我们变得喋喋不休，变得黏人，变得爱撒娇，也容易患得患失，总之在爱人面前我们变成了一个麻烦鬼。

曾经和喜欢的人在一起，最爱喝的就是柠檬清酒。在韩式料理店里，一种用真露、柠檬、雪碧调制的酒，极其爽口。在冬日的韩式料理店里，一杯接一杯，明明是冰的酒，喝进身体里却是暖的。

喝完酒，我们并肩走在 12 月的深夜里，远处的地铁口发着光，一列地铁从很远的地方开过来，我拉紧外套，就想抱抱你。

有一年元旦的晚上，我们把真露倒进电影院售卖的大杯雪碧里，在闹哄哄的电影院里，喝着粗糙的雪碧清酒。你的脸红红的，被电影的光照着，那可真是幸福啊。

我曾经写过：“一想到你啊，就觉得渴，像喝过三两白酒的胃，半瓶红酒的灵魂。心里一股辣辣的热浪，而灵魂是飘浮着的。”

你打趣我：“是谁让你这么温柔？”

是的，喝过酒之后，要比任何时候更真切地觉得自己是在爱着的。

上大学的时候，很少碰到特别好的酒友，平日里的那些好友，不是两瓶就是三瓶的量，都是什么情况啊，才开始喝就要喊停，太没意思了！

大学里喝得最开心的一次应该就是和朋友们在大学城的大排档，喝桶装生啤。5 个人玩一个“谁先举杯就能喊开始，谁最后喝完就要再喝一杯”的游戏。

从晚餐的点儿喝到凌晨 2 点，就这样干掉了不知道多少桶生啤。跌跌撞撞的 5 个人在空旷的马路上勾肩搭背走啊。一路上一个尿急接着一个尿急，我想那个晚上我们肯定说了很多豪言壮语，说了很多平时我们不会对对方说的话，吹了很多牛，骂了很多脏话。和好朋友一起喝啤酒必须憋尿。

酒就是有这样的好处，把那些矫情的心里话变得稀松平常，用一种醉酒后还佯装轻松的语气。也许前一秒是轻言细语，后一秒就是破口大骂，但所有的方式在那个时刻都看起来特别正常。

11 岁的时候我爸妈离婚了，是的，又是 11 岁。自小我算是在家中各个亲人之间周旋长大的吧。以品学兼优、懂事聪明在街坊邻里之间收获满满的口碑。虽然我爸妈分开了，但我还是在充满爱的环境中茁壮成长。坏处大概就是我变成了一个没有童年的人，学习不让家人烦心，不早恋，以绝对平等的态度和家人讨论什么时候可以打游戏、什么频次上网等。想获得他们的尊重，就需要事情绝对透明化，这是我从小就明白的道理。

被尊重的，还有我上桌也要喝白酒。白酒那个烈呀，第一次完全是屏住呼吸地胡乱吞咽，两杯下肚就开始晕眩。吐起来也是超级带劲，喝过一次就似喝了好多年。从那以后我和家人一样，开始龇牙咧嘴地喝起白酒来。

劝我爸娶老婆，说我爸妈的坏话，真心评价起哪个姑父更疼我，好像那些平日里不能开口言说的话题，因为酒、因为火锅就都变得不那么重要，也没有什么大逆不道了。在热烈的白酒之下，是一家人想要更无芥蒂地生活在一起的样子。

没有什么不对的，称兄道弟、彬彬有礼、长幼有序，每一家都有每一家的规矩，和睦才是最重要的。

第二天酒醒了，我还是那个既懂事又顾全大局的好孩子。

很奇怪，有好几次喝吐都是因为红酒。

红酒有一种魔力，相较其他酒类要好入口很多，还被很多女生冠以美容的名义。但我想说红酒的魔力是醉不自知吧！白酒烈，两杯下肚头就昏沉；啤酒涨肚子，喝到想撒尿，自然酒精也上了脑；只有红酒，醉而不自知。一小杯一小杯地倒，一小口一小口地喝，就着 17 楼的风啊，一直喝到深夜。

醉倒在客厅的沙发上，吐倒在卫生间的马桶边，不穿衣服就裹紧钻进从来不让人坐的床上，没洗澡，脸色惨白，浑身酒气，看上去失败极了。喝酒的原因大概都是，工作中被人坑得很惨，忘不掉爱不到的人，伤害了自己觉得非常善良的人，没遇到对的人还一直被家人催婚。生活的重担非常多，没有解决的办法。喝酒只是逃避，没想到还吐到不能照顾自己，彻头彻尾的失败者。

酒醒了，满屋子的狼藉，头还很痛，去洗澡，看见镜子里狼狈的自己。糟糕的生活，吐过之后还是很糟糕啊。生活还是要继续。

但酒，我确信它是一个好东西。

酒就和这个世界上很多东西一样，本身不具备任何感情地存在于这个世界上，像网络、像烟、像钱。但人一旦寄予了感情，就变得不一样。它教人糊涂也教人勇敢，它教人愉快也教人痛苦。它总会教你把情绪放大，看清你自己真正的样子。

世上没有醉人的酒，只有想醉的人罢了。

钱是欲望，也是盔甲

阿飞

“没有盔甲，我们拿什么去跟生活这个小浑蛋殊死搏斗？”

一谈钱就觉得人势利、不纯粹，就跟活在这个世界上吃喝拉撒都不用钱一样。

这个世界的发展多少是因为生的本能、钱的欲望驱动的啊，如果人人都是一朵白莲花，估摸着我们还生活在农耕社会呢。

以前被爸妈圈养的大学时光也觉得钱不是事儿，还真不是因为多有钱，只是觉得人生也不过如此，一人吃饱全家不饿，这种自由散漫的日子誓死都要过下去的啊！后来我才知道自己真是太！天！真！

在学校住着一年 1200 元房租的宿舍，吃着 15 元一碗的盖浇饭，偶尔出去花个 1000 元就觉得自己是富二代，现在看来真是可笑至极啊。生活实在太爱打人脸了，后来工作发现钱真的是太重要，房租、交通费、吃饭、社交、买买买，重点是如果家里垮了至少还能养活自己啊。我们生在一个需要用钱置换生活的社会，没有钱，你在这个社会上就是没有行动力的矮子。

看过太多小说里、电影中现身说法毕业之后住在 300 元一个月的集体宿舍、地下室等，这对我来说是万万不能的啊。我已经过了 4 年的集体生活，忍受别人的呼噜、脚臭，毕业还要和别人挤集体公寓？凭什么啊？！我不干！

刚毕业那会儿找了一个价位还算适中的大单间，1600 元一个月。跑去穷但又能满足作的宜家买了一大堆东西，准备开始新的生活。最开始我的工资是 4000 元，很快我就发现，15 元买不到什么好吃的盖浇饭了，1000 元随便花两天就没了。局面变得窘迫，但好在我还有爹妈啊，伸手也是正常的事情，那个时候还没从 20 多年吃喝靠爸妈的角色中转换过来。前半年仗着脸皮厚，过得也算滋润吧。

过年回家，发现家里发生了惊天的变化，本来算得上还不错的爸妈变成了大穷人！原因我也不好多说，无非就是生意失败借了钱给别人跑路了，还不受法律保护。简直就是晴天霹雳。爸妈许诺给我的房子啊、车子啊瞬间没了，原谅我的第一反应真的是这些。作为独生子女，从来不觊觎爸妈的钱不就是因为你知道这钱迟早会是你的吗？

我的内心是绝望的，而更绝望的是我居然是个有良心的人，看着家里一派落魄的景象，我竟然在心里暗下决定，从现在开始，我要自己养活自己！而我的工资也不过才 5000 元，还是税前。完全没有被自己感动好吗，就觉得本命年这个玩笑开得也太大了点吧。

说实话，养活自己又要不由着性子花钱还真是一件非常非常艰难的事情。那段时间人也变得异常沮丧，看着身边不断疯涨的房价，觉得自己是一个特别无能的人。但沮丧归沮丧，日子还得过啊，为了保证自己的生活质量就只有玩命工作了。不管是公活还是私活，只要是能赚钱就接啊。

有段时间自己都觉得有点走火入魔了，不能让自己停下来，一到周末睡到中午就觉得自己不努力，稍微看两部电影就觉得浪费时间。朋友都说我是个没有生活的人，常常一整月都不休息，连约喝酒都要排期，还要被他们嘲笑，你这么忙也没见你暴富啊。是啊，但是我好歹保证了自己的生活质量，我终于养活自己了，而且过得还算不错！

最终因为我的脊椎增生结束了自己发疯一般的工作节奏，回家扎了一个月的针。

竟然没觉得很辛苦！这和我好吃懒做的性格完全不符啊！而且除了钱之外，意外收获的是我的经验好像要比平时的增长速度快得多。那些被甲方虐，被方案折腾通宵，和客户斗智斗勇的时刻，都变成我身体里的新技能，在遇到新情况的时候不徐不疾，总有一个技能是能够对症下药的。

是啊，脱离了家庭的个体，是一个要精神世界也要俗世成功的人啊，怎么说，我这么要强的人是要对得起年少时候吹的牛啊。

我认识一个富二代朋友，家住在深圳房价最高的区域，均价 10 万以上，家里的产业也不多赘述，反正吃喝两三辈子不愁吧。说这些不是为了炫富，而是因为她是一个极其不注意形象的富二代，而且极其自力更生。

因为在香港上学，所以很早就开始了代购。跟她逛过一次香港，对于买买买她实在是太熟悉了。我也体会到了一个代购的辛苦，跑专柜、对型号、辨真假，包装、分类、打包拖回，我愉快地挎着七八个袋子，她徒手两个箱子全是商品。

代购赚钱吗？相对一些比较基础的工作，真的挺赚钱的。我问过她，你家这么有钱干吗还搞这些啊？

她特别鄙视地看我一眼说，我清掉一个季度的小样就能买个香奈儿的包了。但是和伸手跟我妈要 2 万块买个包比起来，我自己就能买得起不是一件更爽的事情吗？在买这件事上，除了我想，不需要跟任何人打招呼，因为这是我的钱。

去年冬天好像是多少年来最冷的一天，我们家平日里冬天最冷大概零下 5 摄氏度的样子，我姑打电话来说最冷会降到零下 15 摄氏度。天哪，长这么大我还没见过这么冷的天气，第一反应就是给我奶奶打电话，叫她开空调。

我奶奶是一个没有自我的人，以前为我爷爷而活，后来为我爸、我姑，再到我，现在我离家了，她又投入到我二姑的孙子身上。反正是不爱自己。

跟她说开空调，她满嘴说不冷。我气急败坏，说，你开，开一个月能有多少电费？别不舍得，我现在赚一天的钱能抵上你一个月的电费了，有什么！我奶奶突然笑了，说好好好，我孙子现在出息了，我开，你多赚钱发财也要注意身体啊。

挂了电话，我站在那儿想了好一会儿。在这个物质、快节奏又功利的城市，我是一个非常微不足道的存在，跟很多人比起来赚的钱也少得可怜，但至少在有些时候，这些不多的钱也能让我去保护一下我爱的人。这样就够啦。

圣诞季去香港扫货的时候，看见好看的口红给我妈买了，打电话问她喜欢哪个色号的时候，清楚听见她在麻将桌上云淡风轻地跟别人说，是我儿子，在香港，硬要给我买东西，转头笑盈盈地跟我说，你别乱花钱啊，我都有。哎哎，那个八万，我碰！

之前听我爸说想要一件线衫，遇见适合的就给他买了；姑父说想抽一下某个牌子的烟，找到就给他买了；看见适合老人吃的甜品，就给奶奶买上一份。

爸妈和其他家人也许不是真的需要这些东西，但人生活在这个世界上，就要面对所谓世俗的成功。我们就是爸妈精心打造的作品，代表他们这辈子可能最高的成就。所以那些看似炫耀的瞬间，也是他们对自己的一种肯定吧。

爱的形式千万种，把钱这件盔甲穿在外面，其他时候再慢慢爱吧。

没有盔甲，我们拿什么去跟生活殊死搏斗？爱钱，狠狠去爱，才能夺得生活主动权。

世界会变好的，我呸！

阿飞

“别抱幻想，也许世界能更可爱点儿。”

劝失恋的朋友说得最多的是，你会遇到更好的；劝失业的朋友说得最多的是，你会找到薪水更高的工作；劝落榜的朋友我们通常会说，成绩和学校都不代表什么，你会活出更好的人生。

我们劝别人时永远没有直面问题的根本，我们只想让他们快点从负面情绪里走出来，作为朋友这没有什么不对的。可是更好的人是谁？更高薪的工作在哪里？什么叫更好的人生？我们没有答案，也没法给答案。

在朋友低谷的时候，我们也实在没法说出直面人生惨痛的真相，但我希望，在你们人生不那么沮丧的时候，能够听一听不那么好听的真话。

（一）错过这个人，你可能这辈子都遇不到更好的人了

朋友和经验都告诉我，忘掉一个人最好的办法就是时间与新欢。时间让我们悉数他的罪证，新欢让我们知道这个世界上还有更加适合我们的人。

可是，事情并不总是那么顺利，也许他压根儿就不是人渣，时间再多你也悉数不出他的缺点，可能他最大的缺点就是不爱你吧。

首先，你遇到一个新欢就不是那么容易的事情，更何况是一个更好的新欢。也许你漂亮、优秀、有魅力，总是不乏追求者，新欢对你来说易如反掌，可是你为什么还是忘不掉那个人？因为遇到再多人你都觉得不如他。

时间不是良药，新欢没法治愈，这个世界从一开始就在使坏，因为它让你遇见了他。

（二）长得好看就是通行证

你几乎从来没有迟到过，你在每一次会议上都积极发言，每次班级活动你都积极出谋划策，会前准备、考前冲刺，你的好胜心与良好习惯从来不准你松懈。但是，奖学金从来没有你的份，升职你永远等在下一批，你的提案似乎从来没有被放在第一选择过。

是你不够努力吗？是你的为人不够漂亮吗？还是你的能力有问题？恐怕最不想得到的答案就是能力不行吧。

不够努力说明下次努力就能取得好成绩，做人不够漂亮学着圆滑点总会成功的，只有能力是一个没办法量化的事情。你在努力、在用功、在进步，可是别人进步的速度也许是你的双倍甚至更多，又或者别人压根儿只需要用点天赋，考试就能甩你 20 分，提案就比你做得好百倍。

世界的骗局在于一开始它就设计了智商不等的现象，它让有些人拥有过人的天赋，或许它就是存心来气我们的吧，但你有什么办法呢？

大家一边吼着“对这个看脸的世界绝望了”，一边肤浅地朝着好看的人狂奔而去。是啊，这个时代怎么了，竟然这么肤浅、这么浅薄地对待我们？你扪心自问你有没有在好看的明星、网红、学长的各种社交网络上留言“我好喜欢你”“你

好好看，受不了了”之类的话？如果有的话，那对不起，是你在助长这个世界看脸的行为。

美图秀秀盛行、整容行业发达，为什么？因为我们都深知，长得好看如同拥有了一张通行证。

一个有智慧的人因为有张好看的脸，他智慧的光芒乘以 2；一个有专业技能的人因为有张好看的脸，他技能的光芒乘以 2；一个不是那么特别有智慧又没有专业技能的人因为有张好看的脸，似乎都可以被原谅了，因为大家会说，他长这么好看已经是技能了。所以我们拼命让自己变得好看一点，再多一点。

即便我们再气愤、再破口大骂，也不能改变这个世界看脸的事实，因为是你设定了这个世界的审美准则！

（三）与世界坦诚交手

希望你们认真爱的第一个人，就能一起厮守终身；希望你们是拥有过人天赋的那一个人；希望你们拥有长得好看这张通行证，但是你们也知道，这仅仅是希望。世界就摆在那里，生活残不残酷，你们自己知道。

靠自己的努力会让生活变得更好吗？会。

面对生活的种种学会妥协会更容易快乐吗？会。

但是玩儿命学技能，智商、情商两手抓，会让世界变得更好吗？不好意思，并不会。

不鼓吹你放弃爱，不是倡导你们放弃努力，不是说丑人就没法生活，只是希望你们知道这个世界有好的一面，就有坏的一面，好的坏的并驾齐驱一起朝着更远的未来走去。不希望你们抱着它会越来越好的期待，然后越来越失望；不希望你们对于有些充满恶意又无法改变的规则还抱有莫须有的期待，然后折磨自己。つづく

想达到目标，就用对方喜欢的方式

野象小姐

“从来没有哪一个时代，美酒如此害怕过深巷。”

这个道理乍一听非常功利主义。

今天与魏老师吃饭聊工作，她讲了一件有意思的事。儿子 9 岁，聪明到管不了啦。

十一假期妈妈约了贵客谈事。他眨巴眼睛说：“妈妈，假期结束了你能陪陪我吗？”魏老师略为难，说，宝贝，今天约了很重要的客人……他继续深情地说：“那带我去嘛。”

妈妈答应了。桌上他开启唠叨插嘴模式，正事没法谈。妈妈说：“咱们稍微安静一会儿好不好？”他说：“可我一个人待着，好无聊……”老妈毫不犹豫地掏出手机说去旁边玩游戏吧，一会儿就结束啦。

欢天喜地抱住手机，乖巧地待着去了。因家里玩游戏有禁令，手机不会给孩子揣着。这家伙鸡贼地要求妈妈见客户的时候带上自己，目的就是痛快玩游戏！

小家伙的招数有三高：一是自己绝不开口直说，不然要承受责骂呀！二是利用敌方心理，狂打温情牌；三是摸清敌方行动场景与路线，临机应对，使玩游戏的行为变得多么合理啊！

据我所知，魏老师虽忙，但绝对是关注孩子成长，悉心陪伴，常常带他去海边、去散步、去玩耍的好典范。所以不是家庭冷漠关怀问题喽。他三岁时想要玩具就像其他小孩子一样，撒泼打滚。魏老师就说，宝贝，如果想达到一个目标，就要用对方喜欢的方式。哭啊闹啊，没用的，如果好好跟妈妈讲，讲得有道理，说不定我会同意哦……

这没什么不对啊。

我们可以容许天真白目的人格存在，为什么不容许懂得察言观色的人存在？

太多人把“我觉得……”“我想要……”“我不喜欢……”“我我我”挂嘴边，沉浸在以自我为中心的世界中。察言观色，不是城府幽深、犹豫不决，更不是假面舞会，而是贴心，是周全，是为了达到自己的目的而换位思考。

“想达到自己目的”也没什么错，不偷不抢不犯浑，研究对方喜欢什么应该是最无害的方式吧。

再举个例子。送礼物很考验情商吧。拼的是什么？一是品位，二是了解。在淘宝输入“礼物”，首页出现的所有东西，刻字瓷杯子、情侣钥匙扣、超大熊娃娃、遗像般的定制相册、乡村夜店风的炫彩灯……收过的人，内心复杂。

我们常说送礼物要送对方想要的才有意义。你花心思猜对方的心意，花时间去挑选，花钱去拿下，这份心意是否能逗对方一笑，取决于对 TA 的生活的留意，以及了解的程度。

临到送礼物前一刻，慌慌张张上街买了就跑的人，或者买自己觉得好看的，或者没有送礼物习惯的人，或者压根儿忘记生日日期的人，好好反省一下。

不要操心礼物廉价送不出手，更不要担心瞎送礼物会不会显得殷勤虚伪。你被女教导主任叫到办公室训话，假如突然递过去一包金嗓子喉宝说“老师我看你最近挺辛苦的老是咳嗽”，老师也会暗暗把记大过的手颤两颤好吗！

送礼物代表你在乎他。越不熟悉的人，越需要尊重，谁会拒绝来自世界的善意呢？

如果你认为上述送礼物显得特别处心积虑，那么你大可以自然而然地惦记。那么我的好朋友 Lily 女王，和她出国旅行，“这个牛皮包小 P 会喜欢”“这个果酱多买几瓶大美可以好好研究”“好漂亮的丝巾！给 Tina 带一条！”出门吃饭也是这个餐厅口味适合 XX，那个餐厅 YY 一定爱……她完全就是老妈子心，心中装着一船人。牵挂着，惦记着，送礼物纯粹因为看到好的东西迫切想分享的心情，以及爱的流向与恩泽。我们都爱死了她。

还记得自己高中时跟人表白的窘境吗？堪比语文卷子篇幅的情书，拦住憋尿的学长强行告白，少女心满满的千纸鹤与折星星，以为会酥麻在对方心中的爱心便……为什么都失败了？

你试试送他一麻袋游戏币！试试在考试时暗送秋波同时暗送一坨答案！试试穿得乖巧可爱一点，没事就笑出粉红苹果肌！一切的悲剧都是因为你从来没去研究他喜欢什么，你送的全部都是一厢情愿的礼物。

许多人做着赔钱的漂亮生意，许多企业也犯着这些毛病。一边想做高端的品牌，扬言我们要保持格调与艺术感，一边又看着财务报表伤神，咋这些人都不懂得欣赏呢，一点都不识货，这么厉害的东西也不买？！

从来没有哪一个时代，美酒如此害怕过深巷。

你研究过市场规律吗？实体店不景气，那么具备哪些特性的实体店仍然旺得不得了？电商撕得厉害，那么什么样的电商能脱颖而出？过去十年赚钱的前十个行业与未来十年可能消失的行业，其中反映什么趋势？

你分析过受众定位吗？年龄、性别、职业、常活动场合、扎堆什么样的资讯、口味如何？

你的创业团队成熟吗？生产链、供应商、服务培训、物流、渠道拓展、品牌文化、商业合作、跨界媒体？

最明显的案例，就是存在于许多人梦中的咖啡馆。城市中每天死撑着的咖啡馆，冷冷清清最终倒下的那么多。许多人哀叹，文艺梦适可而止吧，现实与梦想是有差距的。可是你有没有看见，做得好的咖啡馆比比皆是，全球化凶猛的星爸爸、玩转创业服务孵化圈的 3W、创办咖啡学院的雕刻时光……

有人说迎合市场就是有违初心。可是，开门做生意最终是要挣钱，挣钱是为了更自信地反哺你的创业梦想与情怀。搞清楚这个循环，是比较自省与理性，也减少自我伤害。

想要做的东西是为了爽自己，那就是浪费钱；要做市场买账的品牌，就要乖乖研究顾客喜欢什么。

“想达到目标，就用对方喜欢的方式”，无关姿态，无关城府，跟风骨没有半点关系。说白了就是不要老想着我我我，把“我”努力往门外赶一赶，世界清朗许多。つづく

MAY

伍月

BOSS

标题大一点，小一点
左边一点，右边一点
改了20稿后，我觉得第1稿
更符合我的审美……

5月，劳动最光荣

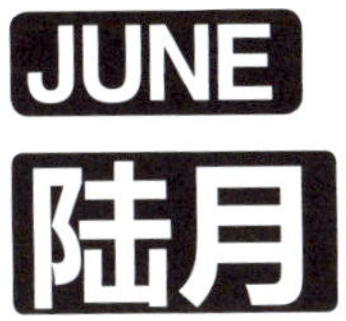

6月，儿童节

大人的伤心游乐场

- 当我与世界不一样，可不可以别笑我
- 你讨厌的人那么多，怎么不想想自己？
- 熬不下去的时候，我们也没挂啊！
- 孤独是什么东西，一碗面就搞定
- 还好，月亮不歧视无法团聚的人
- 求求你，吵架吧
- 捡起六便士，走在月光中

当我与世界不一样，可不可以别笑我

野象小姐

“谢谢你，保护我的‘不一样’，我才能放心做你爱的那个我。”

我是天生左撇子，是那种少见的，吃饭、写字、画画全用左手，骑单车右手插裤兜、用左手拧龙头的女孩。

写毛笔字，顺序是从左至右，没干的墨汁会沾到袖口上，一页字蹭得一塌糊涂。老师说这小孩永远写不好，脏兮兮的。

小时候写作业总有人围观，听见窃窃私语在讨论我右手是不是有什么残疾。我从小就要接受“我很可能是个残疾人”的设定，可想而知童年的艰辛。

后来有个同桌对我好奇，学我用左手写字。我不以为然，以往有人学了几天就放弃，自己学不会还觍着脸说：“看你写字姿势好别扭哦。”

学期结束后，她竟然用左手给我写了封信，字歪歪扭扭，大意是：

“每次别人讨论你左手写字，我看你很不自在。我想了个办法，如果我也左手写字，你就有伴儿了，别人就不说你是怪胎了。我妈妈说左手写字的人是天才。我好想学，因为像特异功能哦，我就嫌自己太普通了。”

当我们拥有奇怪天赋，令人费解的坚持，不被理解的小梦想，不可言说的怪癖，一定很孤单。多希望世界上有一个人能够不取笑它，甚至体谅它、保护它。那个同桌让我知道，当我跟世界不一样，我不是怪胎，没什么好自卑的。那很值得骄傲。

最近看了一则新闻，有个英国德文郡的爸爸，向全世界求助。他 12 岁的儿子本有自闭症，唯一的“好朋友”是一个他 2 岁时爸爸送的蓝色水杯。他从小用它喝水。自从水杯无法使用后，小男孩就拒绝喝水，甚至因脱水症送去医院。可水杯早就停产了，他不得不向全世界求助。

许多网友晒出家里的同款：“我有一样的杯子！告诉我地址，明天就寄给你！”

爸爸很感动，可是这不是长久之计。水杯的厂商也看到了，在中国境内。得知消息后，他们说努力找找看生产模具还在不在。幸运的是，在仓库工作了 14 年的阿姨朱英明，20 分钟就从 1000 多套模具中找了出来。厂商将为其免费生产 1000 个水杯，足够一生的用量。

全世界的人为了有“小怪癖”的小男孩，寻找他心爱的杯子。来自世界的善意，没有比这更温柔的事了。

阿信当年在学校开吉他社，大家都笑话他是为了追学妹。偷偷排练，老师就敲头：别整天做白日梦，能不能像别的学生那样把学习先搞好！

也许我这一杆，又没办法进球，就像我的生活，一直在出差错

也许我这一生，一直在追逐那个九号球，却忘了，是谁在爱我，是谁在罩着我

也不看看，后来站在5万人体育馆开演唱会的是谁？！

我们用某种独特的频率，尝试传递属于自己的语言、精神、想法，留下存在过的痕迹。想来想去，很想感谢那些爱我的朋友和家人。谢谢他们保护我的“不一样”，我才能放心当他们爱的那个我，而不是慌不择路地选择改变。つづく

你讨厌的人那么多，怎么不想想自己?

野象小姐

“偏见，就是无知。”

你讨厌我，我也讨厌你，但其实我们不熟呀，连原因也说不清楚。这就是“偏见”。

想跟大家聊一聊关于偏见与自省。

第一件事，之前在土耳其转机时遇到一件事儿。广州飞土耳其的航班要 12 个小时。当发现邻座是个土耳其络腮胡老哥时，我有一秒的心塞。因为老哥太香了！浓郁得令人风中凌乱，想想要忍受长达 12 个小时的侵袭就略显崩溃。还有，他超级壮硕，我全程被挤走 1/3 座位。

后来的相处让我羞愧。老哥人超好，有礼貌，反倒是我不停地给他添麻烦。

比如，半夜想上洗手间，左边朋友睡着了，正在看电影的老哥说：“从我这边走，你朋友在睡觉呢。”艰难又利索地挪动胖胖的身体，将耳机、安全带、靠枕瞬间归拢好，留出空隙让我通行。

眼药水落地上，我弯腰找，人家悄悄打开 iPad 的灯替我照明。

我睡着醒来后，他示意我说帮我拿了瓶矿泉水，记得喝。

飞机餐大家吃得一片狼藉，老哥的餐盘吃完仍然干干净净、秩序井然。

我从不认为我抱有任何偏见，觉得自己理应是尊重万物的那种人。但该死的既定印象会把人不知不觉带入“有色眼镜”的坑。

飞机落地后，老哥用土耳其语给家人报平安，回头跟我爽朗地说再见后就大步流星地走了。这坦坦荡荡的善意令我羞愧。

互不相识，我却见第一面时直觉地讨厌人家。是因为肤色吗，身上的味道吗，又或者新闻报道中相关国家的负面报道？细想下来，人的判断力先别谈理性与感性，可以说非常粗暴了。

总之，过度的警惕会伤人，莫名的优越感真的挺蠢的。

偏见，就是无知。

第二件事。这两天在瑞士。由于中国游客每次玩儿完都去逛奢侈品店，瑞士人觉得中国人超有钱。瑞士风景如画，我们享用了风景，花钱买点纪念品也很正常。昨天去了个小城，叫琉森，有一条专门卖军刀、钟表、巧克力这些伴手礼的街。招牌居然直接写着中文，明摆着是做中国人生意的。

埋单结账，收银员只会一句中文，“等一下”“等一下”，不耐烦地重复。但明明中国游客都是乖乖排着队的。

想赚中国人的钱，却没有服务精神，感觉在他们眼里中国人全都是有钱又白痴的。

这不是偏见又是什么呢？看服务员那样还是有点不舒服的，甚至难过。

偏见，其实惋惜大过于气恼，让我们失去太多做好朋友的机会。

我们常常在广州看到扎堆的黑人，由于贸易工种的需求，黑人在这个城市有聚集地。地铁里，黑人一进来，就有国人非常明显地躲避，仿佛瘟疫，有的人甚至捂住了鼻子。可以说非常恶劣与不尊重了。

但其实我非常喜欢看黑人朋友的眼睛，觉得他们善良又谦恭。

说说国内的普遍偏见。我是湖北人，从小到大听到最多的是“天上九头鸟，地上湖北佬”，意思就是说每个湖北人都是精明、狡猾、爱骗人的。像我这种甜蜜蜜、傻乎乎的人格，也被人在初识时莫名提防过。

大学时喜欢过一个来自温州的男同学。他说他们家那边不准娶外地女生回家，对于温州来说，同省的其他城市也算是外地，金华、义乌都是外地。温州男孩只能娶温州女孩。我傻眼，觉得这大概是拒绝的一个委婉理由吧。但后来多接触一些朋友，发现这可能真的是温州人的铁规矩。

还有，不止一次听到一种谬论，说河南人不爱洗澡。阿甜就是河南济源人，她非常爱洗澡、爱干净，很讲究。

也许你会说，可是大多数黑人就是犯罪概率高啊，大多数湖北人就是狡诈啊，大多数温州人就是保守啊，大多数河南人就是不爱洗澡啊。

“大多数”？这么理直气壮，这些舆论你考证过真伪吗？道听途说的东西就能轻易地左右你的判断吗？

你讨厌我，我也讨厌你，但其实我们不熟，深究下去也找不到什么确凿的原因，这才是最可笑的。

不了解，又何来讨厌呢？到头来，也只是跟风站队，把狭隘当谈资。我们要时刻自省，让狭隘与浅薄都少一点。

被误解，是人生心塞常态。我们从不做带偏见的傻瓜，开始加油吧！

熬不下去的时候，我们也没挂啊！

野象小姐

“遇到困难我不怕，仙女下凡总是要受点苦的！”

最近听了个超惨的故事。几个年轻人心怀美好，脑电波爆炸研究出很赞的草莓杯。不料被某大品牌抄了，迅速铺满市场，变成自家明星产品。年轻人不气馁，重整旗鼓，又研发出可爱的杧果杯、西柚杯……结果，被另外两个大品牌抄了。年轻人无名无分，大品牌却赚得盆满钵满。

他们一定经历了非常难熬的时光。梦想破灭，被恶势力击溃，对世界失去信任。

不知说这些会不会冷血，但是希望你知道：

一、这个世界就是弱肉强食的。

二、梦想不值钱，学会保护它才值钱。

向粉丝做了一个选题征集：“难熬的时候你们都是怎么度过的？”收到一万吨负能量。没想到大家是这样倒霉的宝贝蛋。看似傻白甜，却各自经历了或正经历着奇形怪状、花样百出的生命撞击。人活在世界上，怎么可能不受苦呢。好在熬不下去的时候，我们也没挂啊！穿越人生中的漆黑隧道后，在出口时我们都能仰着一张灿烂的小脸蛋儿迎接光亮，甩甩头说：“遇到困难我不怕，仙女下凡总是要受点苦的！”

一则推理：男朋友四天没找我聊天。我推测他可能不在人世了。
@阿拉蕾醒醒啊

熬过去的都是庆幸，熬不过去的都是命运。
@宁舞苑 王晓恒

心事：吴亦凡什么时候才来娶我？
@阿余酱

请问喜欢了一个贱人怎么办？很急。
@项蒙

见到男朋友没有期待，日子平淡得像喝茶，不知道是不是正常。
@钟半仙

困境是名副其实的爱情和宛如空壳的婚姻。
@蛋卷牛人没头脑

陷入一种不能专一的困境。
@LEILEI.S

每一次聚会各自告别后，久久不能缓过神来，夜聊永远是最晚睡着的那一个，浪过之后心无法马上收住。
我害怕告别，也不知道怎么训练。
@ 可可梦

和比自己大 10 岁的大叔搞暧昧，歇菜了。
@ 匿名

7 月份，我每天早晨上班在车站都会偶遇一个男生。
是我喜欢的干净的男生。
从来没见他插耳机听歌，只是偶尔摆弄一下手机。
就在前两天我上车的时候发现他跟在我后面，
他和我坐了一辆车。每天工作都很累，
但是每天都很开心。可是 8 月份突然就碰不见了，
感觉像失恋了一样。
@ 可可梦

分手了不该联系对吗？
野象：你说呢？
@ 酸奶情书

（二）生活际遇，倒霉升级

28 岁，宫颈癌中期，子宫全切，都不敢跟父母说，
给外人看起来的状态我可能只是得了胃炎。
@ 匿名

我现在就处于困境中，浑身上下只有 4000 日元，
换算成人民币就是 300 元不到，而这里一碗面条就要 50 元以上，
再找不到工作，我可能真的要闹着回国了。
@ 草莓胖次酱

爸爸在外面有了一个私生子。
@ 匿名

2013 年下半年，决定考研。

妈妈生病做了场蛮大的手术，
术后要化疗。我一边准备考研一边照顾她，
在家的时候边看书边定时给她煮吃的，
去医院化疗的时候带考研书过去看。
后来读了研，今年毕业了。很感谢那段磨炼。
大概是那个时候，我是一瞬间长大的。
@ 彭昕

初三的时候脸上长疱疹。一大边脸全是痘痘一样的小颗粒，
特别像阿珠。大概 3 个月我没有抬头与任何人说过话。
一下课就埋头睡，回家就朝我妈发脾气。
我那会儿以为我熬不过，后来想想真是小事儿。
@ningbabe

大二时家里破产，被男朋友劈腿，和闺密闹翻，
想要退学甚至放弃人生，结果偶然看到刘同的《你的孤独，虽败犹荣》，
字字珠玑，写入我心。再后来英语专业的我坚持所爱，
到光线传媒面试，暑期到电视台当出镜记者，
寒假到湖南台做文字策划，生活好像一点点变好了呢。
今年在考研，祝自己成功！
@ 简妮

（三）梦想让我更难熬，但是我愿意

为了准备中传的专业课，每天除了写影评就是想节目策划，
没熬过来，得了肾炎，一个人在北京，躺了三天。
收到中传的 offer，哭了两个小时。
@ 林一

我是开宠物馆的，用最真的心来养它们，
买最好的粮食，最尽心尽力的照顾，也抵不过那些黑心贩子，
几百元一只猫的乱价。自己作死借钱创业，没钱交房租。
创业失败可以低价贱卖。问题是，我对卖的小宠物都有感情，
一腔热血才发现，真的好难。不知道还能撑多久。
@ 深蓝爱猫馆

在国外做什么都是自己一个人。

吃饭、买菜、去图书馆。
晚上就特别想家，会躲在被子里面哭。可能是我性格问题。
后来终于有一天，我实在忍不了，退学了。
想说人生苦短，不想去做的事情就不要逼自己了吧。
@山崎忙人

今天在公司被一个愚蠢的设计师甩锅。
不是自己的错却被要求解释道歉，不争气地在办公室里落泪了。
然而，明天还是要保持微笑继续搬砖。
生活不易，成长不易。
@压力山大欣

一年出差 11 个月。吃饭是自己，睡觉是自己，
在旅途的路上也是自己。孤独得要死。
难过得特别想回家吃一顿我妈做的饭菜，和朋友一起看场电影。
我是那种很闷不会给自己找乐子的人。
有想过工作好累没意思，不如干脆辞职算了。但也总算是挺过来了。
未来还有很多一个人出差的日子，希望某同学的小说集赶紧出，
路上能有我喜欢的东西陪伴。
@寿司梅子酒

一直陷在肥胖这个困境里。就没出来过。
@潘吉吉

希望我们的努力，都能被世界善待。一旦被坑、被伤害，十年报仇反扑也不迟。

但怎么说呢，就算遭受恶意，也不要因此变成锱铢必较的人。倒不是因为善意值得歌颂，而是虽然我们注定会腐朽、会冷漠、会学习以毒攻毒，但到头来，可以温柔接纳自己比较幸福吧。

一起加油！つづく

孤独是什么东西，一碗面就搞定

野象小姐

“伤心之人必有不愿掏心掏肺之时，那么，托付给一碗面吧。”

以前看《继承者》，腿长两米的凶脸少爷崔英道，开重型机车，总要邀请女主角吃面。

值得回味的时刻虽然都热腾腾，但人生真的就欠那几口面吗？贵公子的心缺爱嘛，坐下来与女生慢慢吃碗面，抬头低头间，雾气中自带柔化滤镜的脸多叫人安心。面端出短短 10 分钟就让身体由冷转暖，两个人的心自然靠得更近。

真金白银的优渥总抵不过热气腾腾的温暖。

这种追求方式可谓不动声色，低成本、高回报、不花哨。

人生不如意事十之八九，沮丧的时刻真是多呢。有个新闻讲老太太无聊了去按抽水马桶，2 个月她冲掉了 98 吨自来水。多庞大又心酸的孤独啊！

想大吃一顿却叫不出半个闺密，因为大家统统在减肥。我瘦我孤独。

去秋游大家都在谈论人民币跌了房价还在涨呀，爱马仕前设计师 Christophe Lemaire 和优衣库合作啦……我不感兴趣，活该我孤独。

有个朋友跟我说，他一直梦想去山区支教，不顾阻拦真的去了。天哪！发现小孩吐口水、吃饭和着沙子吃，教学计划一团糟，发现自己不是能吃苦的公益英雄，不敢跟人倾诉因为大家会骂那是自找的。我作我孤独。

当一个人被一而再，再而三地劈腿，失去亲人，身患难以言说的病，这些都是羞于诉说的秘密；当认同、陪伴、拥抱很难治愈寂寥，一个人凌晨去便利店买泡面和牛奶；当不给人添麻烦被歌颂为现世交友美德，孤独越来越嚣张了。

一个人生活的人，餐桌对面缺伴，挑个时间，从家里冰箱中拿出一包面扔进沸水。淋上辣辣的咖喱，搅拌，焯一朵西蓝花垒上去，专心吃完它。伤心之人必有不愿掏心掏肺之时，那么，托付给一碗面吧。

前阵子看过的一部日本纪录片——《深冬的自动贩卖机》。日本秋田港，一个只出售乌冬和荞麦面的自动贩卖机，在暴风雪中依然有人光顾。NHK 记录了贩卖机的 72 个小时。单价 200 日元，只有汤和面，40 年来售出 40 万份。

寒风萧瑟，人们停下脚步，匆匆吃完，带着饱足的幸福，继续努力地生活。

最美妙的事，是吃完一碗热腾腾的面，坠入暖乎乎的日常。つづく

还好，月亮不歧视无法团聚的人

野象小姐

“中秋节，街上走着笑不出来的人，还好月亮温柔，洒在每个人肩上。”

你有没有观察过路人？

今天不妨试一次。从反复亮起的手机屏中抬头，跳开情情爱爱，撇开英雄主义，观察一下每天出现在你生活中却没有存在感的人。

比如，下雨天槐树下卖栀子花的老奶奶，不卖完她是不会走的。

比如，每天 8∶10 抵达的公交车，司机正播着电台《快乐早班车》节目。

再比如，常去的咖啡馆，店员马上就能喊出你的名字，问你是不是 double 的浓缩照旧。

身在异乡，没法回家，走在街上笑不出来。这样一想，茫茫众生真的没区别呢，你我都一样。同样平凡，同样孤单，在热闹人潮中没有多可怜但是非常渺小。

“一期一会”是日本茶道用语，意思是，“每次相遇，都是独一无二”。今天讲关于陌生人的故事。

朋友肉花，说有阵子加完班回家差不多夜里 11 点。末班车的司机，熟到会跟她点点头。下车走回去的巷子没有路灯，特别黑，偶尔还有狗吠。每次走都特别害怕，恨不得闭着眼睛百米冲刺。

有一次，刚下车，突然背后亮起来。回头一看，是司机没开走，亮起大灯，一束异常明亮的光照进巷子中。

原来是司机察觉了，特地开车灯替她照路。

我刚毕业时，早晨上班地铁出来右拐，总会看到一个盲老爹。头发花白，拉二胡，春夏秋冬穿着同一件跑棉花的绿军袄。大概是种陕北调子，我也不懂，反正是难听。但他硬透着股“我这样儿特别好”的倔气，暴雨台风无阻，永远扯着嗓子唱。

有次他的钱钵被熊孩子踢到花坛里，他趴在地上摸索。我蹲下身捡起来，放回他手里。他看不见我，但朝我这个方向的空气点了点头，示意谢谢。看着他灰色瞳仁，仿佛是个老朋友。

从此每天上下班都给他一块钱硬币，直到我离职，共 3 年。不是可怜他，也不是善心泛滥，大概是一种惺惺相惜。

没想到这种固定的重复，成为类似“打卡”的记录行为，将那段时间凝固得像电影镜头。那时谈恋爱的人、手机屏幕、灰蓝色毛衣、工作中犯的错、可爱的同事、加班到深夜亮起来的街灯、圣诞夜面包店的香味、711 的车仔面……这些气味、声音、触感、影像，都和拉二胡、穿绿袄子的大爷捆绑，变成一个时光大礼盒，用“20 岁出头”的胶带封紧。

里面有怯懦、孤独、小心翼翼和对未来莫名其妙满心信任的我。

最近重回那站，出来没看见穿绿袄子的大爷。手里捏着准备好的硬币，又放回包里。

“有个导演说，我昨天遇到一个人，感觉他非常有意思，印象深刻。但后来就再也碰不上了，人生就是这样。”我们不会和擦肩而过的人留下彼此印象，也无法在某天相遇。我甚至也没有什么立场祝大爷过得好，不要遇到不测，不要在冬天夜里边搓手边拉二胡。

这种体恤怪做作的。但生命流淌过的地方，任何渺小的存在，都能在发生的时刻留下温暖的河床。哪怕是我给大爷捡过饭钵，大爷为我的20岁做过永恒注脚。

记得康永哥说，“节日”本身就很蠢，人类竟然需要母亲节来提醒要好好爱母亲，需要情人节提醒该送恋人礼物。

这可悲吗？我觉得不啊。我们总还是需要节日的。一天一天，人太容易变麻木，而这些仪式感的日子，让我们时不时重新审视生活。

谨防麻木，强行欢愉。比如今天，我们需要月亮提醒回家。

许多人活得比我们想象中辛苦。没有家、没有亲人，甚至承受着天灾、疾病、丧偶等不可言喻的命运之痛。城市中，擦肩而过的人，假如隐隐有过善意的交会，便是“家”的另一种温暖的流动存在。你和我，不管好不好看，灵魂高级不高级，月光公平地洒落在每个人的肩上，皎洁如雪花一般。

人人可以仰起脸，大步走入风中。つづく

求求你，吵架吧

阿甜

“每一次吵不崩的架，都是一次内心戏满满的亲近。”

野象介绍：

阿甜，江湖人称“甜巴掌”，像邻居家常常给你糖吃又毫不客气指出你错误的小姐姐。
她是我的大学室友，是不用费力交心就可以轻易交心的好朋友。
她给人既亲切、舒服又温柔的感觉，但她也保持着独立的理性思维，
任何事都能处理得很得体，又犀利得一针见血。她之前在 NGO 机构工作了两年，
帮助毒瘾者康复。她说从业者更愿意称毒瘾者为“药物成瘾者”。
后来，她又待在昆明参与一个亲子全球旅行的项目，帮助许多家庭改善亲子关系。
她真的很甜，又真的很酷，但她总是觉得这些都不算什么。

我以前特别害怕争吵，觉得惹怒别人是很丢脸的事情。遇到意见不合，我永远是人群中默默低头、赶紧撇清、装作不关我事的那个。失恋后的两年，特别难过也特别平静。挺过来觉得自己是条汉子，各种懂事，各种得体。

可是，分手本来就值得哭天抢地，大吵一顿啊。

（一）能吵架，别憋着

前任与我的日常是：纪念日？太老派，不过。生日？麻烦，不过。情人节？爱对了人，情人节每天都过。

因为忙，所以经常不回短信，不打电话。因为穷，所以不给承诺，不敢许未来。

当时不明白，觉得爱一个人就应该忽略这些所谓的形式，甚至觉得这些很肤浅。尽管有时候会有点小委屈，最后都自我安慰安全度过。结果，不吵，对方就会用最方便的方式对待你。不吵，对方感知不到你的感情诉求和期待。用自以为平静的方式去爱，用自以为平静的方式被爱，不争不吵，最终以“相当”平静的方式收尾了。

（二）吵架能解决的问题，千万别憋着

一言不合就吵架，那是情绪管理不到位。可是在工作中，为了维护体面，憋着拖着，导致项目停滞不前，也真心算不上明智。

公司新来的领导，似乎在他眼里，哪儿哪儿都不顺眼。任何不给解决方案的建议都是耍流氓啊。

有次又起冲突，他对我说：“我和那么多员工、客户接触，你是第一个，无法交流下去的人。”我说：“我和很多朋友、前辈、老师接触，从没有被质疑过沟通能力，您也是第一个。”不欢而散是吗？难以想象，他在接下来的工作中，给予了我极大的支持和信任。

遇到棘手的事，他会耐心帮我厘清思路。做不好，他会直接指出错误，我也欣然接受。其他人质疑我们的工作，他始终站在我这边。

仔细想想，当时的争吵其实是良性的沟通。我们清晰地感知到对方的处事风格，便更容易找到恰当的解决办法。

首先，我确信领导是一个正直的人，不会因为我的顶撞而觉得没面子，甚至从此开始刁难我。其次，对抗方式必须对事不对人。工作有冲突很正常，说明工作节奏不一致，需要调整。但不要混入人品攻击，更不要讲坏话。

看到有些同事互相看不惯，就是憋着不说，哪怕已经耽误了项目进展。傻不傻啊。吵一架嘛，该吐槽的吐槽，该委屈的委屈。说出来，大家才知道对方的底线。毕竟耽误项目进展，谁都没好果子吃。

（三）吵一个闹不掰的架

今年父亲节那天，我在手机里翻出 20 年前的一张旧合影。过了这么多年，还能清楚地感受到当时拍照的紧张。这是第一张我和父亲的合影，我们从来没有挨得这么近。

对于父亲，我一直是惧怕和疏离的。除了顺从，没有别的对话方式。去年回家过年，我史无前例地跟他大吵了一架，因为看不惯他一贯的自以为是与不负责任。这是唯一一次我大声跟他讲话，尽管忍住了最伤人心的话，还是把他气得不行。

一整个春节我们都没怎么讲话，要知道我一年就回去那么七天。

我走的前一天，他喝了点酒，在沙发上睡着了。冬天屋子里有点暗，我思忖着怎么打破僵局。

他翻了个身，喊我妈的名字，说要喝水。我起身倒了一杯放在沙发边，沉默了一会儿。他开始絮絮叨叨跟我说他的那些缺点，他说这辈子是改不掉了。身为他的女儿，只有多担待一点。我听着，不再想反驳什么。

这次吵架，我们戳中了对方最脆弱的地方。

是的，很不舒服。但通过这次吵架，我们都至少明白了父女之间，除了强势和顺从，还可以交流。这是我的成长，也是父亲的成长。我们对彼此，也都多了一些体谅。

浩瀚宇宙，有些人成了挚交，有些人擦肩而过。无论何种相处方式，都有可能发生摩擦与碰撞。这不就是我们探索这个世界最笨拙也最真诚的方式吗？比吵架更可怕的是冷战，是有问题不解决，大家彼此放弃，是怀着一颗失望透顶的心，懒得动嘴巴。

吵架吧，每一次吵不崩的架，都是一次内心戏满满的亲近。つづく

捡起六便士，走在月光中

野象小姐

“好在长夜行走总能被温润月光环绕。”

梦想特别费钱。昨天与表哥去逛他合作的一个油画工作室。推门进去，味道刺鼻。墙壁被一遍又一遍的颜料涂满，堆满颜料桶、笔刷、画布。房梁晾着还没干的画布，桌边靠着画好的。

小时候梦想拥有一个画室，斜窗户的阁楼，我必须是海藻般的慵懒长发，高大画布，穿着背带裙全神贯注地画。在别人眼中我很艺术、很神圣。这种浮夸画面与颜值妄想，我现在硬着头皮承认还是不好意思。画室在我的心中充满浪漫主义与流浪情结。

眼下这个画室实在是，寒碜得可以。

三个画师埋头刷着。踢着人字拖套着大裤衩，不跟我们拉家常，冷冷清清。

和钻来钻去的一只黑猫一样瘦骨嶙峋。严肃脸上是大写的匠人精神！旋转的星空，巴黎的雨天，冷感的牡丹，抽象的甩色，还有一些临摹莫奈或者凡·高的作品。

这年头大家都推崇匠人精神，专注、坚持、克制，抛去尘世的引诱只听从内心的召唤。可我猜面前的三个年轻画师一定没有女朋友！不然为什么放假也不出去耍，与一堆破画儿待着，太可怜了。

表哥有一批画要发往新西兰，与负责人交谈。我凑过去搭讪："你们都是学画画的吗？"

"有的不是。喜欢就来做了。"

"喜欢就能画油画啦？！不需要美术基础？"

"美术基础也靠练的。"

"这里好多重复的……一张一张画，怎么不成批印刷？"

"太便宜，我不做那种生意。没质感。"

"一身画画本领，可是一天画 20 幅一模一样的，得多闷啊！！"

"赚钱哪。还有，练画功。等自己创作时就不手生了。"

做匠人要克服脏，克服单身，克服沉闷，还要克服穷。世界对有梦想的人好刻薄。

你的梦想黑名单上有哪些人？

《月亮与六便士》里，思特里克兰德变成梦想的奴隶，交出了家庭、财产、正常生活，在巴黎追求艺术潦倒度日。这个故事大约不是励志，而是残酷的。

在我心中，有两种人应该进入梦想黑名单。

第一种，是没有梦想的人。梦想使人身心愉悦，过瘾，让你鼓足勇气、浑身有劲。可以是具体的，比如拿哪个建筑某个奖超越哪个大师，写出很牛的歌令地球震三震，追到心仪的姑娘，环球旅行变成穷光蛋也无所谓。也可以是抽象的，比如忠于自我，在想说不的时候坚决说不；实现自我价值，来此世间一趟不白活；

过小而美的生活，烧一顿好饭，不求万人瞩目只想安安稳稳爱身边的人，这个也是了不起的梦想。

可是有一种人，没有主见，缺乏判断，甚至没有兴趣爱好。没有东西能提起他们的兴致，精神世界的 PH 是 7，如果遇见这种人请断掉“拯救他”的少女梦。

第二种，是面对无聊世界，嘴上抱怨、行为上合作的人。爱抱怨的朋友谁都有。看不上你点的菜，揭露谁谁考第一肯定把小抄写在课桌上了，吐槽同事或领导多么阴险，警告你千万不要相信男票说“和兄弟聚一聚今晚不回家”。一问到她自己，她说“我能怎么办呢？我已经没办法改变了”“他们都说我如果参加某某节目一定会红，我才不要变网红呢，好低级”哦。

厉害死你。这种人老掉 30 岁依然会是这德行，而且特别强势。提到你的蠢蠢梦想如果你很害羞，不想被他们笑死，那就夺路而逃。

真正采取行动的人好像都不吆喝呢。

有的估计是故意。制造轻松达到某个目标的局面，天赋凛然，羡慕嫉妒裹着难以置信与大跌眼镜，爽感十万倍。

一个朋友，叫海笑姐。川大新闻系毕业，以前在媒体，后来转做某大项目的品牌总监，我完全相信她的洞悉能力、理性判断与令人如沐春风的谈吐，女精英之路畅通无阻。

但自从生了儿子与一对双胞胎女儿，她爱上了烘焙，一开始只是周末找蓝带主厨学，后来辞职在家里做起了烘焙工作室。手忙脚乱、人力不足、缺乏经验、市场饱和，几乎全都是朋友捧场……我想这太理想主义了。后来看她在朋友圈发的裱花蛋糕作品，没有任何添加剂，全部用的顶级乳脂奶油，懂的人自然知道乳脂奶油塑性有多难，而且超级贵。

关键是在取舍过程中，她的心一直是向前的，没有回头顾影流连，享受着烘焙室发生的有趣故事，个个都惹人发笑。顾客一定会猜，这女主人一定是个轻松又自信的人。我觉得她很了不起。

只要不碍着谁，你的梦想是你自己的事。

放一放再做，赚稳钱再做，丢开现世安稳去做，冒着枪林弹雨地去做……只要你觉得值得，你可以选择任何方式做到。想提醒的是，多替身边爱你的人考虑。

捡起六便士，走在月光中，是最称心如意的。假如不给他们造成困扰，随你便啦。如果想做的事注定让你变穷鬼，注定让你失去身边每一个爱你的人，以伤害为代价，你仍然执意孤行，看你自己选择喽。

想做的事正因为光明、缤纷、诱人，是精神世界的灵药，才时刻煎熬着你。

想做的事如果失败，就去找另外一件来做。路途中，不断收拾、修剪、强化你的心智是更重要的部分。在意别人的钦佩或忽视，强求此刻的决心或孤意，就无法真正超越。

高高在上的月亮，与脚下的便士不可同时拥有。好在长夜行走总能被温润月光环绕。つづく

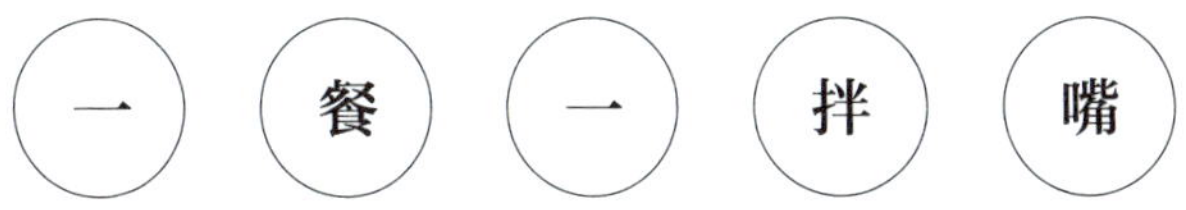

为什么我们这么平凡，还总能交到大咖朋友？

阿飞：

大概都是运气吧。我这个人，没什么优点，就是朋友运特别好。

读书的时候，我是野象的粉丝。高中的时候看她的小说散文，大学的时候给她写书评，和她成为网友。毕业了就被她拽来身边，一路从同事变成“钱褡子”，这种被时间推着走的感觉，时常回忆起来都有一种做梦的感觉，我们怎么就厮混在一起了呢？竟然现在还和她出书，我写的文字被印成白纸黑字，挨着她的文字。我是谁？我在哪儿？我何德何能啊？但不管怎么样，我交到了呀。

千万不要觉得对方是大咖，就用粉丝的心态去交朋友，这样别人很容易把你归类在粉丝那一队，之后翻身仗可是很难打的。我和我杨哥（@MagicYANG，一个拥有百万级粉丝的时尚博主）就是因为我发现她实在是一个棒极了的酒友，然后一路演变成我的“妈”！第一次见面，很高冷的，全程给我维持高冷时尚博主的嘴脸，让我一时不知道怎么与她相处。你拽你的，我拽我的，虽然你红你时尚，但是我也不差啊。好在因为和老赵的工作，一来二去发现大家居然都喜欢酒这个好东西，约酒变成了我们成为好友的基石。

但凡是个大咖，肯定都有偶像包袱，而这个偶像包袱会在“不好意思，我不是你的粉丝哦”的面前土崩瓦解。毕竟，我的使命是来成为你好朋友的！

交朋友和谈恋爱一样，喜欢就一定要让对方知道，这样别人才知道你想和他成为那个朋友。而不是在一边默默地表示欣赏，一边感叹好想和他成为朋友啊。自认为身边最漂亮的朋友就是“@ 今晚吃红烧肉”。私底下，大家都叫她公主，也只有她真的对得起这个称号。公主长得就是美，那种不矫揉造作的美，基本随便拍拍都是宣传海报的那种。第一次见到她真人的时候，我居然脸红了！我可是很爱给自己塑造那种宠辱不惊形象的人啊，我居然脸红？但是，就算脸红也阻止不了我表达对她的喜欢。本以为她是冷美人，谁知道她居然是个北京大妞！说话从来不拐弯抹角，不做作，不假惺惺。喜欢就是喜欢，不喜欢就拒绝。我们基本上每次见面都是喝大酒，她带着我在上海各种小酒馆穿梭，跟我吐槽，给我的恋爱出谋划策。时常感叹，美人儿怎么这么接地气啊！又不得不感叹，我的命也是棒极了！

所以我刚跟野象认识的时候，我是一副“我就是你朋友，我特别了解你”的姿态，她熟了以后告诉我，她心里常翻白眼，“这人以为自己是谁啊，一上来就对我的小说和生活指手画脚”！只可惜虽然她觉得莫名其妙，但是我说的都是对的，就是这么厉害，洞察力十足。

这么看来，我能结交到大咖朋友的原因可能不是因为我运气好，而是我脸皮厚。

野象小姐：

我发现，大咖身边的真朋友反而都是平凡人呢。你看明星谈恋爱都爱找圈外人。嘻嘻。

我觉得能和大咖做朋友呢，首先要命好。不是嘚瑟，至少得努力，给自己创造个机遇吧。当初我刚被最世签，出版自己的第一本书，老板小四在 QQ 上对我说：“《午时风》的三个字是我手写的哦，坐在办公桌前写了好多张，设计师他们说要清新治愈温暖！拼了！新书加油！”我当时差点跪下了，感到被命运之光照耀。但如果不是我努力写书，有生之年也无法跟他说上话。

其次呢，千万不能以粉丝心态去聊天，因为粉丝滤镜之下，对方也不知不觉切换成偶像模式，无法好好聊天了。比如安东尼，我们的故事众所周知，无非就是我是他早年的粉丝，为了接近偶像，妄想靠写作与他进同一家公司当同事。结果，居然被我给做到了。可是当年哪怕加了 QQ 讲了话，我们也并不能算是朋友。因为我一直用仰望的态度，讲话小心翼翼。第一次聊天截图我还保存着呢。

他问我：“小朋友你几岁？”我战战兢兢地回答说 20 岁。他说：“加油。”

然后，然后就没有然后了！

我还暗暗捏紧小拳头，要更加努力，成为一个发光的自己站在他面前。

后来我在“五周年最新锐人气作家奖”的颁奖典礼上，第一次见到他本人。他穿着白 T 恤，好看呆了，远远朝我招手，大喊“野象！”并给了我一个结实的拥抱。晚上的酒会，我告诉自己要优雅、要气质、要风轻云淡，穿着礼服端着酒杯，走到他身边准备和他来一场上流社会的尬聊。结果呢，我一开口说“喜欢了你好多年呢”，竟然号啕大哭了起来。太戏剧了。可能没见过世面，一时无法承受命运垂青之重，想起来都觉得自己戏太多，他还手忙脚乱给我擦眼泪。那叫一个尴尬。在这之前都不算朋友吧，只能说一个够努力的粉丝。

反而是工作以后，抛弃少女心，放飞了自我。厚脸皮地追在屁股后面喊“哥，我跟你说……”“哥，今天我……”“哥，你那边热不热”，他偶尔会跟我讲他吃了什么、恋人的甜话、又要飞哪国。我有时会取笑他，他被我逗笑，被我烦死，气氛松弛以后，自然而然就成了朋友。最近他发了一张在法国的照片。我说“哥”，他回“Hello,my girl”，我说“你太美了，想嫁”。天哪，我是怎么从一个羞涩少女变成这样一个口无遮拦的女子的？

真的好爱他哦，不管是作为偶像，还是作为朋友。现在的关系是，平时插科打诨，逢年过节讨红包。反正他有钱，红包都好大。

另外，和大咖交朋友，自己得有料，起码不能是一个无聊的人。拿阿飞来举例，他就是一个素人的逆袭啊！靠“有料”改写命运！哈哈哈。跟他认识后，就觉得他好有意思，可以做朋友，又常常跟我聊文学，觉得这个人综合技能应该不错。后来带他去北京，他这个人风趣、健谈、幽默、长得好看、衣品一流，总之猛刷存在感，不管大咖不大咖，大家都很喜欢他。他后来还凭爱喝酒这个技能跟时尚博主 Magic 杨成了无话不谈的酒友。

对了，别有目的性，交朋友得真诚。我和西门大嫂熟起来，是因为我们都在为公众号加班赶稿时，深夜两三点连发好几条 60 秒的语音互相鼓励。话痨让我们彼此靠近。她善良又直率、仗义、有主见，还特别热心肠。每次一喊“象妹”，我心都酥了。

最后，最最重要的是，珍惜每一次相遇。管他大咖不大咖呢，彼此欣赏，相处愉快，才是做朋友的前提。

我虽然平凡，但也不赖啊，遇见我，你也很荣幸是不是？つづく

JULY
柒月

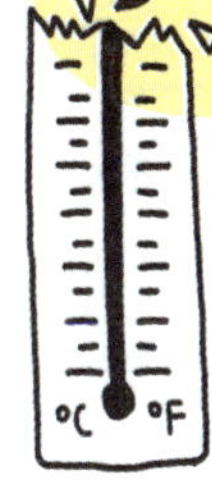

7月

西瓜、柠檬茶

冰到牙疼的碳酸饮料

游泳圈、人字拖

SPF 50+ 也挡不住晒黑的皮肤

夏天的记忆，我有一冰箱，你呢？

AUGUST

捌月

8月，放暑假，扒明星只为看懂碎片人生

○这次，我可以坐在阿信大腿上听歌吗？ ○愿天下男生向窦靖童学习攻气与可爱，能学一点是一点

○我想做你的冤枉路 ○大张伟：人生就六个字，“怎么着都不行”！

这次，
我可以坐在阿信大腿上听歌吗？

野象小姐

“不愧是我喜欢的不散伙的男人们。”

“五月天出新专辑了，纪邃。”

纪邃谁呀？这是我旧小说《幸福是哑巴》的第一句。叫纪邃的男生喜欢五月天。女生喜欢他。纪邃惯常动作是扯下耳机问：“你刚说什么？不好意思我听歌开最大声。”女生唯一一次告白，夏夜晚风两人坐在花坛边分享耳机。“我好想好想飞，逃离这个疯狂世界”，歌声大得炸耳朵，她很小声讲我喜欢你。他没动静，应该是又没听见。

结果，几年后圣诞节雪夜，男生穿着立领黑衣穿过人潮，牵起女生的手。女生说我告白过，但你没听见。男生说我听见了，他说：“那时一首歌刚放完。是上一首跟下一首之间，几秒钟的留白。”

这个故事告诉迷妹迷弟，听歌太大声习惯不好，搞不好会错过爱情哦。

（一）我可以坐在主唱大人腿上听歌吗？

出新专辑《自传》的时候，刷到话题“阿信逼死自己和歌迷”。歌的高音超高，低音超低，歌词越来越长。有人调侃说因为怪兽写歌心想反正不是我唱，石头、玛莎、冠佑心想反正不是我唱，陈信宏忘记了自己要唱，于是搞成这样。喜欢这样互相推卸责任的乐队。可以，这很五月天。

据说专辑 59 分 59 秒，寓意作品九号，结果歌迷说算过了明明是 60 分 59 秒。

阿信说专辑尺寸跟以前一样，方便歌迷珍藏，结果歌迷说根本塞不进抽屉。

以上不是歌迷拆台，是陈信宏你也太爱信口开河了？！为了硬拗“意义”，长期随口调戏我们粉丝。

所以，这次我能坐你大腿上听歌吗？

新专辑最喜欢的是《转眼》。鸡皮疙瘩起了一身。

有没有人　告诉我真相　时间就是　最巨大的谎

以为的日常　原来是无常　生命的具象　原来　只是幻象……

这首歌讲生命轮回。这么宏观的题材阿信是能够随便大胆碰的。五月天的格局从来不只唱小情小爱，他们关注宇宙与战争、超人与阿姆斯特朗、生命的去留、活着的意义与浩渺。

《任意门》听得眼眶泛泪，很日常、很朴素，不知道为什么竟听出告别的意思了呢。行天宫、信义路、七号公园一个个跳出来，是阿信陪歌迷很认真地从起点开始回忆。“曾和你走过，麦迪逊花园，任意门外绕一大圈。你问我全世界是哪里最美？答案是你身边。只要是你身边。行天宫后，二楼前座那个小房间，兽妈准备消夜是大鸡腿……”

《你说那 C 和弦就是……》第三喜欢。是我们秀发飘逸又毒又美的玛莎写的

唯一 一首。《好好》很甜。《人生有限公司》《成名在望》蛮酷的。《终于结束的起点》《后来的我们》很温柔。

《派对动物》发布的时候，蔡康永说，阿信是一个燃烧感很强的人，天生的派对动物。派对应该是比喻一种燃烧的人生状态。Party party all night, 最大限度地去燃烧生命。不管是用什么方式去燃烧，但想要一直一直燃烧着。

阿信真的一直是这样的。

不过，一直维持亢奋状态肯定很累。人到中年，我猜测大家一定抱怨过“青春这个话题真是没完没了啊”。团员性格不一，却没有因为嫌弃谁、受够了谁而离散。大家还是紧紧凑拢着，携手走了近 20 年。5 年没发片，这次阿信一如既往地独揽了所有歌词创作。他写不出的时候，玛莎温柔地说：“我从来不催他，因为他给自己的压力比我们几个合起来的压力还大。”

2012 年《风象》有一期的序语是我写的五月天。编辑说那期有他们专访所以会寄给他们。想到他们本人会读到来自我的了不起的爱，差点乐晕。其中，一个段落是这么写的：

2001 年，演唱会。遭验退，服兵役，赴英国上学，逼得 5 个人暂别歌迷视线。出道 3 年，刚尝到一点梦想的甜头却要离开。谁知道未来的路会在哪里，谁知道会不会就此解散，谁知道 17 岁践行到 25 岁的“咸鱼精神”是不是等于白忙活。

他们戴着疯狂的防毒面具、机车头盔，穿着白色连体衣在台上又哭又笑。索性哭得只剩 T 恤，跪着、坐着、跷着二郎腿弹吉他。哪有人把演唱会开成这样？倾盆大雨将眼睛浇得湿漉漉。雨中万人大合唱后，阿信反复说：“回家吧，没有歌可以唱了，回家吧。”

成长太慢，老得太快，等得太久结果太难猜。你要去哪里呢？

后来兑现承诺团聚了。有次去海外小场子演出，非常成功。当地媒体对华人摇滚乐团有了全新认识。石头用英文介绍5个平凡人的乐队，说常常把500人想象成5万人。连老外都一起大喊L-O-V-E！

阿信说："We are Mayday."

不愧是我喜欢的不散伙的男人们。这真的太不简单了。

（二）和五月天谈了一场最长的恋爱

漫长青春期，像跟五月天谈了一场最长的恋爱。

亿亿万万个女朋友，而男朋友只有陈信宏一个。每个人都觉得自己的青春独一无二，自己的死党全球限量，自己的陈信宏私人独家。

我是被阿信那本《浪漫的逃亡》秒到的。记得封面打着"文字＋摄影／五月天阿信"。他站在穿和服的日本女生堆里，站在京都的窄街上，看起来很孤独但优哉游哉。他那本写真里的照片估计是最早的旅行网红拍摄范本。

他高中时特别喜欢《志明与春娇》。有人问阿信为什么是《志明和春娇》，他说儿时看张菲主持《欢乐一百点》，张菲演一个叫志明的人，每期节目都邀请一位漂亮女嘉宾饰演"春娇"。节目很火，志明与春娇在台湾就像罗密欧与朱丽叶，相信爱情却注定失去爱情的恋人。

那句歌词怎么唱来着，"我跟你最好就到这儿，已经无人看已经无人听"，总之最后志明与春娇没有在一起。

五月天常常被人诟病，人们究竟在苛责五月天什么？

你现在是护士，是心理医生、钢琴老师，是银行职员，是4S店的销售金牌或是投资顾问。那些年，一言不合就鬼哭狼嚎的你，嚷嚷着"没有梦想就没资格跟我做朋友"的你，认为逃课翻墙、顶撞老师都很酷的你，追不到心上人就高喊"不打扰是我的温柔，嘤嘤嘤"的你……

哪怕长成满分大人，那个曾经浑身黑历史的你，一定存在过。

男生追不到班花，唱过“为什么拯救地球，是那么容易，为什么束手无策啊，我和你的爱情”。女生写日记悄悄描写喜欢的男生，“你眼中一定有个浓雾的湖泊，任凭月光皎洁照也照不透”。

考不上好大学，你和好友闷闷地觉得全世界看轻自己。“我好想好想飞，逃离这个疯狂世界。”爱上一个人的时候，你在心中默念，“征服滚滚乱世，万人为我写诗，而幸福却是此时，静静帮你提着 Hello Kitty 袋子”。

遇到挫折你的口号是，“我不怕千万人阻挡，只怕自己投降”。觉得生活也不赖，会轻快地哼“活着不多不少，幸福刚好够用，活着其实很好，再吃一颗苹果”。

五月天实实在在地陪我们度过这些不明亮却飞扬的时间。讨厌五月天的你，其实是想销毁整个傻缺青春，对不对?

（三）歪腰年纪，你从“五月天学校”毕业没?

高三逃了晚自习在外晃荡。死党胡路找到我，骑摩托车载我回学校。等红绿灯时我们都没说话，我瘫在后座唱“我是一只咸鱼，不想承认，也不能否认”。十几岁那时候对未来世界的恐惧迷茫，似乎都被五月天接住了。

这个画面我在散文中写过。

有个叫“消失野象”的粉丝给我留言：“从高一开始看你的文字，一眨眼我工作三年了。没有从事文学，也没去学新闻，上了工科大学安稳地走到现在。长大后，并没有变得多了不起。后悔没有对讨厌的人更坏一点，没有对喜欢的人更珍惜一点。那本《午时风》陪我的教科书躺在书柜里，很少再翻起。”

心情复杂。如果我写新故事，你大概也不会再有当初的悸动。不仅我变了，你的心境也变了。我对五月天的感情也是这样。不过“变”本来就是寻常事，我们相遇过，彼此珍重过，已经很奇妙了。

感觉大家也跟我谈了一场很久的恋爱呢。我们仍然相信未来有酒有肉，虽然拥有这些远不能解决生活琐碎问题，但我们矫情地面对自己，柔软地袒露真心，勇敢地爱过、疯过、闹过，是“心中有钻石，随时能飞行”的人。

讲真，没有人会真的讨厌五月天吧。痴肥的阿信瘦下来下巴很尖的呀，实力小粉红。玛莎秀发飘逸，又甜又毒又会写走心的诗。怪兽温柔起来谁都拦不住，兽妈夜宵给大家烧大鸡腿吃。石头的胡楂应该剃得最勤，笑起来敦厚极了。冠佑就是个小闷骚，整天晒老婆。

这个世界上还有讨厌他们的人吗？说五月天假摇滚、没突破、不怎么样的人，其实你不一定非要听的。

有一种言论说喜欢五月天的都是拒绝成长的尿包。拜托，谁想去相亲，谁想加班，谁想承受压力，谁想天天讨论房价、股票、年薪这些无聊的东西？

到了歪腰年纪，我也不想从“五月天学校”毕业。如果不是毫无办法，有哪位壮士想主动成为大人吗？你给我站出来！

新专辑里最贴心的歌是 *What's Your Story*,19 秒空轨。再也不担心因听歌开最大声而错过像告白这样重要的事。而对于我来说，重要的事是如果没有五月天，我不会知道什么是耍帅做梦、温柔自由、友谊万岁。

5 个人在一起才是五月天。最喜欢看他们互损。与他们相遇，跟老友重逢一样。地球上再牛的音乐人也给不了这种缘分。

就像我的 17 岁永远不会重来一遍。

愿天下男生向窦靖童学习攻气与可爱，能学一点是一点

野象小姐

“她完全不是酷给任何人看的。”

男生不服，我凭什么跟一个女孩学这些？

简单来说，因为窦靖童，全世界女孩成了恋“童”癖，想跟她发生点风花雪月的故事。那种心动完全是遇见心仪男生的货真价实的心动，甚至有女网友借王小波的话自黑：“一听她唱歌，我这张丑脸就忍不住泛起微笑。”

童童继金马奖之后又入围金像奖了。今天不谈风月，专注地扒一扒窦靖童身上究竟有哪些特质，为何如此招女孩儿喜欢？

第一，她可攻可温柔。酷得毫不费力，也毫不在意。反面案例是许多男生很

糙，理直气壮的糙。

童童最撩人的时刻，肯定是在台上唱歌。台风有型，自然不做作，绝不像一些油腻歌手下腰扭胯动次大次。童童不唱时举手投足的利落帅气，唱歌时全情投入的眼角眉梢、英气逼人、清风徐来，所有美好的词语都不为过。

实际上，“女孩打扮像男孩”的潮流在我中学时代很盛行，但现在连周笔畅都蓄长发，李宇春也穿起裙子，这个流行似乎早就过去了。

童童如今的中性打扮，多了许多时髦元素，因了她辗转中国、美国的成长背景，传奇的家族基因，合理又随心，一点不刻意，感觉都是她自个儿的主意。

金马奖颁奖礼上，她和周冬雨的合影，酥得不行。仿佛偷看喜欢的女生，眼神透着桀骜、温柔、谦逊、软萌，互相冲突的几个特质在她身上完美兼容。穿得也好看，机车皮衣、格仔衬衫、白 T 短靴，一头乱发加长腿，主要是条儿顺。

她接受港媒采访，一说粤语就好害羞，切换成普通话就立刻攻起来。童大爷的坐姿也帅爆了。童童像大老爷们儿那么坐着超级合理，我如果这么坐，我妈会说我女流氓。我非常爱听她北京腔的咬字发音，字正腔圆。不管到国内还是国外，一讲北京话就特别像主人。人家问她最爱吃什么，她说奶奶做的炸酱面。问她怎么做，她说不想分享，只想让奶奶给她做。

她酷得毫不费力，也毫不在意，才让人觉得更酷。当然了，她完全不是酷给任何人看的。

第二，她谦逊可爱反差萌，举手投足干干净净。反面案例是，许多男生不知不觉就释放起油腻猥琐气息。

你会发现，她总在笑，完全没架子，一紧张还狂眨眼睛。在台北春浪音乐节上，被宽姨带坏，学了句闽南语，上台没喊大家好，而是“你们，有爽吗？！”

全娱乐圈都在等她长大的神秘孩子，是这样的接地气……

以为她冷酷？结果是个白痴。Facebook 上的直播，就是吃烧卖、吃鱼丸、喝维他奶，说好的表演直播，看完感觉是美食博主带我们逛香港。

观众想看她和妈妈同台，被问是否会欢迎这件事？她说：“看她喽，她是我妈啊，那我有什么办法？”

他们家祖传贫嘴。因为，童童嘴上那么说，实际上超级听妈的话。16 岁以前有门禁，10 点钟还不回家，会收到王菲的短信：“迟到了。”采访时，她说起这件事，并强调从来没和妈妈吵过架。一旁的宽姨说：“那你妈很好哦。”她转身说：“你怎么不说我（好）？” 突如其来的撒娇，暴露少女本能。

她真的很乖。

叛逆是世人对她最大的误会。童童说：“为叛逆而叛逆，我觉得挺傻的。”有个叫“季念好多年”的粉丝在活动中碰到过童童，说主办方按照红毯顺序叫到了童童，结果临时调整，很抱歉地跟她说，可能你要稍等一下，晚点走。结果她说：“没事没事，我不走也可以，能不能不走啊。”后来，在走廊碰到，她跟着同行的人，家教好，有礼貌，人家在聊天，她就很乖地站在旁边等，像小学生。

被提问最多的就是怎么评价爸妈跟自己的音乐，她说：“音乐没有可比性，我和我爸我妈都在做自己的东西。”说“我爸我妈”的时候，莫名有点泪目。

最搞笑的是，被问最不喜欢别人对自己什么样的评价，她一本正经地说：“把痦子给点了。”哈哈，我们痦子超性感的好吗！

王菲“幻乐一场”演唱会，吃完午饭要去彩排，她准备用打车软件叫专车，一看要花 50 多元，说哎呀这么贵啊，于是顶着寒风去路口打出租车了。

在英国录音期间，在朋友的工作室住了两个星期，暖气坏了，没人来修，每天早上起来都要去街对面买茶包泡茶喝热身。

从小姑姑带她比较多，她在任何采访中都一个劲儿地提姑姑。听说她之前准备买车，型号都看好了，可是后来还是决定暂缓，因为想给姑姑家的孩子分担下学费。

也许有人会质疑，天后家小孩哪会这么惨。但是以他们家每个人的独立个性，相信一切的关系都有最温柔与自在的方式存在。无论如何，她温柔又懂事。

生来便是传奇，却毫不为传奇所累。

第三，人好看，衣品好。反面案例是，请男闺密不要过度妖娆，请直男朋友稍微收拾一下自己。

自从剪了短发，就一路帅飞。都说童童的长相是窦唯的脸加王菲的表情。

从没见过一个人染五颜六色头发，一点都不“洗剪吹”，还这么高级好看。

从没见过一个女明星放肆文身，还文到脸上去……关于下巴文身的回答，许多报道称因为妹妹李嫣兔唇，身为姐姐想陪伴她不孤单。童童接受采访说：“没有意义。文它是我觉得好看。”

的确，万事不必非得强加意义。就算真的是这个原因，也没必要跟媒体去说。倒是有个粉丝提了个颇具价值的问题：文个身起码半个小时，这意味着文身师托着童童下巴，近距离端详这张脸半个小时以上……

妈妈，我想当文身师。

要说到文身和染发，那是人家的梦想。小时候想开美发店。因为看见姑父给人剪头发，手指翻飞帅呆了。还有就是开文身店，因为她很爱文身，但当一名文身师压力太大，怕一不小心给人文坏了。有句歌词能概括王菲对窦靖童的人生期许：“你不能去学坏，你可以不太乖，我的爱。”

离婚时，记者问童童谁养，王菲秉承一直怼媒体的风格：“判给谁谁养呗！”

其实她带童童挺多的。有个采访是探班她演唱会的后台，她一边做头发，一边和童童拍手唱儿歌，还吐槽她：“她呀，看见电视里的女明星，都喊妈——”

童童因为很瘦，穿任何衣服都有 oversize 的帅气感。气场足，反而越简单的穿搭就越好看。原宿风、街头风、港风，都不刻意也不过分。紧身牛仔或 legging，配短靴、球鞋、马丁靴；简单卫衣或 T 恤，颜色黑、白、灰、棕等基础色；皮衣或夹克，有些很复古的毛衣也很有味道。

第四，她才华横溢，不虚张声势。反面案例是，那些稍微有一丁点成绩就爱嘚瑟，要人一个劲儿鼓掌的人，求求你，我累了！

他们一家子有个神奇的魔法：音乐即信仰，粉丝最后全变成信徒，一家三口，一人一流派。

童童音乐风格偏美式，很有氛围的独立电子。也许不会像老妈一样大红大紫，也不会像老爸成为传奇，但时代不一样，人格魅力与音乐风格也会把她推向另一个高峰。

Stone Café 专辑有人求翻译，云音乐的回复是艺人方要求不提供翻译，让我们自己理解。太酷了，我要笑死了。

那首 *The Way* 翻成了中文歌《童殿》，王菲在"幻乐一场"演唱会上唱。童童说："全世界谁都不能把我的歌翻译成中文，只能由我妈妈唱中文版。"

The Way 高潮部分声线非常像王菲。虽然现在多少还是沾妈妈的光，大批是祖传粉丝，但拜托啊，词曲制作整张专辑一手包办，厉害死了我的童。

"幻乐一场"演唱会现场，王菲主音，童童和声，唱到某句台词，王菲一身帅气红衣很随意地回头，准确地在黑暗中找到童童，顽皮地飞了她一眼。童童立刻接住，也挤眉弄眼地飞回去。这个著名的瞬间看得我两行清泪。

不禁要表扬皇室班子成员林夕给这首歌填的词，仿佛是妈妈给女儿做歌坛接棒仪式，更多的是作为母亲对童童的降生表达感恩与祝福吧。

你是童真和世故结合的物种，
是肉眼会视而不见的那一抹笑容，
是生来就红彤彤擦不掉的口红，
但你不是什么神童。
你是和雷电风雨一起闪亮的彩虹，
是不会让人发现看什么的瞳孔，
是忘掉一辈子有多长的一分钟，

但你不是神童。

人间值得歌颂因为你不想看懂，

人间要凭谁来歌颂你才能听懂。

因为你要做期待与失落的帮凶，

因为你要做幸福与不幸的英雄。

不知道为什么，听出了一丝生命的唏嘘。

第五，陈可辛赞童童，有态度没有刺。

和所有星二代一样，从小过着没有隐私的生活。有次被问，如果吃饭被狗仔拍到会生气吗？她说，唯一的顾虑是，怕妨碍到一起吃饭的朋友。

许多媒体爱故意问她关于谢霆锋、李亚鹏、生父窦唯的想法。其实这些都是王菲的情感瓜葛，孩子却一生被这些东西纠缠，未免残酷。但这也是童童作为天后女儿的命运，生来要承受。怪不得王菲唱：“无论你是做期待与失落的帮凶，还是做幸福与不幸的英雄。我都会在这里，与你相视一笑。”

她做得很好。

和李亚鹏关系一直很好。在妈妈和他离婚时，她在微博上写了一句：“The pain is real,but life goes on.”童童的演唱会，李亚鹏全程拿手机在观众席上录，别提多骄傲了。

关于谢霆锋，港媒拍到她和谢霆锋抽烟的画面，还一起看陈奕迅的演唱会。

关于生父窦唯。听说窦唯的钱包里一直放着女儿的照片。他年轻时帅得天翻地覆，后来因执拗也好信仰也罢，过起了清贫且离群索居的生活。童童小时候常常跟着窦唯，每天画画，画四合院，画后海，画夏天窦唯躺在竹椅上。

窦唯坐地铁的新闻爆出来以后，童童也在地铁上自拍了一张传到网上应援爸爸。如今每次回北京，也都会和老爸吃顿饭、喝个酒。

她坦言，总的来说自己没有攻击性，很温和，而且很㞞。

但她是非常有力量的女孩，没有因复杂的身世变得世故。相反，被问最不喜欢哪种人，她说，世故的人。

她用年轻的眼睛打探世界，靠才华横溢撑起人生底色，用纯澈又温柔的心去包容世事纠葛。有自己的思考，有想做的事，又不失俏皮可爱。

在世人眼里，妈妈疏离决绝、我行我素，老爸也是与世俗苦苦抗争周旋。可是童童看起来虽秉承酷酷基因，却拥有父母身上没有的“温暖与接纳”，是天生的，毫不费力的。

她生机盎然地活着。不唱歌很有范儿，一开嗓又叫人眩晕，说她雌雄同体也不过分，是天使也是小恶魔。我们都该感到超级幸运，与这样举世无双的窦靖童活在同一个时代里。别忘了她才 19 岁。

懒癌王菲同学有这样的女儿，命真好哇！つづく

我想做你的冤枉路

野象小姐

“你确定，遇见我算冤枉路而不是福气？”

我小时候不听李宗盛，因为太有年代感了。他拍了一个 12 分钟的广告片，被刷屏了。我是昨晚边刷牙边看的，有些动容。片子最后落脚点是：“人生没有白走的路，每一步都算数。”

你走过冤枉路吗？片子诚恳，印象最深的是他早年在东京的落魄：

因为长期缺乏睡眠，

浮肿的牙龈在嘴里留下了血腥味儿，

这竟然让因为怕付不起居酒屋消夜钱

而托病缺席的说辞，变得有说服力起来。

最后一搏的歌手，捉襟见肘的预算，
局促的便宜旅店，迟迟不来的灵感，
差不多就是早年东京之旅的全部……

所谓冤枉路，即不值得。

与终点背离，像穿行在漆黑的隧道，很辛苦却没有结果。

比如你爱着一个不爱你的人，干着一件你投入却被人取笑的事。你明明可以趋利避害，却一头扎进相较更无望的方向。

可是不知天高地厚使我们似乎觉得，费劲的冤枉路更迷人。终点就在那儿，毫无悬念。当我们决定走那段冤枉路时，真的需要终点吗？

李宗盛自己唱的歌，是 KTV 无法开口系列。唱腔随兴，没调儿，像念一首诗而不是歌。可是每个人去 KTV 一定唱过他给别人写的歌：《阴天》《寂寞的恋人啊》《领悟》《漂洋过海来看你》《爱如潮水》等。他仿佛从来没年轻过，任何人认识他就是老大哥了。

不过他豁朗、潇洒、有味道，岁月留下的好品格他都有。

在“既然青春留不住”演唱会旧金山站，他分享了《生命中的精灵》的创作故事。30 年前，他在旧金山爱上一个女孩，离开的时候，又回到故地演唱这首歌。不知道她今天来了没有？

那时他不到 30 岁，那时的大哥还是小李，他从旧金山飞东京再转机台北，一直哭：“为了一个姑娘的眼神，写了张专辑。”

这是大哥爱情中的冤枉路。而且不止一条。

第二个故事。《鬼迷心窍》，是李宗盛乘飞机时，看到一个很正点的空姐。

“她好像也挺喜欢我。坐飞机无聊，我就在想，如果她跟我谈恋爱会怎么样……只是浪漫的想象，所以才有‘现在说分手会不会太早？’这句歌词，因为我要下飞机了呀。”

第三个故事。他给弟弟写过一首歌，叫《和自己赛跑的人》。“亲爱的landy，我的弟弟，你很少赢过别人但是这一次你超越了自己。”大哥给弟弟加油，即便目前不怎么样，一塌糊涂，但至少对得起付出过的青春，还告诉他：“许多不切实际的鼓励，大多来自酒肉朋友，或远方的亲戚。”

弟弟没少失败，但后来缔造了“魔岩唱片”。他是张培仁。

年轻的时候，鬼知道，正确的路到底是什么。

有个朋友，是法律系高才生。有一次聊到如果可以打一通电话给童年的自己，会说什么？她说：“必须跟爸妈吵架，必须坚持学画画，必须坚持热爱的事情。不要乖。不要问为什么。”我们都知道她爱画画，她学了法律，仍然爱画画。

小时候听话，“不走冤枉路”，也没有改变什么。

花冤枉钱，买个没用的东西回家。

费冤枉劲，健身无效还是那么胖。

拐几个山头，只为看日落，旁人说不过如此嘛。

爱一个人，兜兜转转年华蹉跎，一无所获。

你愿不愿意？

生活中有太多规矩，所谓正确，所谓高效，所谓不浪费时间。你心中的小执念只有自己清楚，什么能逗自己开心也不需要别人点头吧。这时候，冤枉路好像变成宠爱自己的方式了。不悔，不怨，不违心。

说得这样好听，但你千万不要纵深跳下来。因为大哥一生精彩，却孤独。没靠近过的女人觉得他无限接近完美，大哥生命中的女人却都很辛苦，因为这是勇敢者的游戏。大哥说，一辈子总还得让一些善意执念推着往前，我们因此能愿意去听从内心的安排。

片子的最后一站——台北。

这真是个神奇的城市，
不管我离开多久，走得多远，
只要回来，它能自动帮我连上，
离开的那一个瞬间。

我就能够看见，匆匆离开的时候，
我敷衍告别的人，还在那里，
生我的气。

跋山涉水，拐了弯铤了险，最后依然汇聚在生命的终点。回家真好。

“你确定，遇见我算冤枉路而不是福气？”つづく

大张伟：
人生就六个字，“怎么着都不行”！

高雪

他说：“我特别不喜欢别人觉得我特努力，但是我做每一件事情都是超级努力。”

野象介绍：

高雪，她是个小霸王，跟她在一起我是最最放松的。她不是那种万能的人。
但她永远一副“老子一定对”的谜之自信。我从她身上学到一个东西，叫“多大点事儿啊”。
害怕就举白旗，尿了马上承认我不行，但一般情况下气势绝对不输。
为什么她那么傻，与我一样神经大条、丢三落四相媲美，不是兵来将挡，
水来土掩的睿智人格，但我仍然毫不犹豫地选择依赖她？
因为，她实在是个很兴高采烈的人。难兄难弟，傻笑路上有你有我，这种关系。

大张伟以前说人生三个目标：上春晚、开演唱会、上可乐罐儿。跑综艺赚了不少钱，愿望实现差不多了，等挣够一个亿就去做最想做的事。

什么是他想做的事儿？

去年D盘丢了，里面是十几年攒的MP3，每个月下载1000首歌。他说当时手里发凉，眼前都是白的。以前经纪人告诉他这回春晚没戏了，他说那下回呗；《百变大咖秀》录完了大家特难过，他纳闷有什么可难过的。可是只有MP3没了，他觉得这个世界该怎么办哪。做音乐是他最想做的事。

前几天《蒙面唱将猜猜猜》，没播的时候有张宣传照，一脑袋红红绿绿的手

套，带个小领结。我一眼就知道是他。那天他唱《天天想你》，没一点儿花腔花调的技巧，直着嗓子用他的小奶音唱，把他那一脑袋手套揭掉后在台上蹦蹦跳跳的，特别像个小朋友。什么转音、真假音切换、炫技啊，他不会啊？人家从小学美声的，但他不爱用。

他说：“我特别不喜欢别人觉得我特努力，但是我做每一件事情都是超级努力。”

（一）你自己也没打算从容燃烧，就别操心别人是不是苟延残喘了

八九年前，象妹和我还有另外几个朋友弄了个电子杂志，那时候没有公众号这种东西，我们几个鼓捣半天，还是不会，《一万口新鲜》的前身还没面世就夭折了。在那本夭折的杂志上，我第一次写大张伟。今年是他出道第十七年。嘴贫能逗，这几年收了好多段子粉，很少人知道大张伟是个非常牛的创作人。

小小年纪就是银河艺术团的领唱，获国内国外一、二等奖无数，全国六大智慧少年，14 岁就出道养家。他不仅仅有《嘻唰唰》《倍儿爽》这种风格的代表作，居然他 14 岁就写出了《稻草上火鸡》《静止》《泡沫》这么前卫的歌。

他是天才，是乐坛前辈。

还没出道时在忙蜂酒吧演出，据说台下坐的是丁武和窦唯，崔健给他们踩过被窝，丁武给他们调过效果器，王文博在台球厅和郑钧干过架。14 岁时花儿出道，是中国摇滚史上最年轻的乐队，花儿一下子成了中国摇滚乐的希望。就连花儿的解散演唱会，台下坐的也是许巍和李健。

歌迷很奇怪。听摇滚的瞧不起听民谣的，听民谣的看不起听流行的，听欧美流行的又瞧不起听港台流行的。人们总用自认为的高端，去批评人家的低俗，彰显自己的品位，实际上只会显得苛责、狭隘。

大张伟是个特分裂的人，台上嘻嘻哈哈，私下沉默寡言。很少参与聚会、酒局，除了商业活动就是听歌写歌、看书弹琴。

前段时间他参加一个演讲，说得特别好：“人活下来特别不容易。哭起来呛奶，走起路摔跤，摸水水烫，碰火火燎，盖多了不长个儿，盖少了罗圈腿。混得好人家挤对你，混差了人家瞧不起你，忠厚的说你傻，精明的说你奸，冷淡了人家说你傲，热情了人家说你贱，当个弱者不得好活，当个强者不得好死。觉得拿起武器就是勇敢，放下武器就是懦弱？不要一往情深了。”

人家拍到他工作室金光、豹纹、玫红，跟 KTV 似的。“我就喜欢特别阔的这种感觉。”他希望活在一场热闹沸腾、永不散场的聚会当中。他从来没在一个刷白墙的屋子里头感到高兴，这应了他那句最脍炙人口的名言，“人生就是六个字：怎么着都不行”。

（二）那些曾经打倒我的人，谢谢你们，躺着真的很舒服

他从不卖惨，但确实点儿背。20 岁不到有勇气跟公司解约。几个小孩儿被老油子遛来遛去，出道后赚的钱全赔了不说，又要回家靠父母。解约前他的前两张专辑平均每首歌 3000 多元被老东家买断，从那以后，他每唱一次那些歌就要给人家一次钱。

2005 年，大家都不知道什么是大数据的时候，他靠学大数据，计算出什么样的歌能红，写下《嘻唰唰》，之后被爆出抄袭。

花儿解散后的第一张单曲，他上某节目被人诬蔑吸毒。两年里几乎没有演出，翻不了身。

参加没名气的综艺，包被人偷了。几年的音轨全丢了，在采访的时候难过得哭。

去年参加某户外真人秀节目，一路絮絮叨叨，动不动要求退出，被网友骂“不是男人”“㞞”。

他活得一点都不像看起来那样。嘴巴毒、脑子快，实际上很㞞，老爱哭，好像谁都能欺负他。

论起辈分，他在摇滚圈和汪峰、新裤子、麦守是一辈儿的，凭什么一个网络平台的主持人都能用那么恶毒的事情诬蔑他？凭什么一首像样的歌都没写过的乐评人也能评价他？

哪个圈儿的都爱欺负老实人。

相当长的时间里，全中国的人不消停地骂他。大人说这穿的什么破玩意儿别跟他学，摇滚青年说他唱的什么烂狗屎，你同学要知道你喜欢大张伟会说这么低级的人你也喜欢。

抄袭、假唱、打架，他都承认了。错了就是错了，和石醒宇打架你们管得着吗？

他觉得这两年太顺了，未来肯定有更劲爆的负面新闻等着他。他说算命先生说了，他这一辈子命犯小人，现在上天对他已经很好了，他觉得挺幸运，命运给他什么，他都接受。

他从不拒绝厄运，面对好运时也不沾沾自喜。

（三）我们从不怜悯悲伤，我们都是带着悲伤一块玩儿

他没有很牛的爹妈，一切靠自己，放弃摇滚，越俗越唱，挣钱报答父母。这些年好像很多人都发现了，媚俗之后的他依然是这个圈儿里唯一剩下的朋克。人家往台上扔水瓶，他一边唱着《该》，一边再扔回去。不懂 Remix 的乐评人说他抄袭，他就用 20 多首歌拼成了一首《人间精品起来嗨》直接参加决赛怼回去。

在这个每个明星都如履薄冰，一句话背后团队无数人琢磨出来的时代，他跟所有人都不一样，跳出三界之外，只做自己。他像个剑客，孤独地迎战所有挑衅他的人。

他有一种不让人讨厌，也不会尴尬的能力。从不说真话，或者只说一半真话。

因为没人爱听真话。蒋方舟说他“身上有一种故意引人误解的、自我牺牲的精神”。

7 年后，当年诬蔑他吸毒的那个人今年写了个微博，不痛不痒地道歉。张伟老师轻描淡写地说，无论当年诬陷他的人是谁，他都不接受道歉。旧事不必再提，和相濡以沫的相濡以沫，其他的相忘于江湖。

太有范儿了，这才是个真正的武林高手的样子。一招化敌，一招致命。

什么叫虚伪？就是没必要装还装。他是我见过最真实的人。不高兴就呸，不喜欢的事儿就直接怼回去，遇到困难就跑，唱嗨了就蹦得老高。玩摇滚的，都敬重圈里的老炮儿，他说那些人接触后跟他原本想的不一样，他不喜欢。

出道两年，就决定不能再做摇滚了。他说他看到那些人特落魄地蹲在天桥底下，“他们跟二百五似的，我 30 多岁要混这样儿我就疯了”。在中国，摇滚圈都神经地认为，非得清贫才是真朋克，艺术家非得吃不起饭了才叫厉害。你发片了，赚钱了，你就是假朋克。

别人说他的音乐俗，他说其实大家都是模仿，我模仿 Katy Perry 就觉得我特俗，他模仿 Metallica 人们就觉得牛。这是因为大家知道的东西太少了，判断事情的角度都特别微观。

他还说，为什么那么多人认为，痛苦的就是高端的，直白快乐的就是肤浅的？

最让我喜欢的是，他年纪轻轻经历了那么多世间险恶，在 33 岁依然保持着 15 岁时一样的纯粹、真实、善良。人最厉害的不是你有点年纪后变得圆滑，而是经过不堪和无奈，依然有看知世故而不世故的美好品质。

（四）别人笑我不一样，我笑他们都一样

花儿解散后，张伟有一次在机场，看黄健翔《你不是一个人在战斗》，哭了。他才真正发觉今后的路没有王文博和郭阳，只剩下他自己了。参加一个综艺，节目组带他重游当时拍《嘻唰唰》MV 的现场，他一路插科打诨嘻嘻哈哈，在台子上表演拖把舞，跳着跳着突然就哭了。那种时过境迁，突然袭来的孤独感只有他自己知道。

他看起来不正经，满嘴火车，胡说八道，老打岔嘴碎，说话无所顾忌，得罪了好多人。

现在网上吐槽他的京片子英语，可是你又能在网上找到他 19 岁时字正腔圆

地唱 *I Don’t Want to Spoil the Party* 的视频。后来你去看他的访谈节目，又发现他成熟前卫、思想深刻，文化造诣深厚，可是心里又是个动不动就哭泣的少年。

他背后藏着太多没人知道的过去，你越了解会越接近他，然后会越喜欢他，然后发现自己根本不了解他。

今年红了以后，大家纷纷去搜他以前的视频。我觉得庆幸，17 年来，不论是唱摇滚还是口水歌，抑或是成为综艺咖，我像一开始那样爱着他、陪着他。我也打心底里替他骄傲，不论怎样，十几年来受的误解、白眼和努力，总有一天会得到回报。

他是个心里分黑白的人，绝不做出格的事，我唯一害怕的就是他会抑郁。他在我心中不是现在的大老师，他就是那个叫张伟的十几年没变过的少年。

他的目标差不多都实现了（上春晚、上可乐罐、开演唱会），挣够了一个亿他就去做他想做的事。我跟以前不一样了，我也不再期盼着哪天他能挣够钱回去做摇滚。这些都不重要了。他觉得够了的时候，他想做 EDM 就去做，想做幕后也行。

他只要做自己想做的事儿，他只要真的快乐开心，做啥都行。那是他最应得的。つづく

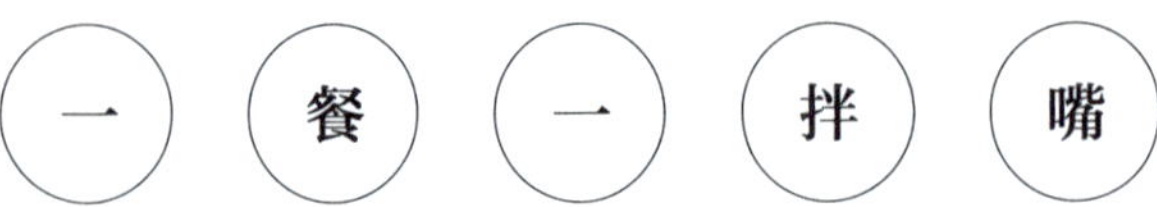

赚多少钱才够得着你想要的生活?

野象小姐:

去年有一段时间我沉迷看房，发现一个沉重的事实。动辄几千万的房产，客厅里拖把水桶乱七八糟，窗帘桌布大多是塑料宫廷风，卧室里居然还立着快塌的蚊帐。我怀疑是装修工人在借住，结果中介告诉我，大多是户主本人……我的天哪，呕心沥血赚了几千万，买了黄金地段的房子，每天回家面对的居然是这样邋遢的生活，图什么？？对比一些 Airbnb 上的小房子，简单的装修，甚至老房改造，但看起来温馨又有品位，好心动，想拎包入住，想为了拥有这样一个窝而快点结婚。所以，到底赚多少钱才够得着我们想要的生活？我们想要的生活是什么样的呀？现在流行把“我只想暴富”挂在嘴边，但赚多少钱，你才会收手，开始拾掇生活呢？

又想到另外一个故事，一个人买了富人区的房子，每天开着他的车早出晚归。后来他有个朋友说，你最近有外遇了吗？他大惊，说没有啊。朋友给他看一个网红的生活日常，晒的阳台、卧室、厨房、车，甚至家里的狗确实是他们家的……原来，网红就是他们家保姆本人。这样豪华的住所，被月薪 5000元的保姆天天享受哦。我也想换工作，做保姆……所以，其实很多人沉迷赚钱，像车已驶在高速路上，满脑子被“往前开往前开”的念头占据，连打盹儿的机会都没有，如果能有个急刹车，他可能会一下子懵圈，“我是要去哪儿来着”？

赚钱能力强，说明一个人的社会属性强，拥有入世的智慧与功力，但千万不能迷失在赚钱的快乐中。钱是个好东西，但只是个工具，让你有足够的底气去体验更多人生。

世界上最坑的就是成功学。一个人遵循成功学，花了十年，成功了，所以呢？然后呢？赚了钱，十年一晃而过，却丧失快乐，多亏啊！更何况遵循成功学的破玩意儿理论还不一定能成功！

最爱的《老友记》，是这么理解赚钱这件事的："金钱只能买来山寨的生活方式，物质缺了文明的后缀则成为累赘，在锦衣、盛名、高位、厚禄之外，能够享受心灵自由，品味人情之美，才是生活中真正的奢侈。" つづく

阿飞：

野象仇富，大家不要听她的，说不定人家就想要这样的生活呢？觉得我赚了钱我就是要糟蹋，我爱干吗就干吗。开玩笑了。哈哈，我其实问过一个还算成功的朋友，他说他赚了很多钱以后，并不是没想过要停一停，但在事业飞速期，客观压力使人非常难平衡自己的生活和工作。钱赚多了，事业大了，压根儿就没有生活了。我难道不知道我想要什么样的生活吗？我想了，但想了也没用，这里面更多的是无可奈何。

不过真的，不说别人，就单纯想想自己想要的生活。在一个一、二线的城市，有一个属于自己的房子，给自己和家人买东西的时候不眨眼，家里有事儿随时能站出来独当一面……是的，许多事不是钱能解决的，但你必须首先得有钱，问题解决起来才有序，不慌乱，通过钱获取更多优质资源和路径。

在赚钱之前，赚钱途中，赚到钱之后，都一直非常明确自己想要的生活是什么。就比如我，一直孜孜不倦地想着发财，就是为了能够有一天包养我喜欢的人，告诉她，老子有钱！新款包随便买，口红必须给我十支起买！今天不花完十万块不准回家（够了我累了）！！つづく

SEPTEMBER

玖月

9月，教师节

过节啦过节啦

买包辣条送老师

让她不烦不躁睡得好

开开心心享福啦

10月，万圣节，宜鬼混，友谊万岁

○喝醉的人，需要一条为所欲为的马路　○我不祝你幸福快乐，只祝你哭笑淋漓得自由　○小普

○不在身边的就不叫朋友　○约你喝酒，是你的荣幸

喝醉的人，需要一条为所欲为的马路

野象小姐

“我们成年人，前怕狼后怕虎。好不容易说句真心话，第二天还想把自己捂死。”

——大鲸

什么时候开始大家动不动爱买醉?

没办法，敞开心扉太难了。有些话只有喝醉才敢说，气氛升温就不尴尬了。对面那个人，坐在灯影绰绰中竟然还格外可爱。

阿飞爱喝酒。他的朋友圈简直是一本《华南区酒吧图鉴》。哪家的黑武士最烈，哪家荔枝烧酒最红，哪家 old fashion 有一整页，哪家 DJ 最棒、氛围最热，哪家外国人多，哪家可以俯瞰城市夜景……如数家珍。

今天中午坐地铁，他掏手机掏出一片金屑，抱怨道：“上次去的 ×× 酒吧，就爱撒这些有的没的！”我说，你随便掏个兜儿就是酗酒罪证，花花公子！浪！

其实他并不是爱玩，感情认真，生活挑剔，去酒吧也不为艳遇狩猎。他纯粹就是喜欢喝酒。压力大，情绪差，靠那些微醺时刻缓解焦虑。

我们有那么多心事吗？

是啊。

“下了班去喝一杯”是都市人的口头禅。

吹着小微风要配点甜酒才好。喜欢跟一个人相处，会邀请他“什么时候一起喝酒哇”，因为能坐下喝酒的都是很亲近的关系，是友谊认证盖的戳儿。

而将“我不喝酒”挂嘴边是不酷的，扫兴的。

没有哪一个时代的人，像如今这么馋酒。

前阵子去广州拜访WYN，一个因主编作死、推送时间定在午夜12点、每个人面如土色的伟大平台。

晚上，去了珠江新城的HΛPPY M。露天桌子，蕾哈娜的歌，徐徐晚风，高高的大厦将头顶的天空切割成钻石形状。

B同学是主编。腹黑，处女座，偶像包袱重，一坐下就酷酷地玩手机。选题会上感觉同事很爱怼他，可以说是团宠了。

他喝酒慢，一小口一小口地抿。

记得我爸说过别跟喝酒太慢的人交朋友，连喝酒都磨叽，做什么不磨叽？哈哈哈。阿飞给我一个眼神，于是我俩插科打诨地乱聊，怂恿他喝了不少。他常常突然抓起手机记录一些我们乱聊的金句或观点，举杯时也可以抬手，“等下，我记一下”。

职业病，走火入魔。

一开始很警惕的样子，渐入佳境后，开始忘了自己德高望重的地位，放飞自我，变成一个热情洋溢的男孩。背着V妹粉红图案的背包，在隧道里怪走。邀请我们第二局去他家，进了家门捧出芝华士跟一些超贵的红酒，雄赳赳气昂昂地抱出两个大音响，随便点歌随便喝！

喝多变大话痨。后来他坐在沙发上哭了起来。也许因为工作压力大，也许对自己不满意，也许因为爱情，也许因为羞耻的酒量，谁知道呢？

处女座从不轻易放过自己。平常撑起一个 100 分的、厉害的、无懈可击的超人模样够累了，我们就不要拆穿了。

WYN 是你亲手打下的一片江山，B 同学你真的很棒了。同事们争先恐后地抱你大腿，你还想怎样？

说到抱大腿，K 同学绝对天赋凛然。

K 是个油子。听说因太受欢迎，高中时就有了自己的后援会。我原本以为他是男闺密的命运，接触下来，才承认自己判断失误。他抽烟的时候还会啪啪甩火机，花哨地耍帅。意外的是，他非常清楚自己好看但却没有包袱。

很逗，很污，拍马屁信手拈来。

当我们路过 KTV、路过商场、穿过隧道，走了很久，开始抱怨，B 你家不是走几步就到了吗？怎么还没到？！长腿 K 说：“你们不知道吗，我们正走在主编家后花园里啊。”

后来他喝得趴在客厅地上。人很高，整个人趴倒，铺满了客厅，我们几乎没有落脚之处。从厨房爬到客厅，又爬到洗手间去吐，地板被擦得锃亮。

喝醉也不忘搞清洁，怪不得主编最爱他。

今天看到一句话很好笑：“现在人真的太冷漠了，连长得帅的人都不足以让她们动心了。”

如今长腿美男子居然也要学会抖机灵……可想而知，世道多艰辛。

V 妹可以说是主编的左右手。圆脸妹妹，拎得清的个性招人喜欢。

经纪人般全程陪护，让人想起《灌篮高手》里的彩子。不多喝，保持清醒，大概预料到自己要照顾另外两个不省心的家伙。

V 妹是行走的马赛克。长腿 K 扯着卫衣下摆，想掀起来秀胸口的新文身。V 妹一把摁住，“稳稳稳”，生怕他身为团队的颜值担当轻易走光。

不过 K 不受控，下一秒就将领口“哗”扯开，成功露出文身连同胸口。我们露出“哇”吹口哨表情。

V妹一个人就是一支后勤部队。一会儿去洗手间看看美男子K吐得怎样了，一会儿问主编B要不要喝水。凌晨4点散场，她转头跟B汇报说我把他俩送到酒店，别担心。

V妹的新文身在手臂内侧，“solve the problem”。我们开玩笑逗她应该改成“solve the problem for B”。

她笑，B也装傻笑。

为什么要铭记“solve the problem”？

V妹你太懂事。是大忌。从不出错意味着不留余地，不给人机会去担心你。

回想起来，凌晨1点，走在空荡荡的大马路上。K同学扬言他喝多了就会砸银行，我们说求求你了喝大醉吧，结果他喝多了也只是乖巧地擦地板。他夸张地螃蟹式横行，说B在这一片都是横着走的，逗得我们前仰后合。

大厦静静地立在周围，有些亮着灯，陷入霓虹海中，更多隐匿在漆黑的夜里。

我们不熟，没有急于倾吐的心事，没有过分浓烈的情绪，更没有挖掘心思的目的。

这样的时刻，不是独一无二，不知会不会有下一次，无法预计会落在生活中的哪一刻，却是无数焦虑夜晚的美好点缀。

随心，高兴，一切刚刚好。

说起来真的很屃，努力让自己看起来成功一点、厉害一点，爱得骄傲一点，输得优雅一点，有什么意义？

我们连尽兴都不敢，还总想要体面。

想起几年前去上海，和月光小姐姐喝酒。

她男朋友是诗人，心怀诗意片段，但最终转行做了金融。那时已小有成就，带我们去吃饭，饭店经理会到包厢来专门打招呼的那种地位。他自己绝口不提以前写过诗这码子事。

月光是插画师。每年他生日时，将他随手写过的只言片语，配上插画，关于夏天的院落，关于海边的午后，关于豆角与小狗。掏钱拿去印上几十本，送朋友。我收到过。

诗集扉页，白纸黑字，郑重其事地写着“作者 / × × ×”，是男朋友的名字。

多动人的礼物啊。他的可笑梦想，与成人世界格格不入的剔透梦想，我护住它，捧着它，懂得它。

爱你，关于你的一切，我也打包统统爱了。

那天在静安区某酒吧喝完出门，她男朋友去马路对面的便利店买烟，突然唱起歌来。

唱得大声，印象中很难听，月光哈哈大笑坐在马路牙子边。隔着流动的车流，朝马路对面的他鼓掌，举手欢呼，简直迷妹。

这个泪目瞬间，不知道为什么一直记得。

他们现在是不是还在一起，我没问。总之，后来月光剃了头发，去灵修，去了很远的地方。庆幸的是依然坚持画画。

喝醉了，失控了。只能袒露柔软的肚皮，更容易被攻击。

最新的一期 *LENS* 写，“爱就是无能与尴尬”。

多希望坐在身边喝酒的你，和我一样真心，不欺负我捉襟见肘的脆弱。

爱情

到了半夜

大家都喝醉了

有的在哭

有的昏睡在地板上

有的抱着垃圾桶在吐

你在阳台晾洗衣机里

早晨就洗好了的

内裤和袜子

我坐在沙发上看着你

就像我们已经在一起

生活很久

很久

From 任航

风是热的，酒是烈的。

城市里如果有一条为所欲为的马路，慷慨地让我们当一回神经病，很是值得感恩。

喝醉的人，可以在路边呕吐，狂奔，四仰八叉地躺在斑马线上。狼狈也没人笑话，恸哭也没人上去询问。次日，安全地醒来离开。

少年归来不知愁，欲买桂花同载酒。我们可以承认自己不酷、不有趣、酒量奇差，不算丢脸的事。

丢脸的是枉费时光吧。不要说什么劫后余生的傻话。有酒就去喝，有人就去爱，想哭别忍着，要杀要剐随你便。

这才叫活过。

不折不扣，童叟无欺。

我不祝你幸福快乐，只祝你哭笑淋漓得自由

阿甜

"参与不了彼此的人生，大概是友情中最大的bug。"

"没有什么能代替离去的伙伴，没有什么比得上昔日的争吵、和好与种种心灵的悸动。我们再也无法重建逝去的友谊。"

——安东尼·德·圣埃克苏佩里《风沙星辰》

大学毕业几年，因距离、时间和行业的不同，许多当初亲密的小伙伴慢慢淡漠。我多庆幸，我们还混在一起。

2011年的夏天，真是一个躁动、哭哭笑笑、最疯癫的一个夏天。毕业聚餐，不知别人怎样，反正我们寝室几个一早起来，洗头的洗头，吹发型的吹发型，穿上当时觉得最好看的衣服，蹬上了小高跟鞋，一副想要艳压群芳的姿态。最后却

发现班上很好看的女生却穿着随意的T恤。现在才领会到什么是别人费尽心机的时候，我就是要云淡风轻的赢家心机。

可是，用力过猛，不就是想让自己看起来没那么狼狈吗？

毕业前两年，大家都在辛苦适应这个并不友好的社会。那时大家的状态是：“今天犯错了，懊恼。不过没关系，不犯错的新人估计前辈不喜欢呢。”“好烦，我的女老板在更年期。”“下班好累，怎么还没有男朋友。”

有次聊到近况，大佬说：毕业住在“民工房”，隔壁夫妻天天吵架，声声入耳，再到半夜听到外面有一丝不明响动，特别害怕。我这样的花样美少女，要是在这里出点事情谁来救我啊。野象说，有时深夜主持活动结束，踩着高跟鞋回家，心想我要努力做个靠才华而不是靠美貌挣钱的人。

（一）我的闺密都嫁给了我不认识的人

2012年，去广州做调研，中间空出时间跑去深圳。我们大学寝室四个人躺在一张床上，有一搭没一搭地说话。说实话，这个时候大家都有了辛苦却新奇的世界，共同话题却仍只能停留在大学时候的种种。流畅而饱满的深夜卧谈场景并没有出现。

依然亲密，依然珍惜，却也知道，分离后还要各自面对陌生的领域。参与不了彼此的人生，大概是友情中最大的bug。

那种想尽办法对一个人好的心情，除了你们没有人理解；固执己见，不服输要拍出一部破烂小电影的时刻，除了你们没人会支持；说出上半句，就能接出下半句，除了你们没人能那么精准地明白；睡觉时会声嘶力竭地喊梦话，除了你们没人发现；除了闺密，青春还剩下什么我们其实不在乎呢？

可是什么时候渐行渐远的？朋友圈合影出现越来越多的陌生人，最伤心的是，我的闺密都嫁给了我不认识的人。

一开始，心里颇不痛快。爱情从开始到结束居然没让我参与一分钟，绝交！！转念一想，我的感情，她们也不像从前了如指掌了啊。参加婚礼时，看她甜甜蜜蜜地一头扎进男方怀里。这个烦人精曾经那么声嘶力竭却被人坑，奋不顾身去爱最后却喝得酩酊大醉。现在有人宠她、呵护她，也是挺谢天谢地的。

“生活就是这样。我们一起成长，一起播种，可是那些树木接二连三消失的岁月，终究还是到来了。”

（二）念念不忘，必有回响

高晓松在一期《奇葩说》里，反问一个选手：“你现在是有4500个朋友吗？”

朋友就跟爱人一样，成长的节奏不同，世界观慢慢不同，交际圈子不断变化。毕业时大家哭成一团，说以后也许一辈子见不到了。如果这是必然，就根本不需要遗憾啊。

命中注定的朋友，是甩也甩不掉，是失去不了的。

2015年，大学室友又见面，这时候的我们好像都已经度过了初入社会的生涩，也能用轻松的语气来交谈。说起一些工作上的事情，惊喜地发现——你也这么想啊！

甚至我们还在看一些相同的书；对待感情，都多了一些豁达，不再天真也不再固执，懂得好好爱自己；“梦想”这个词依然在用，却少了一些浮躁和理想主义；态度和想法比以前温和却更有效了一些。

我们同样都有崩溃的时刻，却不约而同地选择沉默。因为彼此都明白——有些时刻，注定是孤独的。

我们腹黑地对待那些讨厌的人，连手段都是一模一样。就是喜欢你不喜欢我又干不掉我的样子。

我们吐槽各自的老板，然后更卖力地工作。毕竟工作是为了提升自己啊，不喜欢一个环境，要不你有能力改变它，要不你有能力选择不要它。

很蠢的我们跌跌撞撞，却似乎离厉害的人，好像又近了一些。

久别重逢，不是形容又见到某个人，而是又见到另一个自己。

小普

野象小姐

“祝我的朋友一切都好。”

因为见识过 3 年前小熊饼干 4 个人同台的爆炸场面，眼前的小普有点可怜。一个人弹吉他、唱歌、擦汗、踩效果器踏板，手忙脚乱还要记得耍帅。没有鼓手、贝斯、键盘手，节奏强劲的曲目没办法表演，所以慢歌居多。

还好在初秋。

初秋让人慢下来。晚上一半是比新专辑更新的歌，巡演这一路上写的。《松林间》是关于一个摩托车车手的电影，另一首关于电影《了不起的盖茨比》，还没想好名字；《时候到了》听歌词有河马睡着了、路上的人走来走去、下起了雨；最中意的是最后一首本来不打算唱的《旅行》，关于孤独和旅途。

我让他把歌词给我看看，他不给。

高产说明灵感蓬勃，说明这一年过得不赖。一篇关于他的报道，题目是“为音乐梦，丢掉铁饭碗”，描述辞了公务员的事。我大概知道这些经历，从咒马脸主任去死、带单位大妈跳扇子舞、跟家人吵架，到拍一张辞职申请照片发给我。他就是这样柏拉图的人。

以前我一个朋友，说她特羡慕科学院里造火箭的，还有那些搞音乐的，他们一辈子对一件事献出满腔热血，平常和我们一样吃喝拉撒，但能投入一个浮游于现世之外的另一个世界太幸福了，我就不能。

他在武汉那场，说接下来想翻唱一首我最爱乐队——小熊饼干的歌。众所周知，他是小熊饼干的主唱，其他乐手陆续结婚生子上班，现在剩他一个人。《长大》里那句“常常对自己和别人说 / 并不是所有的人都愿意为梦想付出 / 所以我还在坚持”唱自己的吧，再合适不过了。没关系。这世上以梦为马的人愿意忍受动荡，只要牵着那匹马，而稳妥的人依然稳妥，稳妥得一无所获。

故乡拴不住浪子的。他不承认自己是浪子，他说他向往安定。一年一次全国巡演，每次到深圳都恰好是 11 月。第一年他们乐队被困在台风暴雨里，第二年只剩他一个人来，我加班错过了演出只赶上吃消夜，今年是第三年。我一年也就见他一回，听他唱歌，几个人吃消夜，喝啤酒聊聊这一年，去下一个城市。

演出结束后送走人潮，他、我、李斌、胡路、海东哥，坐在红糖罐门外闲聊。是夜里 11 点，落了小雨，大家跷着腿懒懒的。李斌跟他又聊起大学，说什么时候回学校看看啊，再骑车去破操场看飞机飞特矮掠过头顶，每次他俩都会聊这个。我说一场一场重复演，台下感动得屁滚尿流，你得腻吧？他说嘿呀你，别跟做访谈似的。我说前面你都随便唱唱，就最后一首本不打算唱的《旅行》是真的投入，别以为我看不出来。他说，我是一个认真唱歌的音乐人，请不要侮辱我。

哈哈。

Bobo 说小普眼睛好深邃哦，像黑洞要吃掉每一个靠近的女孩。我说是啊，多亏这个，估计他没少收果儿。看起来是危险、神秘、酷黑的那种人，实际上却有礼貌、和善、节制，肯定也干过一箩筐渣事，但现在好像没什么江湖气。

Apple 说在台下听太有画面了，想到许多从前的时间，大头说他有了重新寻找方向的冲动，二毛老师说身为中年人好多年好多年没有重温这种感觉。

拜小普所赐，温柔动人的能量在晚上流动，波光粼粼，来来回回。大家被 364 天的琐碎生活吞噬，排队埋单、地铁广播、安排会议、朋友结婚、参加比赛、加班叫外卖，只在这个时刻，呼吸均匀，放灵魂出来与它好好聊了聊旧时光。

唱《嘿！我要走了》《请你吃饭》前他说，写词人她今天就在人群中，假装朝天上地下扫一眼，低头开唱。我说你咋这么偏心，说“献给李斌”都不说“献给野象”，他说我不能暴露你，你得神秘着。

在古代，想见我，来翻三座大山吧。最快的见面工具是几天几夜的马，绑在鸽子腿上的信更别指望了，被罢免、被流放、被抄家，永世不谋面。于是每一回见面都如最后一次般珍重。现世通信的便捷和交通的迅猛，让人和人之间的关系变得廉价。古人对突发的灾难和人情的冷退，泯然谈笑间，因为他们早就练出了潇洒心。

所谓山高水长，就此别过；心晤此间，后会有期。理想的情谊是大家醉在当下，不问出处，不问去处，煮酒饮尽，各自披上斗篷钻入雨中。

祝我的朋友小普过得好，坚持值得的东西，收获更多的懂得，我写的词能去它们该去的地方。

贴上送给他的歌词《请你吃饭》，每一首我都没收钱。

请你吃饭

词：Zoic　曲：小普

想请你吃个饭地方你选

森林雪原世界尽头的星空

屋顶海岸清晨大雾的胡同

别约在梦中

想请你吃个饭

可以不聊战争　水灾　政变

不聊品位跟婚恋

开瓶酒慢慢喝　不要不说话

看看你变了吗

还有坏笑吗

我怀念初恋的感觉　只是我忘记了

我知道我是重要的　只是你忘记了

你哪里会懂我的游荡つづく

不在身边的就不叫朋友

野象小姐

"我们无法强求音乐再响一回，当时的月亮只在当时亮起。"

这当然是一句气话。不过，有什么不对吗？

"很久不联系，见面照样默契"，是最胡扯的鬼话。刚毕业，我们热情洋溢地讨论五一短假去厦门，十一长假去东京，带防晒霜、带自拍杆，叽叽喳喳好热闹。

后来呢，大家怀着"很久不联系，见面照样默契"的心安理得，在不同城市中前行。你被无数会议、谈客户、策划案、同事聚餐填满。闺密之间的电话粥从密集的护肤、美剧、某宝、感情生活，下降到半年没一通。

自从工作后，我的社交工具不再用于与闺密打情骂俏、吐槽八卦，而是工作、工作、工作……

一天，老闺密 ×× 说来看望我。我好开心！带着她去吃我吃过的餐厅，逛我常逛的创意园和常泡的书吧。她说：“看来你平时也蛮无聊的。”我一阵不爽。我还没批评你呢，整天看偶像剧有什么追求啊？！

她在我这里的几天，揉脸、自拍、贫嘴、礼物一个不少，可是晚上早早睡去，不再像以前硬挤到一个被窝中无话不说。送她去机场，松了一大口气。还有两个方案没赶完呢，公司的电话也没回，这几天为了陪她生活整个被打乱。

我知道，我们的生活无可挽回地远离了。

又过了一年，她打来电话，我们客气死了。后来她说，单身狗，我要结婚了，你会来不？闺密最后嫁给了不认识的人。远距离不只是杀掉爱情，连死党也不放过。

能留在记忆中的，只有真实相聚的时刻。在威尼斯，傍晚时分我们在旅馆附近随便坐下。这是个转角的花园小餐厅，有个害羞的意大利帅哥服务生来来去去。Zoe 和溪格争相调戏他。为了让他密集地来这边，找各种理由，比如桌子太晃了、红酒打不开、想再吃几颗糖、什么海鲜推荐……

后来是谁要的电话和 Facebook，已经忘了，有没有加他也忘了。只记得我们在花痴间，喝了许多红酒，红扑扑、醉醺醺又开心。

毕业旅行那次，我们聚在山顶上，露营听音乐。大家笑啊闹啊，最后都仰躺在地上，安静地看星星。放的是五月天、Maroon5、Avril 的专辑，有人说，“我们不分开就好了”。有女生就嘤嘤地哭出声了。有人大喊：“永远在一起啊，浑蛋！”头顶的猎户座、仙女座各种星象交织，那一刻才是青春的模样。

那年的地震还记得吗？我们离震源区其实很远，但余震仍能感知。大家都惶恐，傍晚了，许多人聚在操场上，不敢回宿舍大楼，不敢乱跑。原本是为了避难，过了几个小时，大家开始放肆打扑克牌、玩真心话大冒险、弹吉他、听音乐。

听着音乐，躺在操场上。远处的灯好像银河一样流淌着汇聚到脚边。

有个男孩隔着十几个人，给我递字条告白。我起身，怎么也找不到他，但我明白人群中有双笑眼盯着我。耳边唱的是 The Blower’s Daughter.

那份剔透，在我心中是一份隽永。

我们无法强求音乐再响一回，当时的月亮只在当时亮起。

朋友应该共同成长，如果走远就潇洒放手。姜思达说：“如果我实在很珍惜你，我想一直做朋友，一直做下去，那么我希望在明天，更好的我的身边，是一个更好的你。”つづく

约你喝酒，是你的荣幸

野象小姐

“喝酒小意思，酒友才重要。”

约你喝酒，代表我愿意将最不堪的自己交给你。你不会吃我，不会卖掉我，会骂骂咧咧地掏钱替我埋单，清理呕吐物，送我回家。换你深陷困境不省人事，我也会这样照顾你。

我们手握彼此满满的黑历史，往后要么只能杀人灭口，要么当一辈子挚友。敢放心喝醉的人，才能一起走天下。

爱喝酒可以，但别当酒鬼。

喜欢微醺的人生时刻。灯好看，人好看，从阳台俯身望下去以为是海市蜃楼。很诗意，适合发生故事。

国外有个实验，让小朋友向酒吧坐着的中年人讨烟，看他们给不给。绝大部分人都是有保护未成年人的基本素养的（也可能是抠），都能义正词严地拒绝，说滚回家吃薯片。有个大胡子老叔也摇摇头，但他说："烟不能给，但酒可以给你喝一口，就一口。"

我猜大叔想让小男孩尝尝大人世界唯一的甜头。成年后，一切都很糟糕，唯一有意义的不就是放肆喝酒吗？

但又绝不能做《无耻之徒》里的酒鬼老爹。醒来时不是在公园长椅上，就是在厕所旁边，有一次睡在皮卡里竟然被拖去了墨西哥。从早醉到晚，到处闯祸，让女儿给擦屁股。我们拒绝拥有醉得稀里糊涂的人生。

话说回来，正因为白天的冷静、现实的刻板、努力的警醒、无尽的励志，才衬得入夜后的那一杯如此诱人。

不喝伤心的酒，不当狼狈的人。大家真正开始变可爱，是有一丝醉意的时候。卸下防备，推心置腹，一面之缘也能熟悉地笑嘻嘻。

喝完酒，你是呕吐怪、话痨鬼、沉默王？巴西摄影师 Macros Alberti 请小伙伴去家里喝酒，拍他们喝下三杯酒后的样子。喝酒前，大家都是我们熟悉的冷漠脸，喝到第三杯，都乐得像被点了笑穴。

有的人喝多了借酒发疯。发疯只有一种情况："爱而不得"心里苦。这种人很不省心，需要照料，可能还得背回家。

有的人痛哭流涕。可能因工作受欺负，赚不到钱，被领导骂，自卑心作祟，长肥了买不到裙子。

最揪心、最常见的是被甩。不知道要恸哭多少次，才明白喝酒解决不了任何问题，于是捋捋衣角起身去舞池。

有的人喝多了会变。黏人的小妖精，眼神带电，十万伏特。酒壮㞞人胆，比如强行靠近啦、低头耳语啦、交杯啦……长得好看的人，希望每一个都自觉造福群众。长得丑的人，你快给我醒醒！

还有变话痨的。平常不讲话的，拉着你叨叨个没完不让走。

还有变打人狂魔的。大学有个男同学，平日是个老大哥，一喝多，男的女的都打，绝对有暴力倾向。

还有索吻的。逮谁都要亲亲、抱抱，目测太缺爱。

还有呼呼大睡的。比如我，去北京时 11 点半准时一头栽在龙虾盘子里，西门夫妇嫌弃地说："你们深圳的夜生活现在就结束了吗？！"

喜欢看精英脸的人发疯，纯粹看热闹。但更爱看克制的人，喝大了依然克制。你喝酒的样子，每一种都可爱。

想喝酒，说明你又想飞了。喝酒这个事很特别。吃饭吃饱了，人感到满足；遗失的东西找到了，你会庆幸；告白成功，你哈哈大笑，"他终于瞎了、终于瞎了"。这都是情绪的自然流露。而喝酒以后夸张得可怕。快乐放大 10 倍，难过升到脑门儿砰地缓慢炸开，痛苦仿佛消失了一般，哈哈大笑与痛哭流涕齐飞。

你变成百无禁忌的小孩子，踢车轮胎。

你变成哭哭笑笑的臭傻子，疯狂跳舞。

你不像自己，超级失控，天旋地转的快乐。

答应我，咱只喝高兴的酒。

一杯就倒，因为和你喝啊。千杯不醉，那是本王强撑。

我最性感可爱撩人狼狈的人生时刻，让你陪着呀。这样一想你有没有骄傲一点？你是被本王选中的男（女）子。

我朋友高雪超能喝，她是兰州人。她说有那么两年非常非常喜欢和一帮子人去酒吧，玩海盗船、猜拳、上楼的斗酒游戏，喜欢在人声鼎沸中彼此大声喊话。可是突然有一天，她腻了，两年没有再去。

上瘾有尽头，累了或腻了，突然空虚袭来。然而这也是时间长河中，疯狂的人生片段。不会消失。

希望我们喝酒不再是因为孤独、闹心、大哭，

而是穿着漂亮衣服举杯庆祝、狂欢、大笑，

嗯……算了，当我没说，那太没劲了。つづく

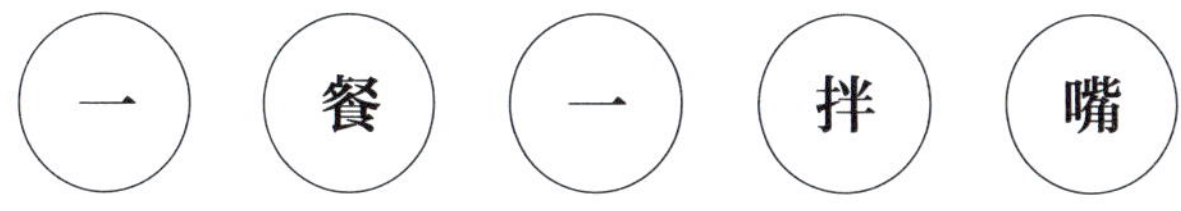

口口声声说“恶心”梦想，但你拥有过吗？

阿飞：

“梦想”这个词的确被各大电视台的选秀节目搞坏了，不管自己唱得怎么样，一上来都说自己有个“梦想”，以及被生活重负压弯的脊梁，仿佛梦想就一定要和沉重家庭、糟糕出身、现实生活发生冲突才能称为梦想似的。

梦想之所以成为梦想，你肯定要为它付出一定代价。不然你就称之为“想法”“发呆”“心思”好了。

我有个朋友，快 30 岁了，拿着税后 30 万的年薪，不算出类拔萃至少也没给爹妈拖后腿。但是，他辞职了，为了创业。他的梦想在很多人“伟大的梦想”面前可能不值一提，别人都是“没音乐我就会死”“我要拯救全人类”“我想画出整个内心世界”。而他，满心渴望的生活就是住在乡下，山清水秀，远离城市喧嚣的地方。但是不行啊，爸妈培养了他这么多年，好不容易盼着儿子有了出息，你现在跟我说你要归园田居？作死！所以他明白，他必须要创业，赚够给父母养老的钱、未来孩子教育的钱、自己养老的钱，才能沉沦山山水水，与灵魂卿卿我我。他明白这些现实压力，于是跳出年薪 30 万的舒适圈，走向了创业的不归路。

现在他基本是全年无休的状态，从中层变成老板，反而变得更加卑微；害怕辛苦培养的员工离职，担心谈好的客户临时放飞机，每个季度最头痛财务吃紧。公司里的大小事就没有他不管的，他当然也不想管，但是不管谁管？最近一次见他，他找我帮他做一个项目的策划，一进办公室我差点没认出他来。面黄肌瘦，胡子拉碴，没一点夸张，至少老了5岁吧。谈项目的时候脑子却转得飞快。

我笑着问他，何必呢？

他说，努力这么久，乡下别墅的钱总算攒够一半了，我才不要放弃呢。

梦想可大可小。赚够100万是梦想，赚够1个亿也是梦想；和一个人厮守是梦想，谈够50次恋爱也是梦想；站在舞台上发光发热是梦想，四下无人默默守护也是梦想。梦想啊，才不是非名即利呢，所以别再说它恶心了，它自己被扣这么大个帽子它自己都不知道。

梦想呢，也不用全世界都知道。不是每个人都怀抱着拯救世界的决心，自己心里最想要什么只有自己知道。

在说梦想恶心之前，先问问自己，是不是被不愿意付出却空有梦想的自己恶心到了。

野象小姐：

呸呸呸，梦想是有浪漫色彩的，怎么能跟恶心挂钩呢？

梦想是最好看的腮红，电影《爱乐之城》里，是梦想让两个年轻人星辉熠熠。爱情滋生得生机勃勃，格外闪亮。它是一种状态，一种光泽，不是急于抵达成功与否的答案。

阿甜问我，你的理想生活是怎样的？我说，说句实话吧，现在就是理想生活。她翻了个白眼，说那你还努力个什么劲？我说，人生的每个阶段我都对自己格外满意，比如我大学的梦想是买台苹果电脑，谁知道说完半年就实现了；童年梦想是环游世界，结果我已经去了十几个国家啦！好多次还不花钱，是被各国旅游局邀请的，觉得自己是励志女孩。梦想和努力不冲突啊，一个梦想实现了，可以找下一个梦想。

梦想不是句号，而是星星与星星之间的连接。

努力不是使蛮劲儿，而是一个永远上瘾的过程。

见过更大的世界，怎么能忍心让自己停下来呢？

梦想不必伟大，更不分大小。比如，可能每个人都想拥有一个大房子，和死党窝着，喝值得喝的甜酒，听可以跳舞的曲儿。吹夜风，看电影，阁楼还能看星空。聊过什么没人会记得。笑闹交错，油烟呛笑，是人间的暖意。这也是非常可爱的梦想。

我 4 岁的小侄女，她认识我所有的化妆品，眼影、口红、睫毛膏、眉笔……问她梦想是什么？她奶声奶气地说：“当小仙女。”不知道从哪儿学的热词条，但我觉得她就是小仙女本人（**毕竟有血缘关系的姑姑也是仙女**）。

作为成年人，要给自己一则警钟：长再大，也绝对不要做伤害别人梦想的人。

想起我以前的梦想是当战地记者，偶像是闾丘露薇，要做带刺的玫瑰。并没有人嘲笑我啊，只是我后来发现自己吃不了苦，就自己放弃了。但这是我自主选择的结果，不是被抨击被嘲笑之后的自我否定。

我妹的梦想是开间甜点店。持续唠叨的三年中，每分每秒我都认为她会迅速忘记。因为早年她想学跳舞、当空姐、出国留学，家里人都支持但她都三分热度。这次想考验她，我们就不吭声，看看她能坚持多久。结果她辞掉计算机工程师的工作，去做西点学徒，建小跳手感饼干品牌，找合伙人投资人，还串通我一起说服爸爸掏学费。前几天，她邀我去上海考察甜点店。从品类到定位，设计到成本，头头是道。一天打卡五六家，走街串巷，后来我说不去了啦，好累好齁！她给我做思想工作，说我们这是考察不是玩耍哦，姐姐你能不能有点成熟商业态度。

开甜点店可以说是寡淡无奇的理想，好多女孩都想开一间。但也很厉害哦，因为说的人很多但不是人人能真的开起来。真羡慕她找到了真正热爱的事，能享受，也能挣钱。后来她去上烘焙专业系统课程了。

假如还有人耐心跟你唠叨梦想，先不要吐槽，那一定是他非常非常想做的事。生活中的丧气，也许会因为找到一个看得见的“对岸”而慢慢退潮。既然我们都上班下班，坐地铁逛商场，都看不起这个瞧不上那个，既然我们都活得差不多，那么，有梦想就是了不起啊。

人啊，起起落落像摩天轮高高低低。每个人都不会在顶点永远赖着，也不会在谷底跌亡。我们此生，起初用梦想去置换时间，大一点了用酒去巩固友谊，用谈恋爱去认识世界。后来斗胆想攻克完美壁垒，推翻自我的狭隘之墙，想释放更强的潜力，想要浮出水面眼见更绮丽辽阔的日出。如今只有“做得到”与“我还不错哦”，能让年纪渐长的我们触摸脉搏，感觉活着。先不要谈什么快不快乐，努力过、骄傲过、为梦想嚣张过，就是快乐啊。つづく

NOVEMBER

拾壹月

◎《美人鱼》：太懂事，就不必强求弄懂周星驰了啦 ◎《七月与安生》：最应该在一起的，是我和我的闺密

◎《爱乐之城》：当你放弃梦想，我可能不会爱你了 ◎《美女与野兽》：你好看当然更好，丑也没事

◎《春娇救志明》：谁要看志明、春娇变好人啊，我想他们永远互撩 ◎《当怪物来敲门》：如果你在乎一个人，请现在开始练习“失去”

◎《陪安东尼度过漫长岁月》：漫长岁月就是无聊又孤独的啊 ◎《永无止尽的约会》：你是从智商掉线开始变迷人的

◎《一生里的某一刻》：真是一个高高兴兴的人啊！

《美人鱼》：太懂事，就不必强求弄懂周星驰了啦

野象小姐

“天真的人容易失守世界，讲理的人无法轻易开心啊。”

电影《美人鱼》里，邓超演的老板要填海赚钱，人鱼珊珊要杀他，简单明了的对立。在游乐场，却因烤鸡太香，两个人突然决定将你死我活先放一边，坐下来大吃特吃。吃鸡的戏是我全剧中第一喜欢的，因为它最老套，最周星驰。

吃完鸡，邓超送人鱼回家。海边的山崖小屋美得出奇。月光下走啊走，邓超说整个海湾都是我的！珊珊笑着说，整个海洋都是我的！邓超说，那我也是你的喽。

《喜剧之王》中周星驰站在风中喊“我养你”，张柏芝不屑地扭头却在车里恸哭。《唐伯虎点秋香》中秋香高不可攀，却总能被唐伯虎的疯癫所逗笑。

仿佛爱情就是在毫无道理的时间中，不约而同地痴傻。被笑话有什么呢，天

真的人容易失守世界，讲理的人无法轻易开心啊。

而哪怕这样自圆其说的松弛，仍然充满了脆弱的悲观主义。太懂事的人，就不要强求弄懂周星驰了。这是我对周星驰电影的一贯感知。

我第二喜欢的戏，是章鱼哥教人鱼如何用美人计刺杀邓超。大家你一言我一语，推荐的武器是非常原始的海胆、骨头匕首。后来失败，他费解地说："怎么又失败了呢？！让我好好想一想！"罗志祥的综艺感转化成喜剧感不费吹灰之力，表现超好。周星驰非常爱也非常擅长导群戏。大家不争不抢地讨论些拙劣的事，认真地各执一词。那些事往往是旁人看来愚蠢至极的，他们却乐在其中，坚定地相信一定是对的。

有些情节和道理秉承周星驰的无厘头：

用海胆刺杀坏老板是行得通的。

喷气飞行器能载邓超救人鱼，是不会坏事的。

邓超说，像我这种身份的人怎么可能玩海盗船啊！然后在海盗船和珊珊玩嗨了。

章鱼哥的八爪在铁板烧时切掉好几个，痛是痛一点，不会死的啦。

人鱼惨遭屠杀，但最终总会逃脱、总会自由的。

以上是现世中大概结局刚好相反的事，可是在他的电影中全部合理。这种善良的电影内核体现在行走的、呆萌的、邋遢的、出镜一秒钟的每一个配角身上。

这所有微不足道的龙套，就是周星驰的世界。

"周星驰大概从没在戏里做过任何空虚之事。他的角色永远是不假思索的。这是与世事最大的反差。"这是吕彦妮在《越长大，越觉得自己像条狗》一文中写的。

他的名字是情怀标签，汇聚千千万万人们的情感回归，反反复复，屡试不爽。电影中的坏老板、疯才子、龙套、太监，内心是市井又纯真的。有人说，周星驰的喜剧，藏着人性弱点的消解。我觉得除了这个，还有死不承认的顽固抵抗。

周星驰小时候家里穷，有两个姐妹，母亲每次吃饭都把肉夹给他。他有次居然把鸡腿扔在地上，母亲觉得他自私，暴打了他一顿。几十年后，采访中无意提到，他说，因为察觉母亲很少吃肉，所以他故意弄脏鸡腿留给母亲吃。

这种不善表达的别扭，在电影中演绎成完全聒噪的方式而已。用热闹的肢体语言将人物塞得满满的，用邋遢的举止化解尴尬，用不得体的嬉笑去化险为夷，在遇见美妙时露出没见过世面的心旷神怡。

这每一个胆怯的、狼狈的、无话可说的周星驰不就是我们自己吗？！

“吃苦的时候，总不觉得苦，因为那种感觉在周星驰的电影中，全是浪漫。”卢正雨就是《美人鱼》中的古怪大管家。他还说，记得拍摄男女主角吃鸡的那场戏，因为剧组包下了整个游乐场，全部项目可以随便玩儿。收工后，周先生带着大家玩遍了每个项目，开心得像一个实现童年梦想的小朋友。

周星驰的低幼与敏感，让我想到迈克尔·杰克逊，他被恶意舆论煎熬，在自家院子中建了一个游乐场专给小孩子玩儿。记得他在奥普拉采访节目中说，为了实现有些身体障碍的小孩能躺着看卡通片的梦想，专门找人设计了软的躺椅床放置在放映室。有时候他自己也要躺上去看一会儿。

有些人说周星驰拍电影是为了圈钱，不要再砸自己招牌了，他再也不是神了，越拍越烂等。他这样一个人，老把自己没多少时间了挂在嘴边，想认真拍电影讲几个故事。他的电影也是看一部少一部啦……不要再伤害他了。

《美人鱼》结局中人鱼珊珊吐一个泡泡给邓超当头盔，他就能自由呼吸，两个人牵着手在海底世界漫游。这样的童话结局，多美好啊，可一看就是骗人的。周星驰就是用天真执拗的方式，拍了一个假象给我们。

在那个著名的采访中，柴静问周星驰：你知道的，很多人觉得你是个可以轻易得到一切的人。

周星驰：怎么会呢？

柴静说：《西游降魔篇》，你不在意别人说你抄袭自己。是不是觉得“爱我，趁现在”，最后那一刻我就是要不由分说地说那句话。我有时候也会这样。

周星驰说：你也会吗？谢谢你啊。

我们都会啊。也谢谢你呀，周星驰先生！つづく

《七月与安生》：最应该在一起的，是我和我的闺密

野象小姐

“我们一起养这个孩子吧。我当坏妈妈，你当好妈妈。我教她贪玩、说胡话、泡男生，你教她人见人爱、考高分。”

——安生《七月与安生》

“女孩子”，究竟是什么玩意儿？

女孩情投意合以后就是黑洞。许多故事里总有两个女孩，一个气势汹汹，一个乖巧懂事。但其实她俩的精神内核是相似的，不然不会玩到一块儿。

什么情啊爱啊的，都比不上跟闺密的感情过瘾走肾。

想起我和严帆。住一条街的街头街尾。你送我回家，我送你回家，往复四五遍，谈恋爱也没那么痴缠吧！记得街上好多修摩托车的五金店，打麻将的中年人，还有户人家养着灰鸽子，成群结队地在天上飞过来，又飞过去。

我们躺床上跷着脚聊《哈利·波特》、奇葩老师、男明星、谁又喜欢上谁了

的八卦。她在我心中是非常有天赋、非常灵的人，特别生动，讲一个不好笑的事也能超级好笑，任何平庸的人被她一形容就格外精彩。

《七月与安生》电影里，13 岁刚发育，两人在浴缸里互看胸。安生问七月，你内衣好土哦,勒不勒啊？七月说,我妈说了,女孩子以后要习惯很多不舒服的事。

安生动荡流浪却一心想有个家，七月安安静静当银行职员却亲自策划了自己的逃婚，为了一个男人暗涌地撕了好些年。仿佛交换了动静态人生，遗憾的是，最应该亲近的两个灵魂却没有真正交叠过。

多庆幸，命运没空管我和严帆。

后来我高中升大学，她跑去学美术。两年没见她突然来我们学校看我。大冬天，穿着双亮闪闪的高帮帆布鞋，好好看，骄傲地跟同学说："喏，我最好的朋友，洋气吧。"

我俩并肩走，我夸她军绿大帽子外套好看。她说，30元，水彩课太冷了，地摊儿上买的。我觉得她酷毙了。她说她最爱看我穿男款 T 恤，又帅又美。那时候我还是纸片人身材。

由衷地欣赏彼此，从不觉得对方丑。

谁在我面前说她考试不行，我就会呛声，哎呀，你自己很行吗？说她矮，我就翻白眼说，可她穿衣服比你好看啊。她在我面前提她班里的好朋友，我就敷衍地回应"哦"，嘴里嚼个泡泡糖或者手里抛个橘子，心想在我面前居然还说别人好。

然而，腹黑如我，高考查分数听到她比我低一大截，竟然暗暗心想"这还差不多"。谁让她高中学美术玩得尽兴，而我只能闷头搞学习。

也许"闺密生存法则"就是：我会拼命维护你，但你不许过得比我好，我们要共进退在同一维度。

只有这样，才能更恒久地拥有彼此啊。

电影中，家明只是安生与七月感情路上的考验吧。没有家明，也会有家威、家凯、家辉。两人通过他，仿佛照镜子，窥见对方身上自己的真实灵魂。触碰黑暗面之下更丰富的人生执念。

严帆当年交的男朋友，我觉得很浑蛋。我喜欢的男生，她说："哦，那个书呆子啊！"我俩眼光迥异，从没喜欢过同款男生。这是另一种庆幸。

有年暑假傍晚，她男朋友约她 7 点半去河堤讲重要的事。我陪她沿着那条笔直伸进河床的堤坝，走啊走啊，吹着晚风。

快 9 点，被蚊子咬得痒死了。我问，那谁谁来不来啊？！她说，他不来了。我满头问号。她说，早就习惯他放我鸽子了，我就想在河边走走。气她没出息，差点想推她进河里清醒清醒。这种事发生太多次了。

可是我什么也没说，叹了口气说那回去吧。心疼她，但又不想让她没面子，更舍不得让她觉得自己的付出一文不值。

男人常有，闺密难求。

研究生毕业后，她就迅速结婚了。今年 6 月我俩一起去苏州玩，感觉没疏远，一秒回到高中，两年没见，但发现彼此都在听艾薇儿时的会心一笑。

我太沉迷跟她相处了。她热爱全家的紫菜饭团搞得我也觉得香到爆，她坐在洪兴记说太饿了我先吃碗大肉面，喜欢她晾着肚皮躺着和我谈天说地。我们坐在拙政园的绣花楼上吹风，聊沈复与芸娘，还有她考研时留下一屋子书给学生的老教授。

每次提到同事都以"我特别喜欢 TA"为开头，她实在擅长发掘别人的优点，继而觉得人家可爱又值得喜欢。她时常令我想起苏轼夜里踱步寻张怀民，发现庭中月光盈盈，投下树影好似一汪池水，粼粼水波。"何夜无月？何处无竹柏？但少闲人如吾两人者耳。"

安生与七月沁入骨髓的爱好沉重。虽然最终大家都找到了完整的自己，却没有机会再简单地坐下来喝杯温热的梅子酒。

苦大仇深的眷念应该统统停在 25 岁以前。

沉重过，还能将彼此捡起来，一身轻松继续拥抱。

想我们认识没有 15 年也有 20 年了吧。我记得她初中还给我写过一封信表达想念：“阳光灿烂，我想和你牵着手，穿漂亮衣服，大摇大摆地走在街上。”

我从来不问她“幸不幸福”，她也不会问我。过得好不好能一眼看到底，我们都不擅长回答任何哲学性问题。

可以确定的是，我想一直一直和她做好朋友。つづく

《爱乐之城》：当你放弃梦想，我可能不会爱你了

野象小姐

“我爱你谈论梦想时的熠熠发光，不爱你委曲求全的进退两难。我爱你，所以放弃我吧。”

这不是简单的爱情，

是两个心怀梦想的人惺惺相惜。

看完电影是个下午。走在路上和灵魂挚友阿飞讨论，那么多电影在讲梦想，好腻哦，为什么《爱乐之城》里的“梦想”一点都不招人烦？

因为它太自然了。那些对梦想的痴迷与珍惜，是那么自然而然。没有口号，没有宣言，融入在一言一行的生活细节中，毫不虚头巴脑。米娅热爱电影，去好莱坞的片场咖啡馆当女侍，扬扬得意地跟塞巴斯汀说，你看，对面的阳台是英格丽·褒曼演过戏的阳台。

她带他走在这条著名的取景小道上，经过形形色色的明星、摄像机、打光灯。仿佛电影梦离她很近很近，仅一步之遥。

而塞巴斯汀，去咖啡馆找她，一切很美好，循序渐进马上要追到她的样子。不料米娅随口说不喜欢爵士乐。

“你不喜欢爵士乐？！”他极其严肃地骤停，难以置信地质问，拉她去听最爱的爵士演奏，坐下以后从萨克斯手到小号手，逐一安利。一遍遍确认，直到对方松口之前对爵士可能有些误会，这才罢休。

随口一句不认同，就碰了梦想雷池，严重到几乎可以推翻之前所有的美好邂逅。如果是小情小爱电影，“喜欢爵士乐”只是男主角的人物设定之一，这时候就不会冒着搞砸约会的风险，如此不解风情。

还好你能懂得我，我也能迅速赏识你。

所以电影里的爱情没那么简单，是两个心怀梦想的人之间的惺惺相惜。

两个骄傲的人啊，爱情格外闪亮，又后患无穷。

并不是一遇上就喜欢的，甚至一路互相讨厌。

第一面，她在大堵车的高架桥上背台词，忘了往前开，被他从后面超车还举了中指。

第二面，她半夜被他的钢琴声吸引，走进小酒馆，可是他弹完这首就被解雇了，两人撞了满怀，然后……他就当撞了个路人，继续摔门而去。

第三面，在夏天的聚会上，他把她从尴尬困局上解救出来，步行去山顶找车，彼此都在抱怨“见鬼啊，这么美的夜我居然跟你这样的人在一起”“其实这也不算最美的风景，我见过更好的”“你这种人不配我穿高跟鞋相伴”，结果掏出平跟鞋换上，居然和他是情侣鞋。

可是，最精彩的，还是两个人在一起后因梦想被点亮的脸庞，每一帧云朵天空都饱满欲滴，每一处风景都兴高采烈。没法好好走路，在路上都是踩着曲子跳着小跑的。

两个骄傲的人啊，正因为拥有各自坚持的梦，从相遇到吸引，都带着口是心非的俏皮，那么不可抗拒，那么非你不可。

她鼓励他开“老年人才会喜欢”的爵士乐俱乐部，他在房间看完她的“不自信舞台剧”，打开台灯夸她是天才。两个人在天文馆跳舞，星空下相拥。

有梦想真美妙啊，星辉熠熠的年轻人，爱情滋生得生机勃勃，格外闪亮，又注定后患无穷。

最记得吵架的那一幕，那时他已出名，成了大明星，忙着巡演没时间回家，而她籍籍无名地坚持自己的舞台剧。好不容易坐在一个桌子上吃生日餐，她淡淡地问，你好像很沉迷当一个流行乐手，你忘记开爵士乐俱乐部的初心了吗？

怪她突然的质问，被说中了，他恼羞成怒，两个人吵了起来。他脱口而出：“也许你只喜欢落魄时候的我，因为这会让你自我感觉好一点。”

这句话一讲出来，就知道一切无法挽回。

在他成了大明星以后，她的舞台剧依然困境重重，但她依然四处奔波，努力练习，没有让他帮忙吆喝。

他要她陪同巡演，她拒绝了。他说你的舞台剧反正也是一个人演，在哪儿不是演呢？她感到被轻视。

爱情最强的逻辑聊的是“迁就与付出”，而此刻，是两个对手势均力敌的较量。

我爱你，你可以没空陪我，但瞧不起我的梦想便是大忌。你也不看看你自己，沉迷名望，忘记初心，你没有理由朝我发脾气。

我爱你谈论梦想时的熠熠发光，不爱你委曲求全的进退两难。我很忙，我也有我的梦想要去努力。

我爱你，所以放弃我吧。

塞巴斯蒂安正因为爱米娅，才放她去追寻梦想。因为只有他懂得她眼睛最亮、笑容最绚烂、整个人最朝气蓬勃的样子是源自何处。

因为我爱你，我没有资格将你囚禁在身边，我绝不能容忍你为了我去做任何委屈的事。

“关于我们，就等候答案吧。”坐在山顶初遇的长椅上，塞巴斯汀说着，米娅也心领神会地点了点头。

连告别都充满默契，相视一眼便什么都懂了。没有苦大仇深，没有怨天尤人。

这是两个手握选择权的独立人格。在璀璨的未来，不会再出现像你这样欣赏我的恋人，但我拥有完整的梦想与自己。

成熟以后，米娅成了大明星，有了豪宅、孩子和绅士丈夫。塞巴斯汀开起了爵士乐俱乐部，场场爆满，名字还是当初她给起的那个。爱最遗憾，最不得体，最熠熠发光，最不解风情，最甜滋滋，最伤筋动骨，令正握在手里的生活映衬得琐碎。

舍不舍得都是后话，错过就是错过。

我们拥有了更平静、更成熟的生活，代价是失去了彼此。可是如果当初不选择告别，现在我们不会安全地抵达此岸。

梦想看起来是爱情的杀手，可是没有梦想，她不会被钢琴声吸引，直到潦倒的天才落入怀中。

是梦想，让两个人生机勃勃，让失去的一切有意义。つづく

《美女与野兽》：你好看当然更好，丑也没事

野象小姐

“若你喜欢怪人，其实我很乖。”

我问自己，假如给我一个温柔的、傲娇的、善良的（且拥有大城堡、大花园、大群仆人）怪兽，我愿不愿意？难度升级，野兽变不了王子，我愿不愿意？

我居然想松口点头。

震惊。难道天天说沉迷帅哥都是跟风瞎说的吗？原来我不是真正的颜狗？！那我还天天煽风点火怂恿大家花痴！

不对。我依然喜欢好看的人啊。

但若要和“可爱的灵魂”相比，不好看也没事。

贝儿和野兽的爱情，是所有童话故事中真正浪漫的。让我想起王小波写的那

些情话："不好看的人能拥有爱情吗？""告诉你，一想到你，我这张丑脸上就泛起微笑。不管我本人多么平庸，我总觉得对你的爱很美。请你不要吃我，我给你唱一支好听的歌。"

贝儿和野兽的爱情，不同于其他童话。

他们可能算是真正意义上的灵魂伴侣。

其他童话故事中，公主永远是躺着等待被拯救的，王子在森林中迷路永远有仙女指明方向，最后拿"王子和公主幸福地生活在一起"的千篇一律的结局来搪塞我们。

而这两个人都肯为对方去改变。

野兽想邀请她吃晚餐，学习低声说话。

贝儿教他正确的用餐礼仪，不再用胡须搅汤。

两个人由衷地欣赏彼此。

贝儿是个怪女孩，虽漂亮但不合群。怪兽天天冰封在城堡，非常孤独。两个人惺惺相惜，究竟是谁拯救了谁的孤独？

两个人谈起莎士比亚，还能互损。野兽得知她最爱《罗密欧与朱丽叶》，不屑地说："又是罗密欧与朱丽叶的那一套，相爱却不能相守什么的，切。"贝儿很高兴第一次有人可以跟自己讨论精神世界。

野兽的故事还告诉我们，人丑就要多读书。贝儿爱看书，野兽给了她一整个城堡的书。她雀跃的表情简直像走进一屋子都是闪闪发光的包包和高跟鞋……

贝儿问，你看过莎士比亚啊？

野兽说，拜托，我上的学一般人上不起。

贝儿问，你看完所有书了吗？

野兽说，没有。有些是希腊文写的，如果能看懂我也太神了吧？

贝儿笑了，夸他居然还有风趣的一面。他害羞地吹口哨。野兽真是酥到不行。

两个人打雪仗，萌萌哒。

一起看星星、看雪景，站在桥上吟诗。

帮助野兽端正礼仪。

两个人不是一方等待另一方拯救，而是相互拯救。

野兽为了救贝儿，与狼厮打被咬伤。

贝儿担心他晕倒被狼吃掉，救了他，放弃唾手可得的逃走机会。

他带她回到童年，捡回关于妈妈的完整回忆。

她父亲遇难，他犹豫很久，冒着自己将永远变成野兽的危险，“那你走吧”。

她知道他有可能被村民攻击，穿山越岭地赶回他的身边。

谁能拒绝漂亮的人呢？漂亮的爱忠于人类本能，但如同人天生需要克服贪婪变得自律、克服自私变得慷慨一样，漂亮的爱注定是易消散的，浅薄的可能性更大。

相互吸引的爱那么多，非你莫属的却很少。

贝儿和野兽交付了最柔软的自己，也能双双拿出足够勇气，从不放弃彼此，更不放弃自己。相处中不知不觉地甜，彼此渐渐融化的心，究竟谁爱谁多一点呢？不必计较，是两个旗鼓相当的傻瓜。

贝儿是我喜欢的公主。

她是全迪士尼所有公主中最勇敢、最懂爱、最不吝付出的。

毋庸置疑她是美的。美是底色，衬得她的努力与抗争带着无与伦比的震颤。因为，美人要么躺着等待被拯救，要么擅长利用美来欺负人，贝儿是那种知道自己漂亮但依然虎虎生猛的类型。

想成为贝儿，喜欢她的情深义重，慷慨温暖。会心疼人，敢于反抗，有自己的精神世界。

爱爸爸，将他推出牢门，代父承受囚禁之罪。

第一次热心肠不是对主角光环的野兽，而是想努力帮助烛台、圆钟、茶壶那些仆人消除魔咒。

给野兽包扎伤口，表面上拌嘴，心里感激。

而野兽，看他一开始就摆出生人勿近的脸就知道，是个傲娇货。当他还是王子的时候，从小缺爱，骄纵暴躁，拥有万物使他拥有冰冷冷、硬邦邦的心。变成野兽后，没扭曲成大变态已经是万幸了。贝儿的到来，让他学会关心周围的人，心里善良温柔的因子缓慢释放。他的经验告诉我们，追女神秘籍是死都不说喜欢你。

听说在国外网站上，野兽本人已经比王子还红。大家觉得野兽宽阔的背肌很性感，偶尔傲娇的表情也可爱。而大表哥的盛世美颜，导演只让他以王子身份晃了 5 分钟，扮相也被一头枯草般的假发给毁了。就这么荒废我们大表哥的脸吗？

我觉得艾玛演贝儿很一般，除了美记不住其他什么，不知道为什么她演任何电影都是《哈利・波特》的赫敏。

大表哥演的怪兽，完全没有兽性，因为本人太帅了，化成野兽也完全不凶，一直在假凶。这就削弱了精彩的戏剧张力，被爱与温柔驯化的过程变得平庸。

但连我一个毒舌的大哥都在朋友圈说："有些东西太过美好，容不得亵渎，不忍心挑刺找碴儿，这是《美女与野兽》的价值所在。"

贝儿与野兽一直让我想到王尔德《巨人与花园》和圣 - 埃克苏佩里的《小王子》。

童话故事的定律是：

巨人总是温柔的，他总是拥有花园。

有玫瑰的地方，就一定有爱情发生。

《巨人与花园》非常令人心酸。巨人一开始很自私，不让小孩子来花园玩耍，筑起高墙。冬天盘踞不走，长年冰封。孩子们从墙洞钻进来偷偷玩耍，花园活起来。巨人看到一个可爱的男孩因爬不上树，哭得很伤心。他跑过去，害怕吓到他，小心翼翼地将他举起来坐在树上。小男孩笑了，搂住巨人的脖子亲吻了他。

巨人第一次觉得被需要，觉得幸福。

他拜托其他小孩子转告他，“明天来花园玩儿啊”，可是再也没见过小男孩。

许多年过去，他老了，远远看到小男孩坐在雪白的花树上，他高兴地跑过去，发现小男孩脚上是钉子的血印，他非常生气：“这是谁干的？谁伤害了你？我要杀了他！”

小男孩温柔地说，这是爱的痕迹啊。

小男孩邀请他去他的花园玩儿，那地方叫天堂。

巨人静静地躺在树下，微笑着死去，满身覆盖着白花。

《小王子》中，小狐狸对小王子说：“知道你下午 4 点钟来，从 3 点钟起，我就开始感到幸福。”

爱一个人，就是给予他伤害自己的权利，被爱驯化的过程。小王子和狐狸、贝儿和野兽、你和我，都是如此。付出过，受伤过，但我们大概没什么可后悔的。

被爱驯化，既伤心又幸福。

想爱一个可爱、温柔、善良的人，不论他好看不好看。つづく

《春娇救志明》：谁要看志明、春娇变好人啊，我想他们永远互撩

野象小姐

"志明学会了成长，春娇收获了婚姻。见鬼的皆大欢喜哦。"

在我们看来，志明不需要懂事，春娇绝对不愁苦，这才是应该的。这才是我们深陷艰辛现实，所持有的美梦啊。

我喜欢的这对爱情高级玩家，

可爱的，贱贱的，渣男作女，

为什么最终也要变痴男怨女？

爱情故事就连在电影中也必须戛然而止，在中年危机里乖乖就范吗？

（一）

志明学会了与春娇的爸妈友好相处，耐心地教春娇妈妈玩手机软件。怕狗的

他每天替她去遛狗，正义地拒绝了美少女的勾引。在春娇患得患失缺乏安全感时紧紧“跟住”不放手。

你是谁呀？

春娇喜欢的志明，是渣和萌并存的。

他道德观有问题，挖墙脚和劈腿样样行。唯唯诺诺，胆怯怕事没担当。明知春娇有男朋友还去勾搭。春娇分手后去找他，他又吓飞了胆到处躲。去了北京，被小妖精空姐迷惑。在空姐和春娇之间徘徊不定，不知道自己到底喜欢什么。

哇，聚齐所有渣点，为什么还爱他？

因为他可爱，他孩子气，他善良，他会撒娇，他虽然有点容易移情别恋，但爱你的时候眼睛闪着诚恳的不容拒绝的光，他哄人的办法花样百出、令人捧腹。

春娇问：“你介不介意我比你大？”他说：“没关系，可我比你高啊。”

两个人去开房，春娇哮喘犯了，他抱着她：“有些事不用一晚做完，我们又不赶时间。”

用干冰把马桶搞得烟雾缭绕，邀春娇观赏，这难道不是一种逼仄都市里的诗意？

这些美妙的、可口的、奇奇怪怪的瞬间，都来自渣男张志明，喝醉了跟便利店收银员划拳的丢人现眼的张志明。

他那些见不得人的小九九，谁看了不讨嫌？

但他那些小黄腔和小机智，谁看了不喜欢？

一物降一物法则，想和张志明在一起，请春娇们先学会坚强和潇洒吧。这种“贪恋到舍不得”与“唾弃到踢一脚”的两难抉择，才是爱情真相。

然而，故事最后，张志明学会了成长，自挥刀剑，为了春娇改掉许多缺点，变成好好先生。自称从中学就没有长大过的他，选择变成大人，去和春娇共同跨越中年危机带来的困境。

遗憾的不仅是志明不再是志明，少了许多乐趣，真正遗憾的是连我们爱的春娇与志明也教我们学习“等”。

等他学会担当，等他浪子回头，等他皈依我的宗教？

我不喜欢这样坐享其成的假乐观。

（二）

春娇中年危机，她 40 岁，需要张太太的名分。台湾地震时，她认为志明抛下她自己跑了，内心大奔溃。回来后用塑料袋封住脑袋，浸入浴缸，寻找窒息感。做作吗？可是你我在爱情中谁不做作呢？

实在太辛苦了，爱了这么多年我还要不要继续？我拿什么赌呢？

从遛狗回来质疑他的暧昧短信开始，一直在伤心，在患得患失，在一步一步放弃。

好心疼啊。每个人都曾是余春娇，有需要一个人默默消解的顽疾，有原生家庭带来的安全感缺乏症，有张志明这种傻子不懂的分寸打乱与午夜泪流。

不停叩问自己：我很烦人对不对？在爱情中一再确认存在感与认同感显得很不自信对不对？迈不开步子向前，割舍不掉不敢退步，这就是我的现况。这份压力，张志明不懂，还一再添乱，这真的是我要的爱情吗？

张志明后来说："我需要的是余春娇的那种好。"

春娇的好，春娇的可爱，春娇的洒脱，春娇的耐心，都是独一无二的。

是发现了暧昧短信也不会歇斯底里大闹，而是一脸蒙地找闺密求助。

是刚抱怨完张志明花 7 万多买了个没用处的达利作品回家，转眼又被他逗笑，摆摆手，"算了算了啦"。

是早就看破张志明拿双面胶粘小钢珠导致自己次次失败，但不拆穿。

是旅行时扮小护士色诱自己男朋友。

是认真地跟他讨论恐怖小故事，一起去月黑风高的水库边等外星人，头发卡在张志明的裤裆拉链上。

春娇 40 岁又怎样，她脆弱但潇洒，这时候却为了张太太的名分，去否定自己，一次次要求志明能长大，希望他改变，尝试虐待自己让自己清醒。

人设崩了。40 岁还不结婚的女生一定是倔强地信奉“爱情至上”。她不会为了此刻想得到一个归宿，那么委曲求全。

如果不是张志明每次赖皮地追着你，如果不是最后策划的那场求婚 LIVE 演唱会，你是不是早就选择离开了？

我宁愿相信她是自己想通的，毕竟张志明就算继续不成熟，也是值得爱的。

现实中的张志明们，和他一样渣，还没有余文乐帅呢。

春娇不会苦大仇深的。

（三）

干冰于水中能放出烟
代表我遇上余春娇会改变

余春娇大过张志明
但她矮过张志明

余春娇搭救张志明
搭救了他整个的生命
赐他深情，扮王馨平

志明低能，但他始终靓仔过黄晓明
仿似飞碟般难寻找吗，我不怕，定会找出相处方法
始终喜欢伊健长发吗，想我留吗
那我现在可以马上留，好吗

扮护士多一次，为我包扎感情
最后一次啦我会乖乖的
余春娇请跟住张志明

志明人品，靠谱过黎明

余春娇请嫁给志明，下半生交托给志明

变小双侠，才能够在地球维护和平

这首求婚曲改自五月天《志明与春娇》，彭浩翔拍第一部时就说，电影灵感来自我们阿信的这首歌。

为什么是志明与春娇这两个名字？阿信说，小时候有个电视节目，张菲大哥演志明，每期请不同的女明星演“春娇”，都是些受挫的爱情小故事。在台湾菜市场里每三个人中就有一个叫“志明”，英文里大概就是“Peter and Mary”，是每一个普普通通的恋人男女。

普通，平凡，琐碎，张志明的渣和春娇的作，都是真实世界里的你和我。

“为了永远在一起，我们变成更好的人。”这是另一种英雄主义，不属于志明与春娇。

愿志明与春娇永远不要修成正果，不要牺牲，不要变好，代替我们去沉浸在“别问我是谁，请与我相恋”的那一种爱情中。つづく

《当怪物来敲门》：如果你在乎一个人，请现在开始练习“失去”

野象小姐

“活过的痕迹，就是爱你的人会惦记你。”

《当怪物来敲门》让我又想起失去一个人时的心情，是相当孤单的。

周末下午买了电影票，独自去看了电影。画面晦暗，怪兽狰狞，但电影内核却异常温柔。看完有一种伤心又开朗的复杂情绪。

电影教了我一个东西：如何面对失去。

生命中重要的人，想跟他多晒晒太阳，在夏天的海边走走，哪怕忘记了说过什么话，但能多待一会儿就多待一会儿。

我们从没想过告别，没有人会喜欢扫兴。为什么从现在开始就要练习失去呢？

因为生命比你想象中无常，随时可能失去。

生命无常到可怕，那种骤停不会提前打任何招呼。

电影里妈妈的病越来越重，小男孩 Conor 对妈妈也对自己说一切都会好的。眼看着妈妈越来越憔悴，头发剃光了，每次还要骗他，“医生试了另一种新药，马上就会好的”。他其实已经知道妈妈撑不过去了，但内心不愿承认。和妈妈互相欺骗、互相安抚的过程很累、很痛苦。

他不能承认妈妈的病好不了了，这意味着放弃了妈妈。面对重要的人即将离去，除了不舍、难过、痛苦，更煎熬的情绪是孤单。

我想起我爷爷去世是在一个星期天的下午，阴天，我正参加学校作文比赛。中途老师把我叫出去说有人来接你。见了爷爷最后一面，他握着我的手，竟然比我暖和多了。出殡的时候大家都在哭，我没有。他生前非常非常疼我，我也不知道为什么哭不出来。

两年后的傍晚，走在路上突然很想吃红烧鱼头，爷爷最擅长烧的菜。想想这两年都没吃到，往后这辈子也吃不到，走在路上号啕大哭。那一刻，我才敢鼓起勇气告诉自己，我爷爷千真万确消失了，永远见不到了。

生命是一场旅途，殊死挽留也无法改变的告别，只有真的把再见说出口，紧紧拥抱再忍痛祝福，才算真正拥有过。

又或者，有的人就是不肯告别，想让离去的人萦绕此生，也是一种选择。也很好，不是非得这样那样才叫成长。不成长也没关系的。

电影里，小男孩不屑地对树怪说，我知道我现在在做梦，你又不是真的。树怪说：“谁又能肯定万事万物不是一场大梦呢？”

因为爱很棒，我们要保护它、珍惜它，而不是挥霍它。

Conor 的爸爸和妈妈很早就离异了。他爸爸说：“我现在依然爱她。”

Conor 问，所以你们没有过上幸福的生活？爸爸说：“这就是生活啊，有些人拥有爱也过得一塌糊涂。爱不是万能的。”

爱不是万能的，但没有爱是万万不能的啊。

因为练习失去，才能让我们感知生命的紧迫。

重要的人总想看我们变得更好的样子。

可是我们却碌碌无为，没有因失去而变得强大，也没有因失去而倍感珍惜。

我们应该学着去找到让自己骄傲的事，不用给其他人看。我们活着的一天一天是不是真的没太大区别？是因为我们赋予它“毫无意义”。我们富有到可耻，大把光阴，很容易产生无所事事的惰性。

人重要的是与自己对话，确认我在生命的哪一个刻度里。小到晚饭吃什么这样的问题也要学着自己做决定，而不是随便。

其实一天天怎么过，没有人教你，没有人逼你。爬雪山的人自己爬了，跑马拉松的人动辄能把自己跑死，不是为了“分享”与“告知”，而是他与雪山、马拉松、自己发生的那些骄傲的时刻，是属于自己生命的秘密。

一定要找到让自己骄傲的事去做，自己给自己勇气，而不是做给别人看。因为没人会在意的，但自己爽到了就好了。

因为我不想白活。究竟怎样才叫没白活过？善良王子是凶手，邪恶女巫值得被拯救。不会一直有好人，不会一直有坏人，大多数人介于两者之间。如果明天死掉，我们绝对不会被后人记住，不会拥有魔法，也长不出翅膀。好过坏过都无所谓的。

活过的痕迹，就是爱你的人会惦记你。

《陪安东尼度过漫长岁月》：漫长岁月就是无聊又孤独的啊

野象小姐

“青春的肉体是不用打伞的。”

电影什么也没说，但就是怪动人的。

电影调性非常明亮。每个城市不同，却都很和煦。安东尼所到之处，当然和煦啦。出现的独白，只要是书里的，刘畅刚说半句我就能毫无压力地接住后面十句，搞得旁边看电影的人很烦我。

原著党的共鸣，又该被外界定义为自己跟自己玩儿的小打小闹了。拍成电影被放上江湖，我害怕不二兔子会被指手画脚，被不耐心的人曲解。但这，大概是它之所以区别于世界上所有兔子，必须拥有的勇气。

主演刘畅打伞走过澳洲的霓虹路口，“在陌生的城市，我说英语很大声，活得很卖力，想把灵魂挂得高高的”。看电影的时候，坐在我前排的一个婴儿估计饿了，哇哇大哭，我毫无防备地被拽出戏，翻白眼地想带这么小的熊孩子看这合适吗？

记得五周年庆典好多作者一起签售。大大的书城因为安东尼的粉丝潮，签到大半夜。我们其他作者好无聊，笑称“陪安东尼度过漫长签售”。结束后坐车离开，车窗外是蜂拥的兔耳朵追着车跑。安东尼坐在我前面座位上突然崩溃，埋头大哭。

想一想，你的粉丝，戴着兔耳朵发箍边跑边哭的少女们也到了当妈妈的年纪呢。

也许就是她们，她们带宝宝去看这部电影。坐在黑暗中，等候被电影安安静静地击中，活像一把消音霰弹枪。

听过不好的议论。那个安东尼呀，是总呈现“我太幸运了我都不知道咋回事儿”“我何德何能呀求你们爱我少一点”的讨厌鬼，“写书没有标点就是风格？好做作哦”什么什么的。

想揪住这些人的衣领辩驳，他是非常特别的作家，没看过他的书你懂什么呀，他有多妙多值得喜欢……

瞧我这暴脾气。后来我放弃了，因为我想粗暴地告诉那些人：对啊，这个世界有千千万万像你一样拼了老命却依然平庸的人，而他就是命好。

安东尼好像真没什么特别的，但书就是特别好卖。也没什么传奇人生，却被搬上了大银幕。我们仰望他，关注他，静静地看他变好，看不二这只兔子慢吞吞地走向更辽阔的山隅。

那些不屑的人。拼命用功，还不是深陷办公室“甄嬛传”，日复一日地应付职场拍马屁比赛。既不光鲜也不体面。没什么意思。

拼了命变成更好的人，却被社会剩下。

拼了命让灵魂自由，却发现这是一个空壳。

管你灵魂不灵魂，被催婚、被比较、被归类，别提多狼狈。

……咦？这些状态怎么又好像在说我们自己。

事实上，不管你爱不爱安东尼，我们都是千千万万拼老命却依然平庸的人。

命运不会因为你看过安东尼的书，就变得发亮。也不会因为你没看过安东尼的书，就变得更坏。它不是那种嚣张的、喊口号的、开天辟地的故事。

所以，《陪安东尼度过漫长岁月》对于我们的意义到底是什么呢？

我也说不清。只是感到哪怕我真的变成琐碎的成年人，面目看似与地铁上、公交上、百货公司里的人潮一模一样，但我心底知道我不一样。偶尔还有伪装的暗喜，我心里有爱呀。那个东西不值得炫耀，我也害羞被展示，却让我更有勇气去开怀。

我们越平庸，就越渴望从他的故事中获得生活的诚恳。

他第一次见我用力挥手，“嗨，野象！”站在男厕门口给了我一个大大的拥抱，香水是什么牌子我不晓得。晚上的酒会上面对面站着，我捂住脸哭蒙了。其实就是粉丝面对偶像时被吓傻的紧张，也是㞞。那时候太小，没见过世面，不懂调动机灵和俏皮与他做朋友，以及在深圳签售时还共同跨过某个寻常的新年。

每个书迷都觉得认识他吧，觉得不二是陪伴自己成长的萌兔子。

对不起，我是千千万万个书迷中的其中一个，但我是凭一己之力从粉丝变成“办公室同事”的战斗力爆棚少女。

回忆这些，除了炫耀，更是一种散德行。《陪安东尼度过漫长岁月》是这个世界上、中外电影史上，唯一与我有关的电影，是这辈子再也没有机会遇到的好事，也许会载入我的家谱史册。因为我和故事原型是真实的人类朋友啊，是那种想聊天就能马上聊到天的朋友。我的人生也无法安安静静地平庸下去了。（马屁精！）

电影的配乐很好。

追橙子那一段戏的配乐好听。陈奕迅一开口就秒入戏。居酒屋かぐや姫的《神田传》氛围感强，范晓萱的声音响起来人就酥了。

说到范晓萱。“每当你叫我 darling，我就必须相信，你说的花言巧语，和设的温柔陷阱……”她的歌是我 KTV 的歌单，大学因为爱不到那个人，鬼哭狼嚎满格，专业给人添堵的日子历历在目。

大半夜盯着电脑忽闪忽闪的屏幕，发呆，啪啪地敲文字，写《逾期不候》《泼熄这一秒》那些。范晓萱的新专辑是粉色线衫的侧脸，可口又寂寥。她唱：“Please don’t take my sunshine away.”

而现在，她的软糯的无助的声音在电影中响起，像粉红小象哭出来的伤感糖果。

当年，喷柚子香水，穿吊带连衣裙去约会，陪我坐在食堂外面吃西瓜的人不知去向。

坐在后座，唱五月天《咸鱼》，开摩托车的家伙，前几天约我吃牛肉，面问我怎样向女朋友求婚比较酷。

被大雨围困的屋檐，不知道还在不在。

凌晨搬货卸货的便利店，还有没有烤香肠卖。

下雪的时候，是否记得一个做作的我，送过你一本《这些都是你给我的爱》。

大学班里的恋人，分手的总比在一起的多。没出息的总比有出息的多。失去联系的比保持联系的多。缺席的、消失的总比出现的多。我们在各自人生轨迹上努力，拥有互不干扰的孤独频率。

我谈了一场恋爱，有辛苦有愉快，包袱比治愈沉重。爱就像是星辰与星辰之间的空间，空旷的时候只装得下避而不见。

看过一段话，大意是得到一个长久的恋人，需要彼此的福报相当，需要心怀差不多公斤的慈悲与体谅，当匮乏与虚弱释放，人不会仅仅只是光明的。蘑菇云缓缓绽放，需要时间来将阴郁收尾。

爱是自私的刑求吗？是发布占领的信号吗？是以爱的名义粗暴地检阅回应吗？都不是。剥栗子壳，是心花怒放的声音，也是心碎的脆响。

有时候去朋友家玩儿，走回来的路很长很长。超市打烊了，红绿灯跳得也懒，我就坐在长椅上休息一下。我想，有好朋友陪伴，有人宠，有好地方玩儿，有钱花，有好鞋子穿，有梦想可以让你狂奔，这些都是顶顶温柔的。

而实际上，独处占据更多。

当你一个人睁眼醒来的早晨；傍晚，洗了头在阳台喝汽水；半夜饿了，靠在门框上等着咕噜咕噜的面煮好。每天重复，并无惊喜。

你不情不愿但你一定会结婚，有变成松弛的中年人的危险，会因为晾衣竿坏了而发火，因为买不起学区房而气自己不够努力。你会发现少女心无法抚平生活的匮乏，你一定会度过不浪漫的许多许多琐碎。

你去打听打听，大明星也不例外。

漫长岁月就是无聊又孤独的啊。

雷蒙德说：“一天二十四小时，一些人不断地逃遁，另外一些人在努力地追赶。”我们在太空飘着，如果不出声，会长久而彻底地安静。但浮力捣鬼，你撞了我的肩膀，我踢中你的脑袋，我们就大笑着相识了，成为宇宙中平凡又独特的存在感。

电影结束，不太希望灯亮起来。但我心中有鼓鼓的风，想大摇大摆地走在街上，走在阳光下。

我没有害怕过变老，失去胶原蛋白不再怕，只是希望自己的心永远剔透。希望自己看起来没那么疲惫，一直笑意盈盈，在绿草坡上遇到兔子先生仍然能害羞地打招呼。

出电影院时下雨了。电影里说，青春的肉体是不用打伞的。つづく

《永无止尽的约会》：你是从智商掉线开始变迷人的

野象小姐

“有人不怕死选择了爱。”

“你是从智商掉线开始变迷人的。”我指的是男人们。因为他们实在太骄傲了。

山姆·克拉弗林在电影《遇见你之前》里特别帅，是一种没有办法的帅。演个高位截瘫的高富帅，瘫在轮椅上，穿件松松的白衬衣，露出傲慢的眼神，也高贵得让我想跪下。车祸前他是会滑雪、出海、跳伞的商务精英，瘫痪后失去了一切行动力，变得冷漠、古怪、自卑，还吵着要自杀。

当他喜欢上一个聒噪阳光的小土妞儿，自己都不敢相信，他最明显的变化是学会耍赖。装死吓唬她，送她黄色罗圈袜做生日礼物，拽着她一起看电影说这是命令。

两人听完音乐会，女孩开心地说我推你下车吧。他说再待一会儿。

“我想做一个和红裙子女孩刚刚听完音乐的男人，几分钟就好。”

你会感叹，终于有人走进他大雪封山的心，让他感到温暖，重拾男人的尊严。但实际上“放下所有防备，当个痴傻智障”的戏码对男人来说真的很难，很羞耻，且不一定是好事。

如此骄傲自大的动物，没法容忍自己不冷静。

智商掉线，意味着易于被侵杀，他们要冒着“被取笑”“没面子”“提心吊胆”，甚至“丧命”的危险，跳进没保障的故事旋涡。但有人不怕死选择了爱。

（一）爱上了，命我不要了

看完丁丁张新书《永无止尽的约会》，不是很懂你们性冷淡的有钱人是如何对待爱情的，但至少心里平衡了——不论高级低级，每个人在遇到爱时都很慌张狼狈呢。

真过瘾。

川成先生最开始是绝不会出错的那种人，过山车管理员。这个设定让小说不同于一般都市题材，有了童话感。妈妈在美国，衣食无忧，但关系淡漠；患有一种“因脑子太好，一下子记住太多资讯且无法删除”的超能记忆病，像注水气球，必须每天吃药才能避免爆炸。

药效是让他忘记昨天，每一天醒来都是新的。

选择忘记昨天，得以维系生命，等于说他早就想好了放弃世界上跌宕的、痴缠的、有温度的体验感。这样的人冒不得风险，赔的是命，所以他克制。

突然从天而降一个女的，满口谎言，没一句真话。自称女高音小姐、律师小姐、魔术师小姐、杀手小姐、赛车手……第一面就一股脑儿地把自己扔给他。接着发 39 个短信讲自己的故事，往后不断跳出来骚扰他。川成先生算不算很遭殃？

然而这样麻烦的存在，她带来的生猛痛快、风尘仆仆的气息，开启了他对生命的重新定义。

原本认为活着就行了，不需要意义。后来他觉得，生命只是时间中的一个停顿，一切的意义都只在它发生的那一时刻。于是他决定不吃药，不忘记昨天，爆炸就爆炸吧。随便。

爱上了，命我不要了。

他说：“我急切地想见到丁汐禾，可又觉得无从表达，那种状态，像我想喝酒，找遍了整条街，所有的店面却都闭门谢客。”还有比这更性感可爱的时刻吗？

（二）“不是所有爱你的，你都必须爱回去”

这姑娘和有家室的男人在一起过。她不知道他的情况，一开始以为两个灵魂相互靠近不需要俗世的身份。所以，文艺病害死人。

她想挽回，趁他没醒，帮他熨衣服。他起来了温柔地抱住她，看着她熨衣服，说，你大可不必这么做，而且，你的熨法不对。

一个嘴不饶人的痛快姑娘，就是这么被虐蔫的。

“女孩很容易被一些废话屁话欺骗，这些都不算真相。”真相是像石头一样的东西，它注定冷漠。

人都会自然而然地爱上完全不同的人。这没什么了不起的。六块腹肌的人也许觉得有马甲线的女人很乏味，相反他想捏下柔软腹部的手感。班里坏男孩，初恋对象肯定是不理人、穿白裙的学霸女生。

我认识过一个人，他说从小到大没迟到过，从来没丢过钥匙。我一听就觉得超有魅力，哇，这是多么克制的“变态”啊！

喜欢上完全不同的人类，不就跟旅行想去远方一个道理吗？去慕尼黑、亚马孙森林、北极圈，越难抵达诱惑越大，是你对世界可恶的好奇心。

而爱，是需要深情的。

（三）智商掉线迷人的真正原因不是情不自禁

书里有一个有趣的桥段：两个人喝酒，女孩突然伸出小拇指说爱情就像这根手指，基本上没有用处，跟个装饰似的。川成醉意上头，说确实没用哦。她又大声说：“有用！小拇指可以抠鼻子啊，掏耳朵啊，跟爱情功能差不多，止痒！”

川成还形容自己：“酒精让我的身体轻飘飘的，像要飞向雪夜里的某处。”

这让我想到迟子建《世界上所有的夜晚》。女主角的丈夫是魔术师，他出车祸去世了。为了寻找一首珍贵的曲子——那是魔术师生前哼的，她由此踏上远镇。镇上人说只有那个年迈的画家才会唱。她买了二锅头和牛肉，提着去街口冷清的画店。画家说我好多年不唱了，你走吧。她坐在门口感到疲惫。

画家没预料地唱了起来。她一路干涩的眼睛终于湿润。月光升起来，满屋皎洁。

走出画店，那些旋律就像雪白的雪花，飘满她的肩头。

书中，川成先生决定不吃药，开启了智商全面掉线的人生。火灾，扮熊玩偶，当小丑，喝醉，跟陈悟换房子，情绪生理性失控，替这姑娘挡子弹……这样开挂般崩溃的速度，都是他计划中的。

不是爱上一个人，情不自禁变得不聪明。

而是爱上这个人之后，我选择了不聪明。

这种选择是经过深思熟虑的、必死无疑的、高贵的，所谓“智商掉线很迷人”的真正原因。纵容自己送命，图什么呢？可能就是那些无用又动容的时刻。

看完不崩溃的，恭喜你还是人生入门级玩家。

《一生里的某一刻》：真是一个高高兴兴的人啊！

野象小姐

“做一个被她遇见过的路人真幸福啊，被这么隆重的记忆款待过。”

一个新朋友坐在对面榻榻米深沉地说：“你去看张春啊，里头有篇《作为一个废物我是怎么跑步的》。”天哪，为什么这么快看出我是个废物，而且刚好最近在跑步。

读者遇见一本书是靠缘分的，书海即人海。看完超想跟张春做朋友。她的图书编辑说，2015年愿望是让全世界的人看到这本书，虽然明显是卖书打的小广告，但是看完我竟然也由衷地有些希望！我推荐给朋友，等不及他们买，都是慢吞吞的人！干脆替他们下了单，命令看完跟我们讨论。

这是近两年看过最诚恳的书了。她对世界怀着巨大的诚意与深情，还有充沛的好奇心，听得见“噼噼啪啪”的声音。对每分每秒发生的、变化的事，轻松消化，然后捧腹大笑。她的活泼不是“没经历什么，看着就让人生气”的那种活泼，因为她的人生真算不上轻松。父亲逝世，第二年自己患了癌症差点瘫痪，接着得了抑郁症，其中任何一件事都足以击垮一个人。但是这些带给她的，是更诚恳地活着。

她对命运只有两个字——“服气”。拱手认输，有点“你狠你先来”的意思，然后坦荡地、舒舒服服地承认自己是个废物，没有不甘心，没有委屈。这样一来反而活出滋味。你以为她对“苦难”是无视的？不。她敬畏，她害怕，但她攒着十吨的勇气。

面对一些易逝的、微不足道的东西，比如街角的一家小拉面馆，比如满口黑牙的出租车司机，比如她不怎么喜欢的浪荡的朋友，她都不会表现出过多的歌颂，或者过多的悲悯。她只是叙述和记录，听完别人的故事不去评论或者打压，仅仅是感受。这里透着生而为人，人人平等的智慧。

她没有人格优越感。

（一）这本书有什么好的？

书的前半部分，伴着她厦门开的“晴天见”冰激凌店，笔触轻快、俏皮，特别好读，我觉得语境是天生的，也就是灵气。仿佛走在初春暖洋洋的风中，往绿坡上使劲跑，生龙活虎的，头顶还有风筝、花树和蜻蜓。

读到中间，关于亲情的几篇，哭傻了。某个下午，我在海口一间向海的公寓，读着读着就读不下去了。在没人看我，毫无表演成分的情况下！在空空的客厅默默哭。想想有点尴尬。

书后半部分，是抑郁症后写的，有些伤感。最记得她写，妹尾河童先生做了“再世遗赠”的事，他的东西，谁看上就写上自己的名字，表示他死了东西就归谁。他说，想必在我的葬礼上这些家伙会吵吵嚷嚷地说这个是我的，那个是你的吧？她说，这样的葬礼也很温馨呢，死亡变得小事一桩。“地球可比我了不起多了，它的父亲又比我的父亲不知道伟大多少倍。时间流转，把万物带走也带来，没有绝对的短暂，也没有绝对的永恒，这是多么美妙的故事。”

（二）成为阿春的朋友

做她的朋友可真幸福，因为她总能迅速捕获你身上妙不可言之处，然后为你专门写篇文章，像送你一个礼物。我如果有这样的朋友，真是省力的活法，有人替我概括我，还写得那么有意思，一定爽呆了。

她写一个朋友Mona，看到隔壁桌陌生人过生日，馋他们的蛋糕。怎么办呢？她举起杯子祝贺："过生日啊！生日快乐！恭喜恭喜！"人家喜笑颜开地招呼说："谢谢谢谢，来来吃蛋糕。"她形容Mona："我想起Mona，就好像想起了皎洁的月亮。她并不是自己发光，却能反射别人的光，同时自己也美美的。"

张春形容另一个朋友，不爱学习的婷婷。谁也不怕，小时候看到好看的衣服就抢，打得过就抢过来自己穿，打不过就算了。她英语超烂，却跟一个不懂中文的德国人谈恋爱。狗屁不通。德国人发了张照片"我在这儿"，她就戴着可爱的围巾、帽子，拖着小箱子，从厦门坐小巴转大巴到深圳，经过漫长的安检转去香港九龙，到了香港手机没信号了，她转去旺角再去南丫岛，然后掏出手机照片，凭感觉一路找，一直找到门口，敲门……鬼使神差竟然找到了。

另一个朋友，爱钱的阿紫，张春的狗把沙发垫撕烂了。她说："我家所有的事都能用钱解决，所以来谈个价格吧。"如果有什么事得罪了她，她就开价："这个伤害很难弥补，只能给我钱了，起码50元。"有一回阿春做噩梦，哭醒了。阿紫问她怎么了，她说做噩梦。阿紫说真可怜，然后就陪她一起哭了起来。

她去参加一个外国朋友的海边婚礼。夫妻都是帆船教练，新郎打扮成加勒比海盗杰克船长，婚礼现场载着新娘出海了，剩下的宾客自己玩儿。沙滩上唱歌，跳舞，彩灯，乐队，喝酒。真浪漫啊。

有个不太熟的，L，是个大美女。她年轻的时候做过特殊行业，10年后开着一间快倒闭的小店。她的店没有门锁，有时候她还在睡觉，客人把门推开，她就说还没开张呢，叫人家帮忙关上门。她睡在店里的地上，地上铺张草席。有时候白天忘了把草席卷起来，被人踩来踩去，晚上她就把衣服脱下来擦擦睡。阿春问："冬天怎么办呢？"她说："冬天还没来呢。"日子过成这样子，怎么还能那么漂亮呢？阿春写，十几年前L说在老家乡下，2万元可以买一座山，将来她要回老家买座山，种满桃花。

我原本心想，为什么她结识的朋友都这么有趣呢？！后来想想，不是这样子的。我的朋友也很有趣，但是我还没来得及仔细去体会。

（三）成为阿春的食物

做她嘴里的食物可真幸福啊，总能不辜负此生成为一颗豌豆、爆米花，或者可乐。因为她太懂得给予食物尊严了。

玻璃瓶装的可乐冻到刚好出现柔软的冰粒时刻，那是梦幻可乐。

鸭脖子应该撕下来吃，而且持续地吃下去不准停，以免因为洗手嫌麻烦而扫兴。

春游应该吃大螃蟹，铺满阳光的草地上，和你的狗一起。

橄榄吃生的，当下涩，过后口里生津好几个小时。如果要约会接吻，会成为蜜一样可口的人儿。

她连一朵花都不放过，拿在嘴里嚼一嚼。还嚼出门道。

…………

（四）做阿春的家人

这部分我不想说，大家自己看吧。我甚至不肯重新翻开写爸爸、妈妈、哥哥的那几页。

（五）做阿春遇见过的路人

做一个被她遇见过的路人真幸福啊，被这么隆重的记忆款待过。

一个兰州拉面馆，吃到有滋有味的刀削面。在北京酒仙桥的胡同里，胖胖的老板跟他们寒暄：“下课啦？天儿冷吧？”小碗面2元，大碗面3元。几年过去，北京的房子整个被粉刷了一遍，面馆自然不见了。有个朋友发现了360度实景地图的网站，没想到第一个蹦进脑海的是找找看那家拉面馆能不能显示。她又写：

“这个城市如果不用那么漂亮，也许幸福的人还更多吧。”

还有来自陌生人的惺惺相惜。火车上的一个北京大叔。他很喜欢阿春，他听她说她希望有一个画室，要大，要暖气和窗户。他说他在昌平有十一间平房，送她一间，还送只大狗看门，因为偏僻不安全。半年后，打电话说就在单位楼下待会儿去看她，最后也没去。再后来也没能见面。某天突然寄来一张500元钱的汇款单，写着：“对不起，说话不算话了。”

阿春还写过两个来店里的大叔，是工地上做保洁的工人，嗓门儿超大，挺吓人的。会因为吃冰激凌怕尴尬，在店对街等，默默抽烟。有时机器坏了要等20分钟，他们也愿意。以为他们是最没耐心的，却发现他们是可能唯一为了冰激凌永远肯等下去的人。

一个没时间的人，是不适合翻开这本书的。它适合舍得慢慢读的人。

全心信任世界肯定会被坑几次的。不过，在没被坑的大多数时间里，得到的东西更清甜、更值得。是不亏的人生。つづく

DECEMBER

拾贰月

12月，圣诞节，全世界失眠，我们温柔成长

◎夜光温柔，杀死抑郁 ◎咸鱼在不断翻身的过程中，肉质会变得非常鲜美 ◎我再耽误大家两分钟

夜光温柔，杀死抑郁

野象小姐

“但愿我的女王一路都平安。桥都坚固，隧道都光明。”

亲爱的女王，想送你一种总是亮着的胶囊，吞下后即使跌落深渊，也因有上浮的、蛮横的微尘力量，不由分说地将你的灵魂顶在地平线以上。黎明来临，一个过肩摔回到床上。醒来是早上 9 点的厨房里煮面的声音。

快乐是一种肤浅的、无聊的、甜的东西。

和真心相托的朋友吃椰子鸡，搞定难搞的项目被人认可，说漂亮话引满堂哄笑，凉风吹在脸上不至于弄乱发型又能让妆容服帖，开车时一路畅通绿灯，梦见中学小卖部最后一瓶汽水被自己买走，爸妈相伴去旅行并且说“你有空也多出去走走，但别跟着我们”，在厚雪山顶裹着大棉袄辨别猎户座，以及说服一个犯错的人，打败一个犯贱的人，对上一个刚好迎上你的帅笑……

以上都叫快乐。

这些转瞬即逝的瞬间，像发光的胶囊，藏在身体让我们在黑暗中被彼此看见。妄想紧着几个美妙的瞬间，熬过枯燥的人生。特别记得你在热气缭绕中，漫不经心说过的话，“三五年后，我们估计不会像今天这么好了，但现在这么好就行啦”。

你善良、坦荡、洋洋洒洒，爱着身边的每一个人。虽然很少去肉麻地表达但我非常爱你。你还说，对错误的人我们不用去宽恕，但要宽容。像我这种置人于死地的性格，在你身边温软了许多。

你开车载我们午夜飞过隧道，心想这女人的灵魂太帅了吧。前面绵延的路灯好像人生一样遥遥无期，没什么意思，不想知道前面究竟会遇见一只猴子还是一个湖泊，一直一直开下去，别停就行。夜里失眠抑郁，在微信上骚扰亲近的人，但那一刻没人是醒着的，想象这份无助，真想抱抱你呀。

我一直在思考，人对人的托付之心，会不再是有品位的外表和话题，你懂我我懂你，不是惺惺相惜的性格，甚至不会是两个人的相处，而是命。

但愿我的女王一路都平安。

桥都坚固，隧道都光明。つづく

咸鱼在不断翻身的过程中，肉质会变得非常鲜美

野象小姐

“梦想太贵了。”

想做惊天动地的事，好像总是比别人迟一步。

想改变世界，却发现改变世界上一个小小小的自己，都做不到。

前几天跟张智森聊天，他是年轻导演，喝醉酒妈都不认得，却含糊地说“小津的风格啊就是……”“我们喝了酒，你没有喝，但是你也好像喝了酒的开心的状态，这就是‘场域’”。

他说，一个有名气的长辈，足够有实力去支持有梦想的年轻人，但是他并没有，还是选择了钱，为什么？为什么？为什么？

好神经哦。

因为梦想太贵了，不是人人有勇气选择。而我们有勇气让梦想落地，却没有

实力啊。吃完火锅张智森就夹着他的包和卫衣跑了，（付完钱）甩下一句：“不喝了，不然晚上没法写剧本。”

我们都是多么平凡的人。平凡到连穷途末路这种戏剧张力强劲的戏码，都不屑找上我们。

当我们聊梦想，也许是最生机盎然的时候。它是否实现，好像变得不那么重要。努力的时光是青春里非常无用却又重要的时刻。

周星驰：“你一定会成为最优秀的出台小姐！”

张柏芝：“你一定是最有名的死跑龙套！”

——《喜剧之王》

梁朝伟曾经写过周星驰：

时光流转回 30 年前，当时的我还在卖家用电器，生活无风无浪。那时候我对未来的唯一设想就是，大概会一直升职到销售经理吧。这样其实也没什么不好，但偶尔会觉得，这似乎不是我要的生活，至于我到底要什么，那时候的我并不知道。

多亏一位老友，一直给我洗脑，每天给我画各种光怪陆离的蓝图，劝我放弃工作，和他一起去考艺员训练班，我最后被他说动，于是迈出了那一步。

但我妈很生气，因为她觉得这个叫周星驰的家伙害他儿子辞掉了稳定的工作，去上前途未卜的培训班，我至今都记得她当时对我说的那句话：“衰仔！我一块钱都不会给你！”

2013 年，我在洛杉矶工作的时候接触到一些“临时演员”，他们平时都在从事各种各样的职业，有的是侍应，有的是清洁工，但当你问他们是做什么的时候，他们还是会说：“我是个演员。”对我来说，演员的工作就是无条件把戏演好，无关其他。

从我入行那天起，就有一个强烈的执念伴随着我，就是不管我的角色是什么，戏份有多少，哪怕只给我一秒钟的镜头，我也要想办法让你在这一秒钟内记住我。

为了实现这个执念，我努力练习了很久，很难说这个执念就是我最初的“梦想”。

梁朝伟这个损友就是周星驰。

好朋友 Lemon 说：“现在的方法论都一套一套的，显得务必去学的东西很多。然而产出只是一套一套一样的你们。对生活的洞察力、对工作的态度、对爱好的保护，决定你是个什么样的人。不是漂亮话啦，我只希望我们不要做一个胶人！”

我们那么平凡，最终能不能光芒万丈，这要看命运。平凡人的梦想状态，也许就是有趣有闲地活着。是独立的人，有自己的价值观，能分辨善恶，为正义鼓掌。胆小的时候不敢站出来，但逞英雄的时候 10 条绳子也勒不住。画画啦、遛狗啦、看极光啦、学爪哇语啦，一身没什么用处但乐在其中的本领。

一个冰箱想让自己移动起来，一颗栗子想让自己的爆炸声响彻山谷。想变得不一样，想更有存在感，想让别人听见自己的声音。在这个过程中，我们比“旧我”多了一些任性、拧巴、雀跃，多了一点独特，别人学不来的东西。

梦想最大的礼物是赋予我们生活的想象力。

这就是所谓的意义吧。つづく

我再耽误大家两分钟

野象小姐

"学的东西全还给老师了，好在我们没有变孬。"

我们的老师不是三头六臂，不是《死亡诗社》里"O Captain!My Captain!"的荡气回肠。他们很平凡，或许秃头，或许挺着啤酒肚，或许上课生气了爱扔粉笔，上课总是激动得莫名其妙。但是我们永远记得他们。

☆记得来自老师的"恐吓"吗?

"整栋楼就你们班最吵，我在办公室都听到你们声音了！"

"看我干什么？我脸上又没答案。"

"没人举手是吧？那我点名了。"

☆还有来自老师的"放弃"，或者是激将法。

“你可以不学习，但不要影响其他同学。”

“不想听也可以睡觉。”

☆以及来自老师的“神探破案”。

“别以为我不知道你们偷偷看手机，谁没事儿盯着桌子笑？！”

“没带就是没写！”

☆来自老师的“欺骗”。

“我再耽误大家两分钟时间。”

“说完这道题就下课。”

“这又是一道送分题。”

以及最大的谎言——“上了大学你们就自由了”。

我初三的班主任是一个胖胖的语文老师，姓张。之前学校有个追我的男生搞得我昏头昏脑，非要跟我处对象，送情书送到我家，来校门口堵我。我很害怕他，成绩不好，状态奇差。有天下午我没去上课。对我妈说我上课了，对老师说病了请个假。

第二天，一进教室，张老师气沉丹田：“起立！今天是周同学生日，大家一起祝她生日快乐。”所有人齐唱生日歌。我吓蒙了。他说，心情不好可以适当放松，但是别影响学习。“只有成绩是自己的。其他都不是。”

这句话我听进去了。后来考了个不错的高中。

我觉得学生生涯最庞大的肯定，一定是来自老师的偏爱。“你其实很聪明，努努力就能考上重点”，我一直小心翼翼地收藏这句话。后来发现，他可能对每个同学都说过。哪怕是这样，你依然被哄得很开心，觉得自己独一无二，觉得自己一定能拥有更金光闪闪的人生。

谢谢张老师惯着我。让我知道自己没那么差劲，值得被偏爱。毕竟他从没给别的同学这样过过生日。

老师们常说的一句话是：“你们考不上大学没关系，我也不损失什么，工资照拿。”但是他们仍然比其他工作的人起得早、睡得晚，跟我们逆天的早自习、晚自习完美适配。

还要盯住我们不准讲话，不准上课打瞌睡，不准弄小抄。

谢谢你哦。

接下来，说说那些古怪的老师。

高中数学老师是面相凶恶的年轻人，暂称 H。直到我懂得许多感性大道理后，仍然确凿地肯定高中数学是人生封顶最难课题。函数公式、几何辅助线……动用的逻辑细胞与理性怪菌，够我应付往后的被劈腿、被宫斗、升职加薪赢取人生巅峰的能量总和。没天分的人想考及格，别的学科行得通，数学就是要了老命。

H 数学教得是挺棒的。至少我都及格了。

H 那时没女朋友，离结婚更远着呢，但谁也不敢因为他年轻而造次，就感觉他是小孩与大人之外的恐怖生物体。那张脸比古板迂腐的老老师更可怕，带着勃勃生命力的杀气。偶尔闪现在窗边，看谁又不好好自习了，目光如暗镖；开班会下面有谁窃窃私语，骤停 5 秒，几乎是电影中零下 200℃霜冻极寒特效。

每个班都有坏男孩团体，打架斗殴撞桌球，赌钱翻墙玩游戏。只要他们不闹出大动静危及 H 名誉，他都睁只眼闭只眼，不打骂，不找碴儿，不苦口婆心，眯着眼，一副猛兽小憩的马薇薇脸——“人王先歇会儿，量你们也搞不出什么名堂”。

坏男孩里有个小子，上自习找碴儿，喧哗，打架，弄得整个班乌烟瘴气，班长也被气哭了。那家伙被 H 关进办公室良久，过程安安静静，应该没有施暴。苦口婆心更不可能，不符合 H 的设定。

坏小子出来后说，H 坐办公椅上，没罚他站，让他也坐，那天是江湖兄弟拜会的架势。问他混哪片区的，他和火车站的黑势力谁谁是旧交，可以罩他。坏小子大气都不敢出，因为老师提的名字是道儿上如雷贯耳的大哥。

坏小子说，老师你以前也是道儿上混的吗？H 骄傲脸：“我年轻时也是扛把子的人物。”H 还说，打架就好好打，学坏也没人拦着，但是挡别人的路就是不懂事。

那小子说老师你这是抛弃我？我也交了学费，你凭什么叫我学坏，太不公平了。就因为我成绩差？

“对。”

H 这一举无法评判功过对错，但相当解恨。同学们对惹是生非的坏学生敢怒不敢言，别的老师治不住，H 做到了。他除了上课讲一道题被我们气到汗流浃背外，其他时间也没什么老师样子，像土匪，不由分说判你死刑。反过来，他会说，谁让你先放弃自己的？

这也许是残忍现世的分级管理，通俗讲就是优胜劣汰。放弃一部分没救的，激励一部分有希望的，各司其职，只要别搞乱小王国的秩序，最终能收获“高考成功”的结果，其他不管。

他不会吓唬你这样下去会怎样怎样，也不会为维护尊师形象去做徒劳的、可笑的思想教育，他不会浪费这些时间的。提前让你预习这个世界的不公平，也会多一些反省，趁你有时间反悔的时候。

还有个老师印象颇深。是教语文的，非常非常老的一位先生，据说我们那届是他的收山之作。对他骑自行车颤颤巍巍的背影，印象深刻。他上课没什么威慑力，大家都不怕他。窃窃私语的人很多，教室常常闹哄哄的。不知道是真的耳朵不太好，还是故意，总之他讲他的，我们玩我们的，互不影响。我们同在一个空间，却几乎是彼此隔绝的。

有一次，昏昏欲睡的午后。他讲文言文《出师表》，我睡了一觉醒来特别清醒。他站在窗边，抑扬顿挫地朗诵其中的段落：“臣本布衣，躬耕于南阳，苟全性命于乱世，不求闻达于诸侯。先帝不以臣卑鄙，猥自枉屈，三顾臣于草庐之中……”

这篇课文所有人都学过。大致意思是：诸葛亮在北伐中原之前，上书给刘禅非常操心，忠告他要好好治理国家，不要给小人骗了！——自己因为在乱世之中苟活，受他爸爸先帝的恩情与嘱托，在先帝驾崩之时答应了要好好效忠这份使命，而现在你一定要为民除害，亲忠臣远小人，保住江山。哪怕我说了惹你不高兴的话，也请不要怪罪，要了我的性命我也在所不惜。所谓“受任于败军之际，奉命于危难之间。鞠躬尽瘁，死而后已”。

最后一句：“今当远离，临表涕零，不知所言。”老先生动容得抹眼泪。大家仍然在吵，穿过哄闹的嘈杂声，我坐在那里认真地听着，也许是第一次仔细听他的课。

我想，他教会我的应该是对乱世古人与情深意长的敬意，对历史的肃然起敬。不懂，但请别冒犯。

他还让我明白，也是活到一把年纪才活明白的道理：“影响他人来体现价值”与“让自己爽到”有时候冲突，那就选择让自己爽到。

我们都遇过特别善良的老师，也遇过特别讨人厌的。在日后的时光去回想，好像都还不错，没有糟糕的。

被老师善待过的人学会了耐心的传递；被恶语中伤过的人学会了活得有出息；被严厉指责过的人懂得了体谅那份期待；而遭遇碌碌无为、颠倒是非的老师的人，至少懂得永远不要变成那样的人。

时至今日，学的东西全还给老师了，好在我们没有变孬。

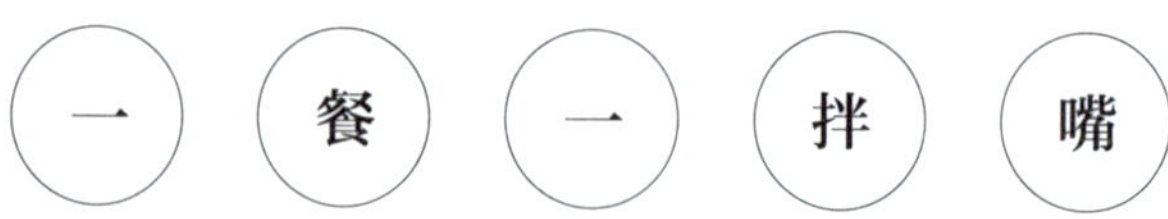

是不是减肥失败，就永远无法时尚?

阿飞:

是的。别骗自己了，你见过哪个时尚博主很胖？如果答案是肯定的话，那我身边天天叫嚣着，别叫我吃晚饭我要减肥的人，是谁？作为一个非常喜欢穿搭（买衣服）的人来说，时尚是一件很残酷的事情，因为时尚可不仅仅是瘦就行了，然而不瘦却是万万不能的。

想要时尚的人，不说熟读各大品牌设计师的最新造型出品，至少也要对当下的流行趋势、高街品牌有个基本认知吧。

时尚不完全是跟风，每个人都该有自己的见解与尝试，但不可否认的是，能够出街的、日常的、融入的时尚是被广泛大众审美所接受，继而被追捧，成为潮流。别着急否认，如果大众不买账，现在也不会有那么多时尚博主、KOL 喜欢给大家做好物推荐。

用之前很火的一个单品——渔网袜举个例子吧，虽然我不是很懂这个时尚的风潮，但是一个胖胖的人儿穿上去，连肉都外露了，您摸着良心告诉我，还觉得是时尚吗？再比如，冬天的时候，阔形板球服风靡一时，长袖子大垮肩不好好穿衣服，一时间成了机场的街拍标配。你现在闭上眼睛想想，是杨幂更能驾驭还是贾玲穿上去更好看呢？我前面也说了，瘦肯定不是时尚的万能药，但是不瘦是万万不能的啊，因为瘦是你身材里你唯一可以把控的地方。想想秀场上那些大牌的设计吧，哪个不是为了身材黄金比例、拥有大长腿的模特设计的？这些天生就有的东西能靠后天争取吗？不能。所以你还不给我好好减肥！

有的时候特别痛恨一些时尚博主的言论，比如什么“矮个子也有春天”“谁说胖的人不能时尚”“淘宝货也有大牌范儿”，然而这些博主自己都是身材均匀大长腿、体重不过百、大牌衣服买起来不手软的人。你就说你气不气吧！虽然说，也有一些胖胖的人很时尚，但是你要知道这其中的穿搭实力得有多强？你自己拉开衣橱看看衣物就知道自己的水平了。

要让时尚这件事变得相对轻松，姑娘们啊，还是先减肥吧。

野象小姐:

胖当然可以时尚！看你们的象妞我！阿飞说，不如你去做一个“微胖界的实用主义”时尚博主吧，签名档就写 120 斤有什么了不起，说不定可以爆红。我说，不行，如果真的红了，我一旦瘦回去那我就是欺骗！！阿飞说，相信我，你瘦不下来的。

哈哈气死了。玩笑归玩笑。看腻了时尚界的icon，那些品牌的模特，瘦不拉几，空空荡荡，穿啥都是 oversize 风，前些年还觉得性冷淡够高级，但现在真的有些疲倦。时尚的定义应该更多元吧。

所以，时尚到底是什么鬼？往大了去说，时尚是一种先锋的品位，超前的意识形态，鲜明且美好的个人审美。比如 2017 年 5 月，古驰发布了一个虚拟现实全景视效的广告片。内容大概就是一群年轻人在房间里尬舞，但你随便晃动手机，怎么晃都是全景，房间角角落落都能看到，突破了维度空间，非常酷。一瞬间觉得，所有的时尚单品中，科技是最时尚的。因为这是古驰对品牌的精神诠释，一份先驱式的引领。

胖，却拥有时尚的思想不可以吗？

往小了说，我们看到街上走着一个人，“他穿得好洋气哦”，也是一种时尚的评价。洋气，好看，高级，质感，拥有艺术审美，展现你的思考和修养，让人看了想拥有跟你一样的生活态度，就是一种时尚。有一次阿飞和我走在 OCT 创意园，他说：“你看前面这个女孩，屁股这么宽，竟然敢穿灾难的白色阔腿裤……竟然穿得还挺好看……你敢不敢穿？！自信的人最时尚！”那个姑娘绝对不瘦，但笑起来可自信了，走路带风，看起来清爽、利落、健康，比网上清一色病恹恹的模特顺眼多了。

胖，却自信地透着时尚劲儿，不可以吗？

再浅薄一点，把时尚理解成简单的“穿衣服好看”也是成立的。我今天喷了香水出门，觉得自己好香好迷人啊，看到谁都如沐春风，觉得自己是个公主，我难道不好看吗，不让人心情愉快吗，难道没有个人主张吗？况且穿衣服好不好看，这个“好看”算主流认知中的好看，还是你在意的人觉得好看，还是你自己觉得好看？这都得要从不同维度去解答的。从审美角度来看，我超级喜欢看胸大的女生。我觉得她们好性感，圆润、粉嫩、饱满的胸，与直男的欲望无关，从美学、艺术史、建筑学、几何学、油画名作、时尚哲学解读就是极致好看的。我不是瘦子，我没有马甲线，我就该去死吗？我就该灰溜溜地挂着麻布袋度日吗？

胖，我审美一流，我不是千篇一律的时尚，我拥有自己的时尚。

时尚是一门哲学。山本耀司说，真正的时尚是忠于自我。“对你来说，落魄在外时用最后几个铜板买来的啤酒，和你在半岛区套房里穿着毛绒长袍啜饮的冰镇香槟，基本上是一样的。今天，太阳再次升起。 所以我一点都不想探究你基于个人原则而逾越传统的那一面。你就是你，而我爱你，就这么简单。”

当然，从比例上来讲，胖子比瘦子穿好看的概率低很多。

减肥失败，所以我们更要加急训练审美了啊（划重点）。

捂紧钱包，等我出完这本书就去做微胖界的时尚 icon，抢减肥失败的诸位少女的钱。嘻嘻。

JANUARY

壹月

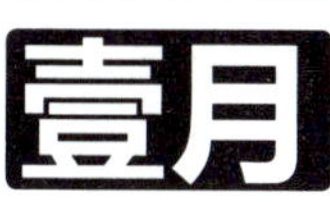

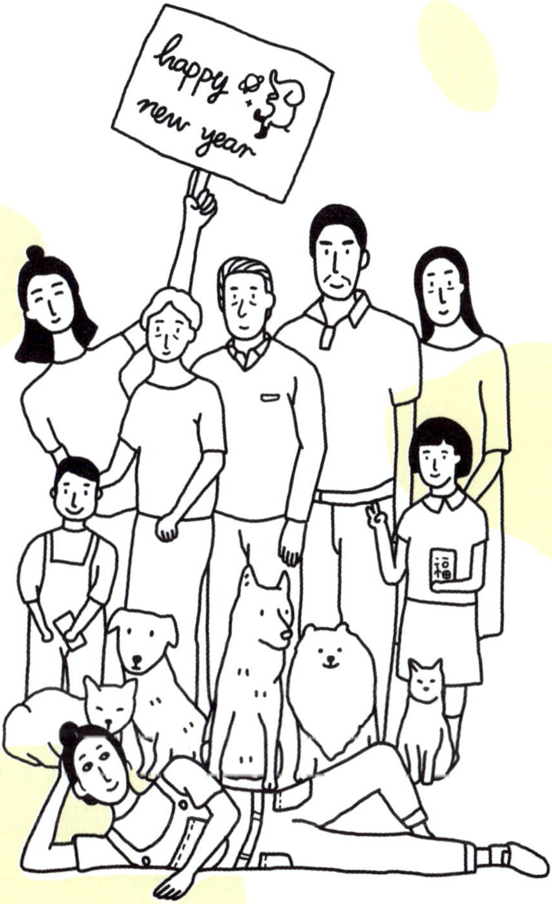

1月，春节，和家人腻歪才是正经事

- 我们对家人应该多腻歪一些
- 我从来没梦见过外婆
- 我的宝贝谁都不许动
- 喂，老妈，请你偶尔忘记自己是妈妈
- 风和日暖，令人愿意永远活下去

我们对家人应该多腻歪一些

野象小姐

“我们常常将生命比喻成浩渺伟大的景观，河流，山川，或是星河。然而生命的触感藏在时间的细节中，你忽略的，你自责的，你喘不过气的，你害怕的。”

一个自省。

我妈转的鸡汤我从不细看。早上她转了篇《等老了不讨儿女嫌，请记住这10条》，我鬼使神差点进去，内容非常心酸。仿佛是个比爸爸妈妈大几岁的智者在讲道理：“学着懂事一点，识趣一点吧，儿女才不嫌弃你们呀。”

那些道理，比如，岁数大了不是本钱。有人给你让个座，一定要记着说声“谢谢”，那是有幸碰到了大好人。

比如，与子女相处，别喋喋不休，要像“纪律委员”一样既到位，又不能越位和错位（非常年代感的打比方）。

比如，年轻人一定比你忙，如果真来看你，不要强留他。孩子们是用金子买光阴，能抽一分钟来看你就是好事。

比如，人老了懒点可以，但记着整洁干净，别坏了子女的脸面。

比如，千万别像存钱那样存着破烂儿。

我们父母这一辈人，倾注心血抚养孩子，年少时的小英雄、小梦想统统放一边。等我们大了，他们却要开始小心翼翼地学习“识趣”，叮嘱自己别给孩子添麻烦。

我总调侃我妈别跟空巢老人似的，找点乐子啊，跳舞、旅行、打麻将，活得充实点。

这话说得漂亮，其实这样的我更不孝。其本质是，我没时间付出，希望妈妈能自己想办法打发时间，排遣孤独，勿求于我。

爸妈花二十几年养大了我们，我们现在表现出的态度竟然是“勿求于我”。

当他们提倡广交朋友、储蓄友谊才是中老年人应当尽早做的，当我妈轻描淡写地说“你忙你的，我可以跟我老闺密打电话，交流美好话题”的时候……

希望我们别那么轻易地原谅了自己，不要真的松一口气，而是能不依不饶地说“不行，我就特爱烦你”。

之前妈妈来深圳家里，我太忙，几乎每天晚上 11 点以后才回家，没空陪她。而她就是个田螺妈妈，悄无声息地施魔法把家变得格外像“家”。

比如，大门锁不再难打开，皮靴上了油，球鞋白到发亮，冰箱塞得满满的随手就能拿到吃的，衣柜按颜色与季节分类有序，毛巾香喷喷，被子也是晒过后暖蓬蓬的阳光味。早上，妈妈早早地坐在沙发上等我，看我走出房门，像个元气少女兴奋地握拳说：“好的！现在开始做早餐！”

有回晚上回家早了些，她看中一条阔腿裤让我陪她看看。从试衣间出来，我埋头看手机没抬头，她走出来说好看吗，我也没听见。

“陪妈妈试衣服一点诚意都没有。”

我辩解：“在处理工作啊。”

（一）

周末我爸从广州过来，带了洗衣液、洗发水等日用品。我说，这些到处能买到，多重啊，有的牌子我也不喜欢。

晚上，因为别的事发生了争执，他倒在沙发上假寐。我妈说你爸爸今天感冒了，去哄哄。我说我今天也病了。后来，发现他后颈有些结痂，原来是因为筋骨贴过敏。我示弱了，蹲在地毯上给他抹紫草膏。

“这是璐璐老师熬的，两年的紫草精油，很天然的。”

他生气地拂开。

陪他下楼去泊车，依然不说话，却在后座看到给我买的柚子和苹果。

（二）

爸妈起争执时我很慌，迅速逃离现场，站在院子里打给妹妹，你回来没啊？快回来啊！跟她碰面后讲了事情原委，她拉着我说，走吧回家，我带了自己烤的蛋黄酥，我负责哄爸爸，你别吭声。

那一刻觉得她酷毙了，我逊爆了。她再也不是小时候娇滴滴的难搞儿童，而是比我冷静的170高妹。

（三）

晚上和阿飞、大美吃消夜。阿飞说，有次和妈妈从小区走回去的夜路上，他问妈妈为什么不大高兴他谈恋爱。他妈妈说：“因为你恋爱了就是大人了，说明妈妈老了。”还有一次，他给爸爸看一个东西，爸爸说这么小的字我怎么看得见？他说这么大的字你还看不见？爸爸说我都戴老花镜了。两个瞬间让他很难过，因为爸妈老了。

大美说这次姥姥生病，妈妈冷静地处理各种事，在电话中不肯透露太多，怕她担心。她举着电话在阳台上号啕大哭。

（四）

11 月带家人去澳门、香港、珠海玩儿，吃完饭付钱，二伯说："你们小时候是我们带你们去公园，转眼换你们领大人去春游、去看世界。时间真快啊！"

我们常常将生命比喻成浩渺伟大的景观，河流，山川，或是星河。然而生命的触感藏在时间的细节中，你忽略的，你自责的，你喘不过气的，你害怕的。

我想把这一生拥有的所有好东西都捧出来去爱家人，暂时没拥有的也想为了他们去努力创造，却没有时间抬头夸妈妈的阔腿裤好看，拉不下脸对着爸爸的后颈褶子说声"对不起"。

（五）

蔡崇达写，"我不相信成熟能让我们接受所有东西，成熟只能自欺欺人"。

也许"能言说"的都是自欺欺人，如果我们在有限的生命中不停自省，学会珍惜，知行合一，是不是可以让"不能言说"的爱不至于落空？

我爱我的爸爸妈妈和妹妹。つづく

我从来没梦见过外婆

野象小姐

"是最温暖、和煦、善良的存在。"

外婆离世一周年了，我从没梦见过她。长辈们说我"气太盛"，去世的人没办法入梦来。

有外婆的夏天，格外像夏天。温和的胖老太太，讲话柔声细语，走路没有声响，静静地在屋里削土豆、泡茶叶、剥豆子。我们一放暑假就扎堆去乡下。西河镇染坊湾，有河有鱼，有田有蛙。

傍晚，发烫的泥地渐渐变凉，我们就在三棵樟树下吃饭。《哆啦 A 梦》漫画、《三年级暑假作业 · 数学》、铅笔、橡皮擦统统从桌上撤走。冬瓜汤下暑，绿豆汤解乏，饭后还有瓜，一边吐籽一边逗狗。

外婆会叫隔壁邻居来吃肉。有大叔牵着牛走过，也会吆喝两声算打招呼。脚边绕来绕去的鸡啊狗啊猫啊，热闹到不行。

早上，外婆会叫我或我妹去摸几个蛋，刚生的，热腾腾的。一人一碗米酒蛋汤。现在看来，是求之不得的绿色无污染，怪不得我们家的人个个身体倍儿棒。

体质好，是命好的表现，因为长身体的时期被温柔地、持续地伺候过。

外公有雅兴，除了樟树，还种着几株牵牛花、栀子花。我们玩儿累了，在竹席上乘凉，枕着田埂起起伏伏的蛙声入眠。迷迷糊糊中，外婆扇风，花香浮动，裹着花露水、痱子粉的味道。

她拿蒲扇给我们赶蚊子，怕吵醒我们，动作轻柔。直到现在，我闭上眼睛还记得小腿上一下一下的温柔触感。

外婆宠孩子，什么都护着，不分对错。

汪曦是我二表哥，小学时作业做不出来被老师骂。他哭，外婆也哭。她拉住小姨："三华啊，你给他写了吧，写了好睡。"小姨说我不可能天天给他写啊，他加减乘除都不会人家会笑的。外婆说："总能会的。"

暑假，骄阳当头，汪曦最爱大中午去钓龙虾。外公在河边种了小片竹林，外婆就拿刀给我们砍竹子，做钓竿。心疼竹子，外公看到了免不了唠叨。她把竹子递给我们，让我们拎着小桶快去，转身对外公说："竹子长得快。"

我挨着她睡，她的皮肤松弛，好凉好舒服。外婆身上有种极度安心的味儿，可能是棉布、花露水，或者烧饭的油烟。我问外婆，房梁上咚咚咚的是什么声音啊？她说："是猫在跑呢，睡吧。"

外婆前前后后养了好几只猫。算不上养，因为那些都是流浪猫，突然跑到院子来，给它吃的，它就留下来了。半年或一年后，又会突然消失了。

外婆不想念它们。名字也不取。一只消失，又一只来了，重新把吃的拨一些放碗里，爱吃不吃。说起来，这也是一种萍水相逢、不亏不欠的潇洒际遇。

她最害怕冲突。最喜欢亲人团聚。

安琪、汪曦、马汪洋是我的表哥表弟，他们打架把床跳塌了，外公气坏了。

她说，哎呀这可怎么办啊，拖延时间，轰大家出去，怕外公发火。

表姐在院子里给她洗头，我说外婆换个发型吧，发箍戴多少年了。姐白我一眼，外婆就笑了。因为外婆头发实在是很稀疏，没办法换发型。

我爸早上不吃粥，她就早上煮粥给其他所有人，给我爸单独煮面条或者炒饭。大表哥事业受挫，有几年不爱回自己家，就天天在外婆家昏睡。只有外婆不批评、不怪罪，只是把一日三餐烧好。

每次她在电话里唤大家回来聚，那种语气有一丝心怯。害怕打扰，又鼓起勇气。

她一辈子付出，几乎没什么自我表达。

全世界的外婆都这样。

我想了解她多一些，可她习惯了默默地，好像从来不需要得到这些。

外婆的爱，融进举手投足中。每一帧关于童年旧时光的画面都有外婆。不需要被聚集，不需要被歌颂，不需要被安于醒目位置，她只要确认你好好的，是最温暖、和煦、善良的存在。

今日立秋。

外婆怕热，不知道那边凉快了没。

我的宝贝谁都不许动

野象小姐

“我以前就说过：‘有个好爸爸，等于人生开张大吉。’”

小时候我妹不爱上学，脾气又拗又爱鬼哭狼嚎，老爸会拿皮鞭抽她。长大后提起这事，老爸一口咬定：“胡扯！我怎么舍得打你，我故意打在桌子上想吓唬你而已。”我妹冷着脸说，那你身手很差啊，都有漏打在我身上好吗。

我爸听完立刻风中凌乱了。

我爸年轻时真挺虎的，能用暴力解决的事绝不讲道理。

我 4 岁时，一家人坐长途大巴出去玩儿。中途休息，我跑下去蹲路边找虫子。一个年轻人骑自行车冲来撞倒我，我哇哇大哭。我爸看到，一脚将那人带车踢飞，不由分说地骑在人家身上，左勾拳、右勾拳。那人没反应过来，却已头破血流。

据目击者称现场相当血腥。请脑补街机“拳皇争霸”中的拳速。

虽然他只顾“报仇”，秀 5 毛钱特效，压根儿忘记去抱肉球般妖娆地滚在路边的我，但我还是挺爱我爸的。他的东西绝不许别人动。至少证明我是他的宝贝。（妹：那我呢？！）

其实我爸超疼我妹的。但因为她太难搞，所以没法用寻常意义上的宠爱方式去服侍她。二年级以后，我们就自己上下学。但每次下雨，老爸都会等在校门口，提着在门口买的热腾腾的鸡蛋仔。我妹说，下雨接小孩放学，这不是最基本的吗？

算了算了，我也编不出我爸的什么美好事迹了。

爸爸们在当爸爸之前，也没当过爸爸。对这个岗位不熟练，可能残暴、耍赖、严苛，甚至是跟你抢红烧肉的幼稚鬼。但无论以什么样的表达方式，他们一定爱你爱到脚指头。

许多网友分享“世上只有爸爸好”以及“我大概不是亲生的”两极分化严重的故事，非常可爱。

有一次我看见蟑螂尖叫，我爸看着电视呢，摘了眼镜就跑进来边跑边说：
“长官！我来支援了！我来支援了！”
@L_violin

失恋每天躲着偷偷哭，被爸爸发现了。
在我返校前一天给我包了一个大红包，留条：“宝贝，好好打扮下自己。”
放在我书房就去上班了。我当时看见了号啕大哭了很久。
男朋友也叫我宝贝，但是从此以后只有我爸爸能够叫我宝贝。
@cnCharlotte

我女儿之前和一个男孩玩儿，那熊孩子要抢她的巧虎，
我女儿不给，那熊孩子忽然叫道：“等一下我打死你！”我女儿被吓哭了。
我先生当着那男孩他爸的面说：“你敢动她一下，我就打死你爸爸。”
这下那男孩哭得哇哇的。
@柯哀家

跟隔壁小子打架了，我爸泼了人家一汤盆稀饭。
我爸是个聋哑人，不懂那么多，
只知道自己儿子不能受欺负。
@ 你杏杏哥

好几年前，熊孩子表弟把我从小到大收藏的硬币几乎都给偷走了，
今年高中毕业我爸说送我一个礼物，是那罐被偷走的硬币，
“嘿嘿，我又给你偷回来了。”
@Bacccano

我妹小学入学，校长无意中看到留着短发但两个长鬓角的我妹，
跟班主任说我们不欢迎奇形怪状的学生，让她换发型。
我妈安静地挂了电话，直接去了校长办公室，当面指着校长说：
“你照照镜子才知道什么叫奇形怪状，我女儿很漂亮！”
@VivaLaJo

初中学校要求女孩子把头发剪短成男孩那样，我打死也不剪。
被教导主任骂了一顿，让我别上课，剪好了再回来。
我哭着打给老爸。老爸让我回家休息，
自己跑到学校说为啥非让我姑娘剪那么短？
人家是小女孩！！现在我姑娘不见了，你们赔！
@ 两朵美少女

随手留下童年阴影的老爸：

我在小区被欺负了，回来冲我爸哭。
我爸一把把我推出家：打回去，打不赢他别回家了！
从此我打架就没输过……然后我就变成了小区的女土匪头子……
@ 手撕包菜 avi

我爸说一旦有人在学校里欺负我，不管轻重，直接倒地装晕，然后让他们赔钱。
@ 哇哩个腐蛋

羡慕你们，我爸是来学校叮嘱我不要欺负别人的那一个。
@ 粽子你吃了吗

一言难尽的爸爸们：

我爸的逻辑永远是，你的东西给别人玩玩怎么了？
怎么别人就欺负你？你怎么不在你自己身上找理由？
@ 一盒难吃的 POCKY

为什么我爸是，我被人打了，他听了以后：“哈哈哈哈，你也被人给打了！！”
@ 我下面给你吃 344444

我挺小的时候，我爸因为国防事业去世。大家都说他是个英雄，可他再也做不成我的英雄了。
@ 念念不忘小小不然

一般我爹为我出头，都是因为我妈揍我。
@ 壮士你胸罩掉了快捡起来

原来有爸爸是这样的体验……
@ 小污仙

所有的爸爸，他们原本也是翩翩少年，因为你的出生，高高兴兴地选择老去。

不论现在是啤酒肚，还是满脸大褶子，甚至有打麻将、偷偷蹲楼道抽烟、不懂说漂亮话哄妈妈开心、逞能地硬聊政治与经济、跟你打电话一言不合就吵架、打鼾如雷等坏毛病。

但有什么办法呢，趁他们还没变成糟老头，赶紧买个礼物，打个电话说点肉麻话吧。

最后想对我的老爸说：“老周啊，还有几十年相爱相杀呢。没完没了，多多指教！”つづく

喂，老妈，请你偶尔忘记自己是妈妈

阿甜

“当你们是爸爸妈妈时，我很爱你们。当你们是杨国叶、原付安时，我依然爱你们。”

你妈妈的少女心还在吗？

朋友前段时间带父母出去旅行，绕了大半个中国。回来她说：“我妈才不是一个没有故事的女同学。”

父母30年前结婚蜜月去了上海。这次旅行，第一站选了上海。父母很激动，跟同行的陌生旅人一直念叨：“我们30年前就来过啦，那时候，外滩可不是这样。”

絮絮叨叨，有点骄傲与惊叹。傍晚，要往预订的酒店走。她妈妈突然对她爸说：“哎，你还记得当时我们住在哪里吗？”她爸愣了一下：“哎呀，不太记得了，好像是闸北那边吧。”

她妈说：“对对对，就是那里。好像是一个红色的小洋房，上海的房子啊那个时候很好看的。不知道现在还有没有，要不我们去那边看看？”

朋友一惊：“妈，酒店都订好了啊。”

她妈犹豫了一下，害羞地问道：“可以退吗？”

朋友被逗笑了。妈妈少见地没迁就，坚持了自己的意愿。也许会被笑话，或是添麻烦，但她依然鼓起了勇气。在漫长的消磨中，保留着一丝丝对虚幻浪漫的坚持。

我喜欢妈妈不像妈妈的那一刻，发亮的少女心。

（一）

你妈妈的理想还在吗？

我从来没有见过我妈的少女心，仿佛她从来没有年轻过。克制、隐忍，不合时宜的娇惯和呵斥，都有。

当她是一个普通的年轻妇女的时候，夏天出门绝对不穿拖鞋，而且要穿上丝袜。那种短款肉色的，是 20 世纪 80 年代中国妇女的脚底必备之物。出门还喜欢喷香水，会不会是六神花露水呢？她才不喜欢那个味道，她喷空气清新剂。嗞的一声喷在空气里，然后轻轻地走过空气。

此举曾遭到旁人揶揄：又不是城里人，讲究啥。我妈在心里暗暗鄙视她们，嘴上也不说，自顾自地穿着袜子、小跟凉鞋踏过一个又一个夏天。她说，不漂亮可不要紧，不爱收拾就不好了。

穿不完的丝袜，就是我妈年轻时候的理想。

比现实美好的都叫理想。我很小的时候，她常常骑二八杠自行车带我回姥姥家，我坐在前面的大梁上，那股子幸福安乐劲儿就像两个人都坐了头等舱似的。

到现在我脑海里都有一个瞬间：夏日的清晨，天还没亮，她载着我回家。兴致来了，她把车骑得飞快，快到我觉得我的胸口有小石头在跳。我们仿佛飞行在田野里。为了不知名的兴奋，在晨光熹微里冲锋。我咯咯的笑声散在泥土里，散在早被遗忘的枝丫上。

我喜欢妈妈不像妈妈的那一刻，毫无目的的理想，想要挣脱日常的冒险精神。

（二）

你见过嘴硬又脆弱的妈妈吗？

父母现在老了，生活变得，怎么说呢，更平静无趣了。

拿“吃”来讲，每次我从外地带回特产或小吃，兴致勃勃地凑到他们面前，本想谄媚一把，却遭来我妈妈的冷漠脸：“还行吧，挺甜的。”

“什么叫挺甜的？！还有呢？说完啦？”

蛋糕是甜的，玫瑰鲜花饼是甜的，糖果是甜的，难道这个从加拿大带回来的枫树果露，也只有区区一个“甜”字的评价？！

气死了！

只要有点甜，就是好吃的，无论多好吃，也不过就是甜一点。

当年物资匮乏，爸妈尝不出好东西与差东西的区别。拒绝在孩子面前显得没见过世面，于是佯装煞有介事，心虚地说：“挺甜的。”

物欲的清淡，也体现在旅行中，很想带他们品尝当地的特色美食，结果妈妈非要走两条街，吃那家连着吃了 3 天的包子铺。来到 3000 千米之外，风景再美，胃还记得早上要吃馒头喝稀饭。

当我们兴致勃勃地拉她一起看世界，并为此感到自豪和骄傲的时候，她兴致勃勃只因为你兴致勃勃。

她并没有适应这个世界变化的必要，她只想适应你。

重新开始审视两种生活。无法避免的，妈妈追不上我了。

而现在我也不想让她追。她和爸爸不会用视频电话，怎么教都不会，我就多打两个电话；出来旅游他们不打算休闲度假，我就早起晚睡，带他们多转几个景点；不喜欢断舍离，我就专门腾个储藏室存放老旧物。

黄磊说，一代人有一代人的活法，活在自己的时代里，挺好。

我喜欢妈妈不像妈妈的那一刻，嘴硬又脆弱地对我依赖。

（三）

你一定也有个很没用的爸爸。

爸爸有个朋友，我从小就不喜欢，喜欢喝酒，说话大声，每隔几天就换一个生计。在我家捉襟见肘的时候，爸爸坚持借钱给那个朋友，有次还跟妈妈吵了起来。

起初我也不太理解，有次聊天爸爸提到说：“那个叔叔呀，在咱家最困难的时候，借给咱们钱，从没催过债。”

小时候有几年，家里做生意赔钱到处欠债，爸爸整日焦头烂额的。那个时候，不催债，就是爸爸最感念的情谊了。

《请回答 1988》里，狗焕的父亲买了一件很贵的外套，妈妈发现高价买了便宜货，狠狠地呵斥狗焕爸爸。听说还是在朋友那里买的，妈妈又开始数落怎么能这么缺德，宰熟客。不像有些心肠好的朋友，在狗焕爸爸年轻困难时还会资助接济。

狗焕爸爸说：“他就是当初资助我的那个朋友啊。”

在爸爸们的心里，他也有自己珍视的情谊，和无法明说的变故与人情。

我们终将变成他一样的大人，将情谊深埋于心，拥有壮阔与局促。

他们有珍贵的爱情回忆，有彼此重要的某某某，有差点迈不过去的黑暗时光，有难以启齿的难处，有眯着眼睛可以看见的未来期待。

爸爸妈妈，当你们是爸爸妈妈时，我很爱你们。

当你们是杨国叶、原付安时，我依然爱你们。

风和日暖，令人愿意永远活下去

野象小姐

“接到你的信，真快活。风和日暖，令人愿意永远活下去。”

——朱生豪写给妻子宋清如的情书

我的朋友草威说：“每一段好的恋爱、每一本好书、每一部好电影，都是一个生活副本。一次平行世界的冒险，是人生主线任务外的一种补偿。所以，好的人生不应该以通关为目的，得多找一找还漏掉了什么，有什么黑暗地方没被你的脚步照亮。那些可能都是奖励。”

昨天参加 XW 婚礼，对，就是旧散文《青梅无竹马》《两小闲无猜》里写过的 XW。从小一起长大，童年搬家搬丢了，后来又找回来继续做朋友。掐指一算，我们认识 21 年了，吓呆。

他笑起来露俩大白板牙，灿烂到闪瞎眼。我以前说他像张士豪，他问：“是哪个伙计？”现在不像了，但明朗阳光的气质没变。他经历过许许多多，来自离异父母、家境衰败、寄人篱下等匪夷所思的苦。结婚那天我问他，你老爸来了吗？他说没有哇，耸了耸肩，笑着去招呼其他客人了。

看着他牵着他的新娘走过那短短的十几米T台，想告诉他："背影很优秀哦。"

打开车窗，我看见满眼的金色阳光
迎面吹来的风，狠狠拍着脸庞
公路左边的海洋，口中唠叨的过往，不痛不痒
这世界疯狂，太荒唐

嘿！我要走了，哪怕一路跌跌又撞撞
我想我要走了，如果生活只能这样
吉他和梦想，啤酒和死党
反正绝对离开，这个鬼地方
去发光

这首歌词原本是送给他的，因为他大学也当过乐队主唱来着。可是后来认识了小熊饼干，他们比较红，就送给主唱小普了。XW 对此一直耿耿于怀。哈哈。

我看着他在台上弹吉他的身影，深情地凝视新娘，灯柱在他肩膀上落下一个大光斑。时间走得真快啊，还好我们都长成了温柔的大人。

沮丧的时候也会反复跟自己生闷气，要辜负多少人才能学会成长。人为什么非要成长呢？

认识自己有那么重要吗？得到答案有那么重要吗？不断成长有那么重要吗？

我们会一直平庸吗？我们会永远回避自我吗？我们会拍拍土等待黎明降临重新出发，可是黎明永远不再降临了吗？

你有勇气吗？有勇气面对自己无能的真相吗？

但实际上这些东西也不是那么重要。了解生命的有限性，是一份礼物。

我们的确需要天气、温度、触感，在春天里，坐在草地上慢慢地吃一个牛角包。

最近一直下雨，前几天抽空回了一趟家，觉得被治愈了。心像小溪缓缓回流，波光粼粼的。正是6月，小姨问：“刚刚遇到一个熟人，送她栀子花她不要，居然还有人不喜欢栀子花？”

栀子花的味道就是准确的夏天的味道了。浓烈，饱满，香得过分，不容拒绝。她说街上只要有小贩卖桃子，就是栀子花的季节。

叔叔不管开会还是约了领导，都会排开时间开车送我去车站。我可以坐公交车，打车也不贵，但他总是执意送我。

妈妈给我塞了一大包樱桃。我左手啃樱桃，右手闻花香，芬芳馥郁。满分。

喜欢妈妈和小姨在厨房讲家常。我小姨声音高亮清脆，妈妈害羞温柔。妈妈去眼科医院复查眼睛，她不认路，小姨也不怎么认得，但是如果两个人一起走错，就哈哈大笑直到问对为止，心里一点都不怕。

只要躺着闭上眼睛，想着马上能喝到暖胃的猪肚炖鸡汤，还有只在这个季节下暴雨才吃得到的野菜炒鸡蛋，就想叩谢神灵。

和妈妈午睡躺在一张床上，她脸凑过来，用手指量我胳膊，“你再胖下去就是猪了”。我说那你会嫌弃我吗？她说：“你没看我都不好意思领你去散步见妈妈的朋友吗？”我笑了，亲了她一口。

我妹这两天在客厅走来走去老念叨，我就是一个傻子，我最大的梦想就是不懂事。

其实人不一定要独立的。

主动成长，被迫成长，都不怎么高兴，我就不能高高兴兴成长吗？长成那种不厉害但喜滋滋的大人，像我家里的每个大人这样。

依赖哪怕不长久，能贪恋即贪恋啊。

好季节，有人爱，吃得饱，就是世间正道。

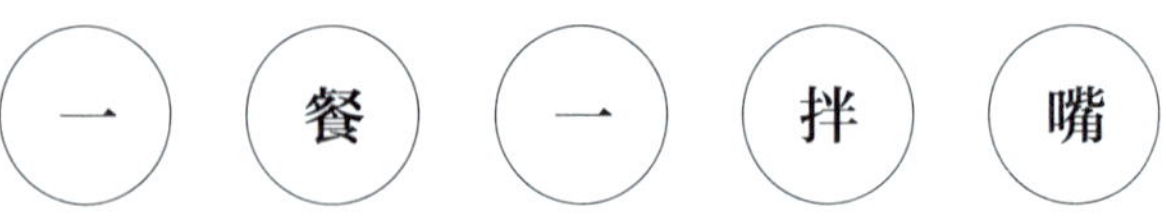

不结婚会不会死？

阿飞：

我的答案肯定是不会。每次我遇到特别糟糕的事情，糟糕到我觉得自己撑不下去的时候，我都会问我自己：如果这件事崩了，你会去死吗？如果不会，那么不管是坚持下去，还是跨过去，都没问题。答案基本上都是：我不会去死，不然是谁好好地在这里写这些东西。

死，对我来说，是一件特别大的事情。结婚也是，但跟死比起来好像又没那么大了。

野象说过，我总是摆出一副花花公子潇洒人间的姿态，骨子里却是个传统的人。喜欢有人陪伴，期待家庭生活。她还说有一天，我们加班到晚上 11 点钟，车驶过一排居民楼，我突然说：“好希望万家灯火里有一盏灯是为我留的，一回家就有人给我热汤。”她当时就震惊了，不敢相信我一个工作狂酒瘾病患赚钱机器竟然有这样老派的渴望。不瞒你们说，我想象过以后要去哪里结婚，什么形式的婚礼，和什么样的人，但并不代表我一定会结婚。结不结婚从来不取决于你多大了，你赚多少钱，你拥有多成功的事业，而取决于你有没有那么命好，刚好遇到可以结婚的那个人。

之所以会讨论这个问题，是因为很多人都没有“遇到”的运气。身边草草结婚的人太多了，大多数的情况都像是按时完成学业一样，到了年纪按时走进民政局。这个世界上，不是每一个人都会拥有爱情的，也不是每一个人都需要爱情的。有的人可能觉得生活就是升级打怪兽，到了结婚那一步就该完成任务了。把结婚当成任务的人，能有多幸福呢？我相信，一定有先结婚后恋爱的例子，也过着幸福甜蜜的生活，但是比例又有多少？部分受不了枯燥婚姻关系的夫妻选择分开，更大的一部分呢，既然选择妥协去结婚，就会慢慢妥协在现有的婚姻生活里。

原本婚姻是爱情最美好的归宿，却因为很多客观原因变成了任务。

这样的婚，我不会去结。

不结婚，肯定会孤单，肯定会被催婚，肯定会被流言蜚语击中。但不结婚，肯定不会死。结婚也会有结婚的烦恼，选择权在于你，选择了哪种烦恼（好悲观哦我）。つづく

野象小姐:

不会死。我爸妈看了这道题中我的态度，肯定气到不行，但是我打心眼儿里觉得结一个美滋滋的婚是很看运气的。

首先，我不是破碎家庭小孩，我爸我妈好得很，我对美好婚姻充满了向往。我爸爸喊我妈妈“汪花花”，我妈妈喊我爸爸“周总”，情人节是一定会送花的，还有那种不肉麻但给彼此加油的甜话。几十年如一日。虽然也有争吵，也有心碎，但他们让我知道，只要心里爱这个人，天大的裂痕都会温柔地原谅彼此。这种原谅不需要逻辑，也不需要讲道理，就是不由分说地原谅。而真正爱你的人，也不会去做真正伤害你的事。如果真的做错了什么，也因为太想跟这个人继续走下去了，会想办法解决问题，会用爱去融化。

婚姻，从社会学角度来说是维持群体结构的稳定，从繁殖学角度来说是为了完成繁衍天职，虽然我不喜欢被人管，不喜欢被干涉私人空间，但如果遇到我每天看到他就格外高兴的人，我会毫不犹豫嫁掉自己的。但为什么“不结婚不会死”呢？

因为结不结婚我控制不了啊！这不是自己凭一腔热血努力就可以实现的事。结婚得看命，不肯结个稀里糊涂的婚，就会坚持单身，命不好遇不到，结不了那也没办法。我怎么能因这种主观无法控制、怪不到自己头上的事儿去寻死啊！

首先，婚姻不是人生必需品。我们超级想结的婚，是一个美滋滋的婚，不是一个形同虚设的婚。这取决于你遇见的人，和你想要的生活能不能吻合。

《老友记》里，Rachel 家那么有钱，嫁给一个还算上流阶层的医生，多么完美的设定啊，但她还是逃婚了，因为“冥冥中总觉得哪里不对”。后来，她被家里断粮，赌气去中央公园咖啡馆打工，第一个月领到了少得可怜的薪水。好友们纷纷给她小费，表示鼓励。Ross 说：“谢谢你这么好的服务。”（Oh, by the way, great service tonight.）Rachel 说：“我得到了杰克的魔豆。”（I've got magic beans.）因为菲比讲过一个童话，杰克用牛换来了小小的魔豆，看起来好像亏大了，但谁知道魔豆最终可能换来下金蛋的鹅。Rachel 逃离了一段她无法沉浸其中的“100 分婚姻”，没有嫁给那个有钱却感受不到爱的丈夫，选择了独立，选择了拥有一群朋友，后来还和 Ross 恋爱等就不说了。她的魔豆就是，她掌握了自己的生活。

如果你过上了一种能令你体会到友谊、价值、快乐、痛苦、爱情滋味等的生活，唯独缺乏婚姻，请问你会死吗？

其次，婚姻是神给的契约，只有拥有契约精神才配享受。好的伴侣关系，不仅仅是风花雪月，更是可以共患难的战友，可以千山万水到处玩儿的驴友，可以坐下来好好喝酒聊天的好哥们儿，不互相嫌弃，携手打败琐碎，享受衰老，和枯燥岁月共处的老伴儿。《老友记》里 Monica 是个结婚狂，从小的梦想就是有一个梦幻婚礼。她希望 Chandler 把所有钱拿出来办个盛大的仪式。Chandler 不愿意。后来 Monica 想通了，说要求他把所有积蓄花在婚礼上，不公平，那是他辛苦赚的。Chandler 说了一段非常戳心的话："我想过了，我求婚时我就承诺，我会尽力让你快乐，如果办一场梦幻婚礼是你想要的，我愿意这么做。我本来想生四个孩子，两个男孩，一对双胞胎女儿，可是后来你说想生两个，那我们就生两个，选我们最喜欢的那个让他去念大学。我们可以在市中心外买一个小房子，孩子们可以学骑单车，养只猫咪，挂个铃铛，每次跑起来都能听见丁零丁零声。还有，在车库里改个房子，让 Joey 养老。"

Monica 说，我不要梦幻婚礼仪式了，我想要你刚刚说的每一样东西，我想要一段婚姻。

我没有对婚姻绝望，反而是抱着渴望，才会这么去决定。

婚姻中也一定有种种现实问题，买房压力、养娃困境、赡养老人、收支平衡、中年人危机、感情告急、柴米油盐酱醋茶……而这些不是硬伤啊，真正会打败你的是和你携手的人，还有自己的心态。糟糕的婚姻是持久的彼此煎熬，很多人还没想好就稀里糊涂结婚了，然后陷入无尽的拉锯战。如果让我不分青红皂白去拥有一段摸不着头脑的婚姻，再给我洗脑说"到了年纪就该结婚"，我一定是拒绝的。

《欲望都市》里 Carrie 说："我一个人坐在那里，独自喝一杯酒，没有书，没有男人，没有朋友，没有盔甲，没有伪装。好像被放逐到了大海里，却美得像一个岛屿。最美的阳光，早上好，我的一天。"如果实在没那么好命遇到真心人，和社会舆论比起来，我还是暂且享受单身吧。50 岁等到人生伴侣也没关系，至少在那前面我可以不停恋爱。（我妈：书读多了是不是！！说什么鬼话！！）

但为什么爸妈觉得不结婚就会死呢？因为在他们的价值观体系中，一直抱着"不结婚的都是心理变态"的强硬思想。你如果不结婚，他们是很受苦的，被人说闲话，去公园下个棋都倍感压力，你们家孩子是不是赚不到钱才结不了婚的？怎么没人要那么惨啊？

是不是有生育障碍啊？但千万不要因此和爸妈对抗起来。因为他们的出发点是希望你过得好。他们认为，婚姻是一个安全港湾，等你老了有保障，你穷了有个依靠。所以，你只需要告诉他们，现在婚姻法并不能真正保障到任何弱势一方。生了娃，不仅要让老人家把屎把尿，从买学区房到读幼儿园再到重点中学都可能让他们贴钱。失败的婚姻，老爸老妈会跟着背好多锅。认清这个残酷现实，他们可能就不再催你了。

沉默。

“你爱咋咋吧。我们去跳广场舞了。”つづく

彩蛋月

ARE YOU GUYS READY TO GET INTO THE SECRET GARDEN?

○男闺密万万岁，千万不能撩　○翻白眼恋人

男闺密万万岁，千万不能撩

野象小姐

年复一年我们总是那么喜气洋洋。如果阿飞不是阿飞，野象不是野象，也不会有这万里挑一的相遇。

男闺密怎么能用来撩呢？撩完就没啦。

一直觉得，在不够成熟的年纪，爱情总归是没法尘埃落定的。恋爱对象来来去去，但 100% 契合的男闺密却此生难寻。像罗志祥之于蔡依林，吴青峰之于张悬，惺惺相惜，一起发财，不妨碍彼此恋爱，更不嫌弃变老变丑，相爱相杀到永远。

广大少女应该人手一个男闺密，标配人生。

完美男闺密最好腿长两米，颜值冲天。

让他充当一个合影时气死前任的时髦单品。

护肤有道，衣品优秀，帮你指导穿搭与审美，逛街带他也有面子。

怼人功力一流，能日常训练脑细胞，让你每天心思活络、元气满满。

喝醉了有他陪，垮棚了有他罩，想撒野有他发号口令，共同经历每一个崩溃时刻。

最最重要的是，你们不能觊觎彼此的美色，你们永远不会爱上彼此。

我的男闺密就是阿飞啦。符合上述所有。

（一）

他比我小两岁，处女座，很难搞，爱钱、爱美、爱翻白眼。

最初是我书迷，总是留大段言跟我探讨文学，偶尔出言不逊。我心想这人谁啊，太自以为是了吧。2014 年，我喜欢的歌手在南京开演唱会，他托南京的朋友替我要签名，寄给我。刷存在感，哈哈。后来我所在的公司部门要招策划，他正好毕业，想到他文笔不错，就问他肯不肯面试，他爽快地说好啊。

就这样机缘巧合成了我下属。后来我们辞职，组团队做品牌营销项目，又一起做《一万口新鲜》。他成长迅猛，无人能及，一夜之间可以独当一面了，我对他的依赖也是光速传递。

有时我说，羡慕你哦，可以和偶像成为挚友兼搭档，命真好。

他翻白眼说，如果他工作伙伴哪天不掉链子，他做梦都会笑醒。

我说，看来我再也不是你心中的偶像了。当初叫人家小甜甜，现在变相欺负人！

他说，别给自己加戏啦！

拌嘴是我们的日常，这才有书里“一餐一拌嘴”的栏目。

（二）

说点温柔的事。2016 年 8 月去北京参加好朋友的婚礼，大家喝多了，我和阿飞两个深圳客人打车回酒店。他号称千杯不倒，一下出租车却扶在路边吐。我们酒店在故宫旁边的胡同里，人清醒的时候都走不对，更何况凌晨 4 点，两个东倒西歪的人。

我拍拍他肩膀，吐完没有哇，酒店在哪儿啊？

我意识模糊，但我知道如果找不到酒店，将被撇在陌生城市的大街上啦。他说："我我我我，我，知道路。"

拐啊拐啊，经过乱七八糟的自行车、小孩的鞋、三轮车，我心想又给我逞能瞎走。一推门，竟然真的是我们那个四合院酒店。

院子里的藤蔓绿架子，白天没注意，绕满了星星灯，满眼闪闪烁烁美极了。我没戴眼镜，天然柔光滤镜，美得我心里像炸烟火一样。

之所以记住这件事，一是因为阿飞真是个靠得住的老铁，喝茫了凭本能也可以走对路，智商没毛病。二是，这么浪漫的事，身边却是阴魂不散的男闺密阿飞。

我常形容我们是钱褡子，除开工作关系，出门哪怕去同一个方向也要乘两辆车的陌生人。在工作上，我们是彼此的大魔王，压榨对方，更压榨自己。人生观、金钱观、价值观太契合，才能如此长久共事。

当初搞不懂新媒体风口啊趋势啊，一万口新鲜说干就干了。这两年的劳累强度超乎想象。我开玩笑说，有写公众号一半的勤奋，我可以出 10 本书了。

昏天暗地讨论选题，电话会议凌晨 2 点挂断，3 点还收到来自阿飞的资料包。日复一日的创意、选题、写作、管理、运营、数据、策划……有阵子熬夜导致脱发严重，一头乌黑秀发，白了好几撮，每次洗都掉一大把，大姨妈也不来。

有阵子很抗拒接到阿飞电话，甚至想逃走，朋友也懒得做了。

睁眼都是被惊醒的，每天都想撂挑子。

想承认自己无能，承认使出了十分的力气还是不及格。

但是想想这一路上还有伴儿，一任性，就散了，我还是忍忍吧。

我自认为专业高效，又经历过职场训练，不会差到哪里去。但自律性和稳定性比想象中糟糕，一阵打鸡血一阵丧到谷底。创作力枯竭时，脾气暴躁，抑郁自闭。这势必会影响阿飞的工作。

直到一年多以后才知道，每次我垮棚，阿飞从不表达但心里还是气。但他会说服自己，野象是搞创作的，又是女孩子，已经比许多散漫的作家强很多了，要替她多承担一些。

很谢谢他替我抵挡世界，保护我那点可怜的才华。

有一回他买了两盒口香糖，葡萄味和西瓜味。他说各换一半，我俩一人一盒，就能一人尝两个口味啦！我正低头在忙，答应着没有抬头。他唰唰就把两个口味扒拉在桌上，散了一桌，“待会儿你自己装”！我说嗯嗯嗯。

过了一会儿，等我忙好，发现他已经迅速装好两盒。我的那份也塞进我包里，整整齐齐的。所以，阿飞这个人，就是嘴上说“我才懒得管你”，实际上一定会管你的。

(三)

他最在乎的两样东西，一个是发财，一个是臭美。他曾经问我和大美：“选一种植物代表自己，你们觉得是什么？”我说百合，大美说雪莲。阿飞说，在我心里，你们一个是发财树，一个是富贵竹。

得了，在他心里，只有旺财的东西才有存在意义。

他以前说，他很讨厌逛街，原因是，“整条街的衣服我穿都好看，我就是衣架子，可就是没有钱”。他的梦想是当时尚博主。后来赚了些钱，不出所料全花在买衣服上。衣帽间堆成一个个小山堆，有些款式买重样了他也没察觉。我猜这可能也是他唯一缓解压力的方法吧。

我们有个共同的朋友——森伯，大不了几岁，隔一段时间就出去玩儿。有一年元旦，他朋友圈显示在海岛跨年。我哭丧脸说：“好羡慕他啊，忙的时候忙到变态，想休息就可以休息，唰一下飞去海岛跨年，他还跟我说以后要搬去洛杉矶或墨尔本。怎么那么厉害啊，又有钱，又能替自己生活做主。”

阿飞说，我们也会的。

我说放屁，我们要么忙，要么穷，要么赚到钱了人却老了没法享受。

他说五年后，我请你去洛杉矶玩儿，到时候替我数钱。

我暗想，太好了，平时洗脑成功了。因为我常说，你将来一定会比我有钱的，现在只是练手，赚的都是小钱，等你赚了大钱不必鸣谢我，把钱砸我脸上即可。

他写道：“在这个功利的城市，我们都是微不足道的存在，跟有钱人比起来，赚的钱少得可怜，但至少在有些时候，这些不多的钱也能让我去保护一下我爱的人。这样就够啦。”

满嘴挂着发大财，也是因为想通过努力，披上这看得见摸得着的安全感吧。

他工作起来真的很拼了。记得有一回飞机上没信号，终于能发会儿呆、打个瞌睡。他冲着窗外，凝视天光与厚云，问我：“是不是很美？”我说：“第一次坐飞机吗你？很普通啊。”他翻了个大白眼，说你懂不懂啊你再看看，现在天空是不是很壮阔、很诗意？！远处像不像城堡，旁边的云像不像……

我真的搞不懂一个破窗子有什么好看的，每次坐飞机不都这样吗，却突然觉得他真的可怜，平时忙到胃绞痛，连轴转像机器人，现在才有空看一下（很一般的）美景，跟我啰里吧嗦，也不需要自责浪费了时间。

实际上，努力是最高贵的事。天赋总会消耗光的，爱也会，钱也会。

但加速前进的过程真的很幸福。

（四）

贝贝说，有次阿飞生日快到了，但忘记具体日子，不敢问他本人，偷偷跑去他微博搜“生日”关键词查询。结果大多是关于野象的，有蛋糕，有朋友，有笑脸，有祝福语，每年不重样，几乎没什么关于自己的生日内容。

我去搜了下，还真是。从 2013 年遥祝“谁都不要和我抢，一年一度的告白日到啦！”，到 2014 年雀跃“以前每次都在网上祝福！今天直接跳到身边陪你一起过，这种感觉很奇妙哎。我是你永远的小粉丝儿”。

2015 年开怼，“一年过去了，你怎么还不老？哈哈。认识你就觉得好像什么事都能成功一样。每次你丧气，什么鬼，明明一出手就立刻拿下了好吗？”

2016 年虚伪，“变美和变强都不如变首富。真爱如我，三年不写小说还是给你保留偶像的位置。我象最美！”

直到今年，冷漠到迟了一天才写祝福，“野象生日，没什么朋友的我们又聚在一起陪她庆生。在我家横行霸道硬要充当小公主，给自己加戏。愿我们都心愿成真，有人疼爱”。

五年情感历程之转变，令人寒心，有种老夫老妻七年之痒即视感。而我堂堂一个新锐作家，竟然沦落到给上位的男粉丝写专栏文章？

哈哈。说来有点打脸了。他虽然是我粉丝，但他还有个身份——我的文学老师。他太爱看书，常笑我没文化，但是也只有他会和我认真讨论文学和创作。记得我们一起看完电影《爱乐之城》出来，一起聊出了一个悬疑故事的框架，兴奋到手拉手转圈圈。

我总会假装不经意地在他们家书架上蹿挲，摸一本书回家，而且专拣贵的挑。后来我每次去，他都开始警惕，恨不得把繁体书（比较贵）全藏起来。雷蒙德·钱德勒、毛姆、石黑一雄，都是他喜欢的作家。

奇了怪了，他看很多书，但是写作能力一般。没事啦，术业有专攻，他负责好看就行啦。

每年生日真的都有他和大美，一年不落，很感动了。年复一年我们总是那么喜气洋洋。如果阿飞不是阿飞，野象不是野象，也不会有这万里挑一的相遇。

我们一起飞去过许多城市。

在北京的五道口，穿着酒店拖鞋走在寒风中，在宇宙中心吃烤串喝啤酒。

在厦门的岛上，吹海风，在人形雕塑下拍照，爆笑说“这叫活在‘裆’下”。

在成都希尔顿酒店，中午吃了家惊艳的美蛙鱼头，第二天兴冲冲拿着优惠券再去，结果人家倒闭了。

在广州东山口，每次直奔达扬炖品，他爱喝乳鸽，我爱喝鹌鹑，我们坐下来一人能喝两个椰子。

在香港的海港城，坐天星小轮，他说还以为是游轮，怎么就这么一条小破船？

在首尔的明洞，飞象旅行团带着粉丝们在路边小棚子里吃烤鱿鱼喝清酒，冷得跺脚，但还是超级温暖。离开的那天下雪了，首尔成了我们最温柔的回忆，每年都想再回去。

在上海干吗了？忘记了，但那里有个让他心碎的人。

（五）

他是一个矛盾综合体，嘴上说要发财，挡我路者死，看起来极有原则，脑子飞快，在卡钱方面斩钉截铁。但又容易被一些小温柔、小感动俘获，敏感脆弱。

半夜喝多了，会给我打电话，平均至少一个小时。当然了，我喝多了也会骚扰他，彻夜探讨人性与哲学。

他放不下第一个喜欢的人，花了很久时间走出来。他说此生被一个人那样爱过很值得了。之后不管遇见谁，都忍不住想起初恋。他问我是不是很没尊严很尿？

我说，放下尊严爱一个人，不是尿，是勇敢啊。

有天半夜喝醉，我说我其实也没别的追求，渴望平淡的生活、俗世的成功、轻松的爱情。我说他就像一个草履虫，拥有空洞的灵魂。我后来跟他道歉，说那是醉话，但他却记住了。他说他真的太空洞了，没什么爱好也不愿深究，渴望的是一盏灯、一个拥抱，这些都无法靠努力能得到，只能是宿命和运气。

前路多艰辛，但偏偏他就想努力看看。

世间常见变戏法的人，笑嘻嘻哄人开心；

常见成功的人，挥斥方遒，且纽扣讲究；

睿智警醒的人，精确到分钟的行程表很性感；

常见高谈阔论的，靠谱踏实的，诗意盎然的，传奇醒目的，各式各样，但少见真正温暖的人。阿飞是让人会感到温暖的人。

他总嫌我看男人眼光不行，结了婚可能状况有点多，所以现在要多挣钱，以防万一。人人都有自己的困局。既然选择了更大的世界，就一定要修炼更满点的血槽。谁知道天空会闪现极光还是刀子，扑面而来的是晨雾还是汽车尾气？

在这各不相同的困兽之局中，既然你遇见了我，而不是别人，我就发誓保你平安。既然我撞见了你，而不是别人，你大腿必须给我抱。甩也甩不掉的游戏规则就这么愉快地建立了。

为了做彼此的外挂爱心箱，享受庇护，我们都要加油发财哦。

（六）

“一生会遇到不少还不错的人，不是每个人都非得用恋爱来收尾。”希望我们能一直相爱相杀，击掌作战。

他在年末写过唯一一句得到我赞许的话：“人生的起伏是翻越一座高山，有时候是走过一片无人之境，要相信走过去世界依然宽阔。”

都是爱面子的人。讨厌丢脸。

希望我们不要过那种喝了酒，才有胆放声大哭，淋了雨，还吐槽不带伞很酷

的人生。而是如他所写，并肩翻越一座高山，走过无人之境，很大牌地去往更宽阔的世界。つつく

翻白眼恋人

野象小姐

“坚持就是狗屁，加油就是扯淡，勇敢就是胡闹，真爱还不如一个大白眼。”

王雾屿是个超爱翻白眼的女孩。她的职业是总经理助理，有个强劲的敌人，是同样身为总经理助理但比她能干许多的——潘茧。

和所有没什么大追求的职场女孩一样，王雾屿一天中最幸福的事是下班躺沙发上刷淘宝，刷潘茧的朋友圈，然后放大照片取笑修图修歪掉的线，在一个叫“四张发财脸”的私密女同事群里吐槽。

人生唯一的存在感大概是……名字取得还算诗意？

正值年底，王雾屿一个人被公司外派来巴厘岛，为年末公司团建提前踩点。今晚国内那边刚结束喜气洋洋的年会。臭美的，秀红包的，晒优秀个人奖的，被同事朋友圈刷屏。王雾屿错过了，捶胸顿足。

凌晨一点多钟，她孤零零地在巴厘岛机场接机。等了五个小时，接到了——老板的亲侄子。

刚好滑到了潘萤的妖娆动态。为什么朋友圈没有点呸功能？

对面老板侄子从汤碗中扬起脸，两人坐在登巴萨机场的二十四小时餐厅，他正对付一碗沙嗲牛肉米线。王雾屿已经吃过了，边滑手机边等他。

“你很累吗？王小姐。”男生问。

“没有哇。”

“你刚翻了个白眼。超大，全白，还有运动轨迹。”

外派飞来这鬼地方，马不停蹄熬夜来接机，又晚点五个小时。至此，精神涣散，克制不了眼球。

“不是对你噢，别误会。”她摆摆手，将桌上的辣酱倾入他的汤中，“尝尝这个，印尼酱料很有特色，五花八门。”

“我从来不吃辣。”他阴沉地说。

“噢，广东人，不吃辣怎么做硬汉啦，辣中带甜，不辣的。”在她的鼓舞下，他谨慎地尝了几口。

库塔，位于赤道，在巴厘岛的最南端，热得出奇。棕榈叶在夜色中伸出跋扈剪影，黑脸大叔坐在收银台后面看电视。此刻，北半球的人们沉浸在冬季抽奖高潮中，王雾屿却孤零零地忍受浮动的热气。

男孩叫吴宇柏，老板侄子。清爽短寸，单眼皮，白 **T** 恤，黑色拉杆箱立在一侧，搁着灰蓝徒步双肩包。大学在香港，目前在东京学摄影。办公室八卦圈对他了如指掌。这是王雾屿第一次见他。本人像韩国人。

公司组织年底员工巴厘岛团建，他正好毕业旅行，他叔叔吴总就叫他一起。航班买早了，提前三天飞来。王雾屿也于昨天抵达，作为本岛唯一公司代表，领旨接待高层家属。

“别动哦。”抬手给吴宇柏咔嚓了张照片。吴宇柏差点被闪瞎。

王雾屿才没留意到这些，点开公司大群：“组织放心，我安全接到小少爷啦。”一来，让领导看到她为了工作忙到凌晨，自己都被自己感动了呢；二来，与皇亲国戚独处当然值得嘚瑟啦。果不其然，大家陆续发来慰问卡。

“不吃了，回酒店吧。”他皱眉站起来。

王雾屿替他推行李，夸张地假扭一下脚，显示箱子很重。他在五米外，抱起胳膊站着，没有要帮忙的意思。她暗骂了一句没人性，只好立直了身子，用蹩脚的英文跟黑车司机砍价去了。

女生英文烂，男生不帮忙，两个人在异乡街头足足站了一个多钟头。

坐上了车。王雾屿一刷朋友圈，小妖精潘萤在朋友圈追加了更新：“担心好运气在这一刻全部花光，新的一年如果倒霉怎么办？宝宝不要……”

——她抽奖抽到一台55寸液晶彩电。

点开“四张发财脸”群，她砰砰砰地戳屏幕打字：“小妖精抽到彩电啦！”夜猫子Cherry跳出来幽幽地说：“还跟董事长敬了酒……彩电是技术部长腿男神替她扛回家的……”群友慷慨地贡献抓拍到的潘萤丑照：“这华丽的玻尿酸脸”“裙子衩开到腋下了”……

公司已经发了年终奖，但王雾屿没收到，存在感低到公司竟然漏发。她气坏了。

倒霉鬼是怎么领到这份“美差”的呢？

年关将近，公司上下忙着写年度总结、盘点客户、盘点货款、结算款项。她和潘萤都是总经理助理，开会时老板问谁愿意提前飞去巴厘岛安排。

人一离开，就意味着错过年会抽奖，错过与其他部门帅哥联谊的良机，错过那桌一年血汗熬来的年终大餐。

“我去吧，提前安排比较安心。”潘萤柔声说。

王雾屿暗喜，太有觉悟了。潘萤又说，估计得麻烦王雾屿跟她交接一下工作，她手里的工作是：答谢 VIP，年会策划、节目、主持，明年的预算要协助财务部核对……吴总听完，扭头问王雾屿："你看看人家小潘，年底有多少工作？小王，你辛苦飞一趟？"

王雾屿深吸一口气："好吧……"无法遏制心中的愤懑，一个白眼甩到了天花板。

"小王不想去吗？羡慕你比大家多三天度假时间。要不给你配个助理？"吴总说。哄堂大笑。

论一个人是如何无声无息被坑坏的。潘萤也夹在大伙儿中间笑。王雾屿实在非常想掀飞她的假下巴。

她将屏幕切回潘萤照片，越看越讨厌。她不甘心，转过去给吴宇柏看："以你的眼光，她漂不漂亮？"

"漂亮。"

"再认真看看哦，每张笑得一模一样，九宫格都是自拍哎，不觉得视觉压迫吗？"

"就是正妹啊。"

天下直男皆肤浅！

"吴少爷帅吗？"八卦群又在七嘴八舌了，王雾屿笑嘻嘻地打趣互动。瞟了一眼吴宇柏，他跟酒店前台美女聊得正欢。这种富家子弟，都是大情胚，连黝黑的印尼妹妹都不放过。

"喂，我肚子痛。"他脸一黑，额头渗汗。

"跟人调情还好好的呢，走两步就痛啦。"

他瞪她一眼，捂着肚子去洗手间了。回来时一口咬定是她逼他吃辣椒造成的。王雾屿嘀咕，明明是自己肠胃娇气，水土不服。他说，你有没有常识啊，大半夜让我吃辣的！她顶嘴说那你还不是吃得很欢啊。

墙上的挂钟，02：31.am。

这时吴宇柏电话响了。“是的叔叔，到了。”“飞机晚点。”“你助理？那个助理不懂安排，丢三落四，不专业，没礼貌，我们现在还没办入住……”

“你这人怎么告我状啊？”等他挂了，王雾屿气呼呼地说。

“帮我叔评估员工而已。”

“是你航班晚点，我等了五个小时……”

这时电话响起第二遍。吴宇柏说：“好，我会注意的。”“有时间就去。”“保存了保存了。”王雾屿以为又是家人嘱咐，挂断时他竟然说：“谢谢潘萤姐姐。”

没听错吧，现在可是凌晨2点半。潘萤打电话来？

“你认识潘萤？”

“你们公司的什么什么总监？我叔叔说她查了一些攻略给我。”

“她不是总监！她是助理！”这个潘萤真够本事，年会忙活完，还费心打越洋电话关心领导家属。王雾屿心想，本姑娘在现场呢，明摆着无视我的工作能力。

他饶有兴趣地抱起胳膊，倚住吧台：“这么说，这个潘萤姐姐，是刚刚你给我看的九宫格自拍的正妹吗？”

“你对我有偏见！一口一个潘萤姐，怎么不喊我雾屿姐姐？”

“无语姐姐？好无语哦。”他轻蔑地俯视。

“我名字很好听的！你竟然敢喊我‘无语’！！”人生唯一引以为傲的名字也被调侃了，很生气，“不管怎样，明天出发去蓝梦岛，那里才是目的地。我们没有时间逛周边。”

“大部队三天后才到。我是来旅游的，不是你们员工，不需要配合你工作。”僵持了几秒，他说，“要不你自己先去蓝梦岛吧。”

王雾屿心想，欺人太甚，你这么爱告状，我有胆丢下你一个人行动吗？

巴厘岛的夜，只一个喘气儿的工夫就溜走了。

没有四季，被夏天贯穿一整年。仿佛情绪饱满，横冲直撞，时时刻刻嗨过头。

早上，日光从窗帘缝隙凶猛地涌进房间。王雾屿哈欠连天地往早餐区走，突然被一个女声叫住：“是中国人吗？帮帮我好吗？我英文不好，替我解释下我的行李……”

一个美人，扑闪着长睫毛看她，露背连衣裙，樱桃指甲。

“Oh I am Vietnamese.”对美女毫不犹豫地敬而远之是王雾屿的生存法则，但蹦出一句英文“我是越南人”也是奇葩。杜拉斯《情人》入脑太久，当年可是当小黄片儿看的。就是不想帮美女的忙，怎么着，她假装听不懂中文转身离开。

“你在做什么！”吴宇柏手插裤兜，从电梯门走出来。他径直走向美女，指着王雾屿说，“看看那个人，遇见同胞不帮忙，冷漠的国人。我来帮你吧。”

就知道泡妞，王雾屿嫌弃他。脱身后，她飘向煎蛋区，有人在泳池嬉闹，有人围着大浴巾在交谈，有人坐在阳光下静静地抽烟。

他坐到她对面，放下咖啡，说那美女等会儿会跟我们一起逛。王雾屿说我要处理工作，我在酒店等你们吧。他点点头，丢开手里面包，一副难以下咽的样子。

她八卦地问，那女孩是一个人出门吗？他说原本两个人，后来人家放鸽子了。她说，哎哟，完全不会英文还敢出国，心够宽的。网友见面吗？度蜜月结果男方逃婚了？搞不好是骗子，你小心身体跟财产，说着把他手机拿过来，输了自己电话，告诉他如果被骗光了钱要勇于求助。

“你是不是仇视社会啊，总是看不惯比你优质的女生。”吴宇柏不耐烦地抢过手机。

王雾屿边吃水果，边认真想了想他的话。自己讨厌美女吗？

是啊，讨厌。讨厌漂亮女生有什么错？

讨厌她们不必付出什么努力，就被捧得高高的。

讨厌她们勾勾手，像逗狗一样逗逗世界，就能获得救援。

讨厌她们一颦一笑藏着目的，一转身丢下一堆武器。

讨厌她们犯了错，扬起无辜脸，理所应当得到纵容。

能不讨厌吗？

王雾屿翻了个重达十吨的白眼。

“你再翻一个。”吴宇柏突然乐了，掏手机对准她。

晚上吴宇柏回来得很晚。热带海岛，月光亮透了，能看清银光轮廓的云。倒映在波光粼粼的露天泳池。一个影子坐在池边伤心地哭，脚还无意识地、惬意地在水里划拉。

“你让开一点。”他意识到那是王雾屿，嫌弃地跨过，迈开长腿朝自己房间走去。

王雾屿继续大哭。她闯了天大的祸。

下午接到吴总亲自打来的电话，噼里啪啦骂了一通。一个新加坡客户的玩具订单，上个月她去大客户部帮忙，报错数量给生产部，现在对方拒收多余的货，堆了两仓库货。她弱弱地说，自己不是专业大客户部的，质检部、生产部、大客户部都有责任啊，这么大的订单漏洞他们没审出来？潘萤好像也经手过，她当时也没有看出毛病啊……老板说，王雾屿！不承认错误，想赖别人，总让别人给你擦屁股！谁闯祸谁解决，损失多少钱自己赔！啪地挂了电话。

怕得要命。

没胆去算该赔多少，一整天都在努力联系新加坡客户，怎奈平时都是邮件沟通，她一口哑巴英语派不上用场，复杂句更听不懂。对方挂了好几次。

手机屏幕这时亮了，是新加坡客户。心惊胆战地接起来。“Oh very sorry! It’s my mistake, could you help me to,to...”“NO!NO!I didn’t mean that!”“I,I...”

严重词穷，舌头打结。无助之下，眼泪又喷出来了，嘴里只剩下呜咽声。新加坡客户怎么连本姑娘哭了都听不到，还一个劲儿说个不停。

一定是平时看不惯的东西太多，现在报应来了。在公司就小错不断，什么打翻领导杯子啦，开会顶撞啦，签约仪式带错合同啦，记者发布会算不清车马费啦，工作业绩不怎么样整天臭脸，说老板坏话被传到他耳朵里啦，聚众吐槽潘萤啦……

被老板骂惯了，王雾屿养成了死猪不怕开水烫的脸皮，无动于衷。因为她知道自己原本就差劲，无所谓啦。不犯大错就行。犯大错这种戏剧张力十足的事太刷存在感，轮不到自己。

微小到可怜，弱极到可悲。

失败，成功，失败，成功，在每个人的人生中交替进行。而王雾屿觉得自己的人生关键词只有挫败、挫败、挫败。为什么有人可以活得那么阳光积极，生活中究竟有什么真正值得开心的啊？

想到这里，又抹了一把眼泪。

无法逃避自己。真的很糟糕呢。

“拿来。”

她泪眼婆娑地仰头，吴宇柏伸手将手机从她手里拎走。他远远瞅她一边抹眼泪一边急得跳脚的㞞样，实在看不下去了。世界上怎么会有这么愚蠢又可怜的人啊。

他叽里呱啦说了一会儿，挂断电话，递给王雾屿：“他们让你等消息，但是别抱希望。你订单数多了一个0？厉害哦。”

“你伦敦腔蛮好听的。”

“笑死了，你还听得出伦敦腔。”他抑制不住得意的神情，“本少爷在伦敦生活过三年。”

“你多高？”

“一米八六，干吗？”

“我觉得你刚刚有三米二。”

“少来这一套。早上还取笑别人不懂英文出什么国。”

她蹲在地上，脸上挂着泪痕，“那个姑娘呢？”以为他没听到，重复一遍，“你泡的妞呢？”

“不想说。”吴宇柏很郁闷，转身回自己房间了。逼问之下，他才难为情地坦露，趁中午吃饭上洗手间的空隙，美女轻巧地把他的包拎走了。刚去前台查，她压根儿就没办理入住。

“哈哈哈哈哈哈哈哈！”

愚蠢的人总该得救一次。

骄傲的人总得踉跄一次。

才算扯平。

嫌丢人，没面子，吴宇柏什么也不肯做。王雾屿麻利地报了警，努力地向警官描述美女的样貌，比自己高一个头，吊带裙，裸粉色，长波浪鬈发很异域风情。让酒店找来早上值班的前台，调出监控录像协助调查。

“没用的。”吴宇柏局外人一般消极地站着。

“我跟你讲，我手机丢三四个了，这种事我尤其专业。不是警察行不行的问题，不是摄像头管不管用的问题，是概率跟人品！你这种新鲜出炉的案件，搞不好偷了钱和卡就上附近店里消费去了。”

“你手机找回来几个？”

“啊，没有。”

吴宇柏无语了。

大晚上的，王雾屿想看看有没有目击证人，竟然悄悄地去敲别人房门，用她初中水平的英文，强行阐明来意。这都几点了，她挨个儿问，大多数住客满脸不高兴，有的甚至不耐烦报告了酒店保安，她被保安不客气地“请”回了房间。吴宇柏说，行了行了我谢谢你，你好没素质啊。

等第二天，她顶着大太阳，拽着他去丢了背包的餐厅。“你快点！失窃这种事就得争分夺秒！”一路小跑，他觉得非常丢人，竭力甩开她。她说，失窃是小案子，警察不会放心上的，更何况我们是外国人，找不找得回来全靠自己。

王雾屿满头是汗，脸上的粉浮起来了，口红被手背擦到脸上。臭美的她路过橱窗，惊呼自己好丑，怪吴宇柏不提醒她。吴宇柏停下来让她别作妖了，不找了，他不在乎那点钱。

“至少把宝贝相机找回来，你学摄影的哎。”

他的确很宝贝他的相机，里面有他记录的种种旅途、生活、学习。他想当个厉害的摄影师，但家里人觉得那都是无足挂齿的小事业，想让他学做生意。所以他念了大学又出国，念完一所又念一所，以此来抵抗毕业。今年他无法再逃避。

珍贵的东西，被一个外人珍惜，这种感觉很奇怪。

中午，王雾屿说她想到了一个威胁酒店和警方配合的好办法。她有个关系不错的旅游博主朋友，粉丝上百万，贵重的相机失窃，应该对官方机构和品牌影响很不好吧！给巴厘岛旅游局、我们酒店、失窃的餐厅统统发一遍威胁，说找不到就挂他们。到时候影响声誉，别怪我们无情。

吴宇柏惊呆了。

王雾屿一个白眼，说，千万别觉得这些办法下三烂，现在的社会，像你这种死爱面子的，活该，丢了东西吃闷亏。

看着这位跑来跑去的女壮士背影，想到她不停翻白眼的样子，好像一只海豹。

忙活完这些，王雾屿托博主朋友发送完威胁信，慢悠悠地酝酿了一个白眼，对吴宇柏说，天真的富家公子，以后泡妹带着脑子吧。

“我劝你不要太嚣张。”吴宇柏站在门口，“翻白眼，很刻薄。”

“哎呀，每次以为别人没看见，结果被看见了呢。”她无辜地说。

“跟你待两天，满脑子都是你翻白眼的脸。精神污染。”

“不能怪我，我们全家都很爱翻哎。我念书时暗恋隔壁班一个男生，每次做完早操，他一看我，我就慌了，跟他对视很紧张。有一天他指着我对他朋友说：‘就那女的，不知道为什么，老瞪我……’”

“没揍你吗？”

“我前男友跟我在一起，就是因为我翻白眼可爱，后来分手，他居然说我天天翻白眼不知道怎么招惹我了。是不是荒唐？怎么在一起和分手的理由竟然是同一个呢？我也很委屈，我有时候没有翻，就是看下刘海。”

“好了好了。”吴宇柏加快脚步，逃离这个啰唆鬼。

躺在床上，王雾屿累瘫了。

嗡嗡嗡。吴宇柏发来的消息：“我告诉你，让新加坡客户原谅你，唯一的方法是下跪。”

“什么呀？”

“我指的是真实的下跪，飞去新加坡求他们。”

“把我卖了，抵那批货吧。”事已至此，只能用无赖抵抗即将来临的血雨腥风。她越想越觉得有诈，那份订单潘萤和质检部都看过啊，一定是想趁自己不在，联手挖坑。

“你又卖不了几个钱。”吴宇柏发了个表情来。

王雾屿定睛一看，竟然是翻白眼的自己，被他做成大头丑娃娃。左右痴摇，眼睛快抽搐了。“太丑了！好猥琐！”

酒店隔音效果差，晚上迷迷糊糊，听到吴宇柏在说电话，隐约听到，“她那么蠢，她不会的”“你们这么说真的好好笑”……心情很糟糕的王雾屿，也不想管是不是在说自己坏话了，翻个身继续睡。

第二天，吴宇柏六点就敲她房门，拎着她直奔机场。王雾屿蒙了。他看起来好严肃哦。发什么神经，当天往返新加坡，在柜台买了全价票。

用她的钱……

只爱吹水、瞪眼、打嘴炮的王雾屿，立马㞞了，不敢质问，不敢叫嚣，站在客户公司楼下，还没缓过劲儿来，也不知道怎么面对。吴宇柏说：“你想解释什么，用中文讲，我帮你翻译。不说话也行，进去就下跪。”一巴掌把她推进电梯。

在新加坡公司才待了几个小时，迅速撤离。坐在返回巴厘岛的飞机上，王雾屿觉得这一天太恍惚、太疯狂了。换她自己，唯一应对方法就是毫无悬念地等死。今天，客户透露祖籍广东潮州，吴宇柏用粤语迅速拉近距离。也许被诚意打动，松口答应消化一半的库存。玩具没有保质期，不妨碍长期上架售卖。自己可以少赔一半的钱呢……

白天吴宇柏据理力争的样子，极不符合他的人设，比如“拜托”时双手合十，大步追在人家后面，好不尊贵哦。贵公子居然为了一介草民这样，真是太意外了。

飞机正在下降，俯视海岛纵横汇聚的灯河。吴宇柏发型乱了，睫毛低垂，歪头倒在星点游离的玻璃窗上。王雾屿愣愣地看他。

“我劝你别看了。”他没睁眼，动动嘴唇。

“吴宇柏你好帅，好有人性哦。”

“公司因为新加坡订单的事，对你有些不好的议论……算了，有些事你还是不知道的好。”他突然叹了口气，“我说你啊，一直被欺负、被冤枉，不是很逊吗，能不能争点气？”

“干吗这么说我？”

一落地，就接到警察局电话。找到相机了！威胁信是很有用的。相机在二手市场倒卖时被截获，其他东西仍然下落不明。吴宇柏不禁暗暗感叹，这王雾屿不是一无是处，还真有一套啊。

为了庆祝化险为夷，王雾屿请他吃烧烤。

“我晚上从不吃垃圾食品。”语气坚定，如同第一次他说从来不吃辣。

钱被偷光，吴宇柏不得不依附于她。烤食店中，蝙蝠鼓着肚子倒挂在玻璃窗后边，巨蟒被分割成许多份，用长签子穿起来，看起来像大号鳝鱼。还有一些奇怪的生物，比如蜥蜴、蝎子、猴子……

“这里吃什么的？”吴宇柏皱眉扫了一眼。

“叉烤蝙蝠，炸老鼠，烤巨蟒，喜欢什么去点吧。”

“我可以走吗？”

“你们那里人不是最爱吃猎奇生物？”

他连拖带拽地企图掳走她。王雾屿吵着说这家店很有名的！最后选择了较为温和的烤乳猪。一个大汉顶着半个浴缸那么大的盘子，乳猪皮闪着锃亮的油光，乖顺地趴在上面。上菜非常隆重。

“我以为烤乳猪是很小一只，粉色那种。”吴宇柏收回视线。

“粉色就不恶心吗，瞧把你吓的。”

印尼人敬奉神灵，他们相信神灵无处不在，挨家挨户用枚红、浅黄的小花编成迷你神龛，投些饼干、糖果、瓜子，摆在门口。屠宰动物前，也会有小小的仪式，用特殊处理方法尽量保全动物的全尸。

乳猪远远端来，浓香扑鼻。一层酥脆的薄皮，紧紧裹住鲜嫩的肉，蘸一点沙嗲酱，一口咬下去，美上天了。

隔壁桌一个穿背心的中东男子，鬈发，胡楂儿。问他们点的是什么，看起来很美味，接着就聊起来。中东男子说，本打算去巴黎，下了飞机发现机票买错了，来了巴厘岛。巴黎与巴厘在英文里发音根本不像好吗，王雾屿哈哈大笑，文盲不分国界！

“你英文烂，还总嘲笑这个嘲笑那个。”

“好像真的在度假呢。”王雾屿伸了个懒腰，“有冒险，有好吃的，还有旅客跟故事，像做梦一样。”

“那批货，赔一半也有十九万九千块人民币。”吴宇柏提醒。

“我不想知道！”

“吴宇柏你的名字也好好笑。”

“哪有？”

“吴宇柏！无语啵！”

正值雨季。傍晚刚下过一场，暴热退去后晚风清凉。吃饱喝足，走回酒店。从一条叫 BESMA 的小路拐进去两公里，是长长的田间小路。

吴宇柏想拍星空，掏出失而复得的相机来。

料理完新加坡客户，王雾屿松了一大口气。开心地说，今天真高兴，外国人都猜她是韩国人、新加坡人。

“你傻啊。”吴宇柏冷脸，“说你像新加坡人的，是因为你黑。说你像韩国人的，是因为你矮。”

“你滚！”

“你过来。”他想拍星空，为了防抖，把相机搁在她脑袋上，对准天空，调了快门优先，可是拍出来还是黑咕隆咚的一团。

“我再试一次，不准讲话，不准呼吸。”

“我是助理，不是丫鬟。”她猛回头怒视他。

“别动。”他轻声。

星空静悄悄地从四面八方流淌而来。奇妙的是，一开始什么都看不清，但只要你看得到第一颗，就能看到第二颗、第三颗……一大片。

星河在视线中慷慨地铺陈开。璀璨生辉，别开生面。吴宇柏的呼吸就在头顶，整个人比自己高出两个头，他的影子可以把王雾屿完完全全笼罩住，像一个完完全全包裹住的拥抱。

“我最多坚持一分钟。”王雾屿站不稳了。

两人继续往前走，四下的空气像果冻一样清凉。蜻蜓在低处盘旋，远处有蛙鸣此起彼伏。

“你闻见空气里的味道没？”王雾屿问道。

没味道啊。吴宇柏摇摇头。

“仔细闻啊。有土地的香气、鲜草味、露水味、池塘的青苔味、昆虫翅膀的味道，”她停下来，面向他，“还有花粉味，黄色与白色的花粉味道不一样，灰尘味夹着夕阳的余热，芭蕉叶边缘焦灼的味，摩托车的机油味。熟悉，温柔，叫人安心啊，像我小时候住在乡下外婆家的味道。”

“我哪住过乡下。”吴宇柏嘴上扫兴，却也跟着她一起深呼吸。

冬天制造一场寒冷的、巨大的困境。人们渴望用一碗热汤、一个拥抱、一个暖被窝来脱险。此刻，所有人掉进冬天的洞里。

有人曾幻想过没有尽头的夏天。

两个落难的人，正经历着美妙的、旁若无人的，也许真的没有尽头的夏天。

“我的妈呀！”王雾屿的尖叫击穿了两间房之间的墙。她原本想迫不及待地向吴总汇报“客户愿意接收一半货品”的沟通成果，让他消消气。谁知手抖，将吴宇柏做的关于自己翻白眼表情包发出去了。吴总一个滴汗的表情回过来。来不及撤回。

她张牙舞爪朝吴宇柏房间跑去，大喊：“都怪你！都怪你！做什么破烂表情包！”破门而入。吴宇柏一转身掏出手机抓拍她的丑态。

“不许拍我！是不是暗恋我？暗恋我就给我买房子！你不是富二代吗！暗恋我就替我赔钱！”

“你疯了吧。”吴宇柏站在沙发上，发了个更丑的翻白眼表情给她，“现在有更多表情包素材了。”

抵达蓝梦岛是第三天中午，王雾屿盘算着，尚有一下午时间准备。酒店在半山腰，从蘑菇湾上岸后，要坐二十分钟岛民的蹦蹦车才到。

“潘萤？”一进大门，撞见潘萤裹着薄纱躺在泳池边，黑色比基尼若隐若现。王雾屿拖着箱子，晒得油光满面。“大家都到了吗？！”

潘萤没有回答，意味深长地看了吴宇柏一眼，让他俩去办理入住，让前台送两杯冰镇椰子汁，提醒说晚上 6 点多，大家在泳池边集合。

王雾屿一边拖箱子，一边恶狠狠地说：“哎哟，好能干哟，超爱控制别人！我们自己想干吗就干吗，不用她指挥环节……”

入夜后，一大群人轰隆隆下楼与交谈的声音响起来，酒店瞬间热闹了。王雾屿兴奋地找到“四张发财脸”小组成员，三天不见，怒抱一通，互相摁压了好几遍胸脯。

晚餐时间聚在泳池边，灯盏埋在草丛中，一个小型的酒会。吴宇柏住在吴总隔壁，一人一间顶层海景房。王雾屿与一个女同事挤在标间。她仰头盯着晚霞小阳台上的吴宇柏，他穿着笔挺的衬衫，与吴总并肩的背影，好遥远啊这个人。

阶级森严，并不是某一种具体存在的制度，而是被强行划开的心与心的距离。

感受到这些，仿佛回到了人间。

潘萤换上了灰蓝小礼服，拿起话筒做开场主持：“感谢吴总，为我们创造这样美妙的机会来跨年。在这里，滑水、帆板、潜水、冲浪、快艇、漂流、水上摩托，还有矿物质温泉浴 SPA，明天我们乘玻璃平底船巡游大海，观赏海底五彩缤纷的鱼群和珊瑚礁……”

王雾屿不爽地撇嘴，切了一块芝士蛋糕送入嘴中。

“你跟她不是一个档次。”吴宇柏在微信上弹她，王雾屿式白眼。他远远地坐在尊贵席。

“去泡她啊，她超好泡的。”回了一个更剧烈的白眼。

“你应该出个翻白眼教程。”

一个旋转的白眼。

一个密集快频占满画面的白眼。

追加一个带领结、梳着辫子的变态白眼。

……

不用打字，两人用翻白眼表情聊了一整晚。

吴总叫来核心员工，在天台的长桌开会。

在这之前，吴宇柏叮嘱王雾屿千万不能翻白眼，埋头认错，拼命把错误往自己身上揽就对了。王雾屿给大家鞠躬，一字一句照吴宇柏教她的说，都是自己的错，辜负了领导的信任，给公司造成损失。

大家面面相觑，一时不知怎么面对这个平时怨气重的女同事。

“这次我也很意外。小王积极地飞到新加坡，同客户沟通，对方愿意消化一半库存……”吴总开口。

“吴总，”潘萤打断他，“我们有一百多个员工，每个人都有一次犯错的名额，原谅成本会不会太高？是，对员工宽容是企业的人文关怀，体恤每个人的不易，但我们是公司，不是公益组织。”

落井下石！王雾屿瞪了她一眼。

吴总叹口气："这样吧，既然大家都累了……"

好死不死，王雾屿突然憋不住了，打断他的话："吴总，我敢保证，当初那个订单潘萤看过。"

"你再说一遍？"吴总皱起眉头。

"那个订单，潘萤看过。"

"王雾屿！本来以为你通过这次事件反省了许多，想不到还是爱推卸责任！向别人开炮！她看过订单怎么了，责任人清清楚楚写的是你的名字，往别人身上泼污水，你从哪儿学来的？"

吴总怒甩袖子离开，"处罚等回公司再说"。

"蠢，无药可救。"被安排拍照的吴宇柏，经过她时摇摇头。原本是可以轻判的，谁知王雾屿想拼命拉潘萤下水，自绝后路。

她突然明白潘萤说那些话，不是挑拨吴总的情绪，而是为了激怒自己，让自己失控后反击。真是吃得死死的啊。

我王雾屿为什么一定会被激怒呢？

晚上王雾屿向吴宇柏痛斥，曾经她和潘萤非常要好过。刚进公司还住同一个宿舍，大半夜一起煮泡面，潘萤帮她写报告，她帮潘萤按摩肩颈。曾经那么要好的人，为什么要害自己呢？

哪怕天大的仇，为什么忍心置自己于死地？

还是，真心相待的时光真的都算个屁吗？

吴宇柏不想听这些钩心斗角的琐碎，早就睡了。

跨年派对安排在蘑菇湾的海滩上。浪潮在耳边拍击，抬抬腿就能厮杀一番，椰树的影子倒映在生动的笑脸上。拿着灯盏，燃着篝火，在幽蓝色天际与海之间仿佛可以永远谈笑风生。

密集的比基尼白人少女与晒黑的肌肉少年穿梭于其中。七八个人正围在一起，玩“谁是印第安人”的游戏。

“王雾屿呢？”Cherry 问，“让她去拿烤肉，这么久还不来？”

吴宇柏环顾四周，觉得不对劲儿，暂离觥筹交错的酒席，起身找她。

脚踩在细密的沙滩上，他一个一米八六的大高个儿，竟然有点冷。

吴宇柏边走边想，像王雾屿这样的人活该永无出头之日，自以为是。久而久之，大家都不喜欢她了。更别谈什么晋升的可能性。翻白眼的毛病什么时候能改改。

但她其实挺善良、正义，还可爱，跟她待着也轻松愉快。找相机的过程发现她脑子不笨啊，怎么就什么事都做不好呢？

可能因为太没自信了吧。自卑、别扭，用白眼武装自己。看似高傲，实际上一下子就在敌方面前暴露心里小九九了。

还总担心别人利用她、针对她，也不想想人家图她点啥？

昨天会议结束后，她一定吓傻了，或者被潘萤伤了心了。年也跨不好了，躲在某个地方偷偷哭去了吧。

吴宇柏越想越担心她，步子加快小跑起来。

“王——雾——屿！”

“王——雾——屿！”

越走越偏僻，沙滩有些脏，零星几个茅草屋，灯也暗。

“人呢？”给她发微信。没回。

“穷光蛋，赔钱又不是赔命。” 没回。

“别做蠢事，你是职场女精英。”没回。

他急了，喊得更大声。

似乎听见微弱的回应声，他循着声音而去，是一个茅草屋。

“王雾屿是不是你？”

“是是是……”

“好臭，”他摸索着靠近，“你在干吗？”

“别进来！我在拉屎！”

吴宇柏震惊了，恼羞成怒地往回撤。

“你别走！我拉肚子，没带手机，这里竟然没有纸！

“你不能走！你走了我只能石化在这里了！我屁股都吹红了！你快去帮我拿点纸救命！！”

总算解决了个人卫生状况，她腿蹲到麻痹，站不起来。吴宇柏震怒，只能忍辱负重地背着她。

她趴在他背上。海风变猛，长发凌乱，抽打着吴宇柏的脸。他甩来一个“老子痛死了”的眼神，她赶紧把头发拢到一边。两个人狼狈地匍匐在黑黑的海滩上，朝璀璨人群走着。

跨年烟火在头顶绽放，比星星隆重多了。

从海滩望过去，海平线也被照亮。远处，人们举着“吱吱”响的微弱光亮，欢呼着大跳着。她的脸蹭着他的后颈窝，觉得很温暖。

“Wuli 宇柏少爷，太有人性了。”

“闭嘴。”

望着远处灯火，背后趴着的女生像软软的毛茸茸小动物，吴宇柏竟然希望海岸线能再长一点。

吴总有个私密包裹，被快递员送到了最近的山脚下，快递员拒绝送上山，让收件人自取。

潘萤说让她去，她熟悉路，边说边穿好了运动鞋。私密包裹不知道是什么，吴总不放心让其他人拿，只好点点头。

“你叔是不是跟潘萤有一腿啊？”王雾屿吸着草莓汁，眉飞色舞。

"你嘴巴别太坏。"

"我知道附近有一个摩托车租赁，但我不想告诉潘萤。让她爱邀功，让她爱抢风头，去爬山健身吧。哈哈。"

入夜后，下了雷阵雨。潘萤还没回来，王雾屿望着轰隆隆的天穹有些担心。她在房间换连帽衫，自言自语："就那么两公里，二十分钟的路，真是个娇气小妖精。"

"管她干吗？"Cherry 卧在床上，用美颜软件修照片，"雾屿你好好哦，我刚刚看你发的照片，修自己还帮我们大家都修了。"

"哎，我就是世纪大好人。"说罢套了件雨衣，走到门口，"我去租摩托车啦，下山看看潘萤去。这里的土著男人可能会劫持她那种骚浪贱。"

晚上九点半左右，潘萤回来了，被淋得透透的。吴总很愧疚，开玩笑说下次再也不敢让美女跑腿了，涨工资涨工资。潘萤笑着说，这么点事儿都做不好，太不好意思了。

"王雾屿呢？"Cherry 问她。

"我没看见她啊。"潘萤一脸莫名其妙。

"啊，她下去找你啦！！"

吴宇柏听完，不知何时也染了王雾屿的白眼毛病，气得翻了个白眼，租了辆摩托，打着大灯往山下开。

四下漆黑一片，林子里有些怪声音。下雨的缘故，山路泥泞不堪。泥星子一直朝吴宇柏的牛仔裤管上飞。

便利店的灯，在一片浓雾中渐渐清晰。

"王雾屿你在做什么？"看到她坐在屋檐下，上前重重地拍她脑袋，她租的摩托车歪在路上，看来是坏了，"以后别逞英雄，行行好吧你！"

她扭过头来泪眼婆娑，睫毛湿了，一脸委屈。

"你刚没遇见潘萤吗？"吴宇柏问她。因为山路直上直下，不可能遇不到。

“遇到了，但我的车坏了。她没理我，也不帮我。”王雾屿抽泣起来。吴宇柏说：“凭什么帮你？你看看你多添乱，说好听点，是你担心她想帮她，结果自己车坏了，人家管你干吗？”

王雾屿根本没在意这个，她在意的是另一件事：“我问她当初发现我订单数字多了一个零，为什么不告诉我？”

“她承认了？”

“她说，‘我帮你，就多一个没用的朋友，不帮你，就少一个障碍。你说我选哪个’？我问她，‘为什么总是故意刁难我’？她说，‘你这么有本事，自己就能把自己搞得一塌糊涂，根本不需要刁难。就算钩心斗角，也会挑好一点的对手’。”

“她说的是大实话啊。”吴宇柏哈哈大笑。

“她还跟我说，知道我订单弄错以后，她代表公司给你打过电话。”她扭头看着吴宇柏，眼泪跟雨水混在一起。

原来，吴总让吴宇柏盯紧王雾屿。怕她畏罪潜逃，怕她跑路，计划等回国再审问，不排除伙同几个同事骗公司钱的可能性。

王雾屿很想知道，自己的人品这么差吗？虽然很容易搞砸一些小工作，但原则性的错误是绝对不会犯的。人格遭到朝夕相处的领导同事的质疑，真的很寒心。

她质问吴宇柏：“所以你才突然变得特别好，还陪我飞新加坡……怕我不赔你们家公司的钱……怕我携款私逃……对不对？我再穷，再苦，但我不会害人啊，怎么会坑公司的钱呢？”说着说着又哭起来。

“我没怀疑过你啊。”吴宇柏不顾水渍，一屁股坐在她旁边，“你这么蠢，怎么会做这么高智商的事呢。”

王雾屿越哭越凶，咳嗽起来：“我昨天还梦见高中的时候考地理，全部不会做。想让班里的学霸给我抄，怎么叫，他都不扭头。总以为有人会救我，总是没人理……”

“你不能自救啊？”

她怔了怔，继续哭：“我也不知道为什么我成绩那么烂，总想抄别人的，真的好衰……

“我每一个困难都难克服。

“全世界都要从弱者手里抢东西。

“我就不能散漫地、闲出屁地、高高兴兴地活着吗？”

吴宇柏伸手抱她。她的脸埋在他胸口，哭得更凶了。

“这不是来救你了吗？”

白天很远的火山，夜里不知不觉好像飘到眼前，云雾缭绕。两条船一起一落，两只眼睛似的，白波浪涌起来又退回去，像笑一下又不笑一下的脸。

涨潮后的海水，变成水蒸气扑上脚指头。

黑暗中的海，阴郁、力量、古怪，仿佛不明亮时候的我们。

第二天，大家被分成若干组，要完成皮划艇的挑战比赛。Cherry 小声说：“潘萤身材好好哦，穿上裙子是名媛，穿上比基尼是荡妇，穿上运动装备就是清纯女大学生了。唉……工作好强，运动也好强，服了。”

“那你要不要当她迷妹啊？”王雾屿瞪她一眼。其他人虽然没附和，但远远看着她的身姿，也不免在心里点头。

比赛开始啦。一只船一个赛道，同场竞技，第一名可以拿到去东京看樱花的往返机票和 5000 元红包。大家都拼了老命了，挥汗如雨，体力不支，暴晒到皮肤发烫。

结果，潘萤拿了第一名。

她好灵活啊，好拼啊，她怎么做任何事都那么卖力呢？不，一定是工程部和运营部的直男故意放水。头发湿得贴在脑门儿的王雾屿，看着她欣喜若狂的样子很心塞。她的妆和别人一样花掉了，头发散乱，不像平时办公室装束那样一丝不苟，但红扑扑的脸颊看起来又美又健康，反而更圈粉。

奖也领完了，人也歇够了，最后一艘皮划艇还没回来。吴总问是谁的船啊。

清点人数发现，是 Cherry 她们几个。王雾屿压根儿不会游泳，不敢逞英雄了，急忙说去找教练。过了一会儿回来说教练都去吃饭了，拜托吴总快想想办法。吴总转头对潘萤说，你去看看吧，你水性好。

潘萤刚换好衣服，有点不情愿，更何况船上还是那几个老爱说她坏话的女同事，但她还是点点头。

吴宇柏披着大浴巾，戴着墨镜，在躺椅上喝汽水，一副实打实大少爷模样。他瞥一眼潘萤："叔叔，还是我去吧，怎么能让女孩子做这么危险的事呢？"潘萤没想到吴宇柏替她说话，朝他甜甜一笑，说没关系，一去一回很快的。

吴总说不会有事的啦，船上有教练，估计是她们几个英文差，交流有障碍。

他懒懒地说："可是你有问过潘萤姐姐愿意吗？她当雷锋是要挑职位的，像 Cherry 和王雾屿那种小职员，皮划艇翻了，摩托车坏了，人有没有危险，她看见了就当没看见，她是不会管的。"

潘萤脸一下子就绿了。

王雾屿听到这些话，诧异地回头看吴宇柏。

后来，王雾屿给吴总递交了一份检讨报告，大意是自愿赔偿公司的十九万九千元款项，从每月月薪中扣除 60%，预计 3 年还清。造成的损失，自己将全权承担，给伙伴带来的额外工作负担她感到很抱歉，希望公司从轻发落。吴总见她态度诚恳，说这次事故的确不全是她一个人的错，而是审查机制不严格，回公司调查清楚再说。

吴宇柏看着她在会议上低头认错的样子，觉得好好笑。

后来散步的时候，他问她这回怎么知道扮乖巧，怎么没有翻白眼了？

她说，翻啊，在心里翻啊，一下子要卖给公司 3 年，想想都气。女孩儿的青春就这么卖掉了，亏死了。还好爸妈不用自己养，不然每个月扣完才那么点钱只能喝西北风了。

吴宇柏说，那我毕业回公司跟你做同事呢？

王雾屿高兴地说，能让我升职吗？让我快点还清钱？

这次换吴宇柏翻白眼了。

巴厘岛的行程满满的，根本不是旅游，每天一大堆团建挑战任务，想装病都难。不过，每天累瘫之后，吴宇柏都会在微信上发来一个王雾屿白眼表情，问她饿不饿，要不要出去觅食。

有一次晚上9点多，她正准备下楼，在电梯里碰见潘萤，潘萤问她上哪儿去。她原本懒得理她，但转念一想，想气气她，说："陪吴家公子夜宵啊，好烦哦，天天约我，胖了好几斤。"

潘萤果然沉默了。电梯开门前几秒，她冷不丁地说："不努力的人运气比较好吗？估计跟打麻将一个道理吧，越是新手，越少输。"

王雾屿才不会被这种阴阳怪气的话气到，回嘴说："那也比出老千赢牌的人强。"

潘萤轻笑了一声，走出电梯又扭头停下，意味深长地说了句话：

"没有人会一直赢，也没有人会一直输，好运能维持到什么时候呢？总是期待别人庇护的失败者，不觉得很逊吗？"

这句话似曾相识。

吴宇柏在新加坡回巴厘岛的飞机上说过。

复杂又心塞的情绪是一个白眼解决不了的。王雾屿只想尽快结束旅途，回家过春节。

吃烤虾的时候王雾屿问吴宇柏，你觉得我是失败者吗？

吴宇柏说，失败者谈不上，但不会有大成就。

王雾屿心里不是滋味。

他说，跟你待着很有趣，很轻松，有点缺心眼儿。你这种女孩吧，智商不行但贫嘴很在行，心思活络不过很可靠的样子，一身负能量，但突然积极起来也怪吓人的，不是很漂亮，但，还算可爱……

虽然是史无前例的一顿夸奖，但王雾屿不想接话，问他，你不是不吃夜宵的吗？

他说，我偶尔还是要融入一下你们平民的生活。见她抱着胳膊不吭声，又补一句，想见你啊。

行程快结束了，吴总让王雾屿把吴宇柏相机里的行程照片导出来，挑一些用来做结束仪式上的 PPT 演示。内存卡插在电脑中，内存一秒之间变成一张张具体生动的照片。除了这次巴厘岛之行，还有之前的大量随拍。

就这样，王雾屿猝不及防地直面了吴宇柏过往的世界。

他在巴黎，早上六点的窗户，晨雾中还未转动的旋转木马。

他在阿姆斯特丹，和同学们在绵延的河堤上嬉笑打闹，跳起来差点碰到风车。

他在东京，3 月街上的樱花雨，和服少女的背影安安静静。

他在大堡礁，傍晚的海滩不那么壮丽了，有种灰暗的压抑，也许是吴宇柏同学陷入了思考。

他和黑人小孩挤在一起，破破烂烂的衣服也抵不住灿烂的笑容。

他在学校和同学们打篮球帅气的背影。

他和一个女孩，估计是前女友抢薯片互拍。

……

拍得真好啊。再往后翻，竟然看到了自己。原来除了翻白眼的她，还有笑得前仰后合的她，还有心满意足吃蕉叶鸡的她，有坐在路边发呆的她，连睫毛剪影都被虚实的镜头刻画得深情满满。短短两三天独处，这些都被吴宇柏看在眼里，按下了快门。

下午四点钟，王雾屿坐在窗前，面对蓝莹莹的海面，远处的岛屿在海平线上浮沉，连湿漉漉的黏人海风也格外动人。

“慢吞吞，照片挑好了没有？”吴总路过问道。她突然问吴总，你们家族是不是不支持吴宇柏搞摄影啊？

吴总说：“瞎说，给他的设备买得都是最好的，还送他去东京念摄影学校，之前在纽约念过。怎么了？你们这些小女孩该不会认为搞摄影就很厉害了吧？这些最多只能算兴趣爱好，不能当饭吃。家里那么多产业，他不管谁管？做生意才是大事业。”

她“哦”了一声，不知哪来的勇气，又说：“您家里都是做生意的，个个巨富，不缺他一个吧，让他去坚持他的摄影事业不行吗？”

吴总不耐烦地说：“大家族的事没你想象得那么简单，你永远不会懂的。”

深知自己是一介草民，永远搞不懂那个阶层的纠葛，但偶像剧少说也看过一百部，可以说比吴总更懂这种富人家的揪心压力了。她嘀咕：“做大生意的就高级了吗？人有才华不知道高级多少倍。”

吴总把她大骂一顿，让她少操心别人的命运。

这些都被打算进来拿相机的吴宇柏听见了。他没想到王雾屿居然敢跟叔叔顶嘴，而且还是为了他。

远远看着窗边女孩的背影，莫名窝心，越看越顺眼。

晚上吃烤虾，王雾屿撸完一串，停下来认真地说：“我看过你的摄影作品了，真的很不错哟。”

吴宇柏说她没见过世面，看什么都觉得好。

但他心里还是高兴，跟王雾屿分享一个理论：“科学家说每七年我们体内的细胞就彻底更新一遍。就是说我们变成了完全另外一个自己，跟七年前的自己不一样了。比如，我以前不能吃辣，现在可以开始吃辣。现在的你很愚蠢，以后的你虽然还是蠢，但厌恶的、喜欢的，都会改变。人是会改变的。”

王雾屿蹙起眉头，一头雾水。

他无奈地说："我一直给自己洗脑，几年过去，等我玩腻了，就不爱摄影了，可以安心回家里公司上班了。"

她笑出声来："你以为摄影是女人啊，还'等你玩腻了'……"

吃了一会儿，王雾屿说："你怎么那么轴呢？你生在有钱人家，边做生意边摄影，不冲突啊。等你手里有闲钱了，不用家里供了，给自己办摄影展嘛。"

吴宇柏说："我叔我爸活了半辈子除了工作就是工作，每天连喝口水的时间都没有，哪有那么简单？"

但其实王雾屿说这些话，他有点感动。人生第一次有人关心他，不是虚情假意，不是曲线救国，不是另有目的，而是感同身受地替他出谋划策，去保护他的小小梦想。

王雾屿无比诚恳地说："等你有钱了，顺便借我点让我早点还清公司债务啊。"

吴宇柏满头问号，气得说不出话。

快离开巴厘岛了。吴宇柏舍不得飞回东京，确切地说，他舍不得结束每天晚上和王雾屿的消夜时光。

临走前的下午，两人在街上闲晃着。王雾屿去便利店买了根冰激凌，撕完包装送入嘴里，站在门口等吴宇柏，他去拍街景了。

"Is that taste good?"一个反戴着棒球帽的白人沙滩少年，喝着汽水笑眯眯问道。肌肉，文身，俊美。他坐在椅子上，冲浪板靠在一边。好帅！王雾屿告诉自己，不能慌，要优雅。

"You can guess?"英语差，多说两句该露马脚了，赶快仙女般飘走。

"还学人搭讪。"吴宇柏神不知鬼不觉地出现。王雾屿说如果不是英文差，早就去喝一杯了。

“你过来。”他拉住她的马尾辫。他决定了，半年后一毕业就回国工作。王雾屿惯性地翻白眼说：“你又没答应借钱给我，回不回国关我什么事。”

吴宇柏说：“别翻了，小心瞎。”

“瞎就瞎。”

“你以后改改翻白眼的毛病，这样不招人喜欢。”吴宇柏把冰激凌从她嘴里移开，舔了一口，“不过在我面前可以尽情翻。”

王雾屿愣了一下，扬起了嘴角。吴宇柏也不好意思地笑了。

赤道海岛的下午，太阳金灿灿的，海是宝石蓝，房子是柠檬黄与樱桃红的，满大街比基尼少女的腿是粉色的。

王雾屿的心情比所有这些颜色加起来还闪亮。

对于我们平平凡凡的女孩来说，生活中经受的委屈和无视，在别人看来微不足道，但对于我们来说却是西西弗斯的巨石，一不留神就能要了小命。即便如此，也要积攒一点点温暖和勇气啊。

再渺小，本姑娘也是漫漫星河中发光的一颗，是不是也很值得被爱呢？说不定有人就是喜欢我翻白眼的样子呢。

这个炙热的赤道新年，比年复一年的寒冬，友好多了。つづく